서재에
흘린 글

·

제1집

이불 잡문집(二不雜文集)

서재에 흘린 글

·

제1집

김학주 지음

明文堂

앞머리에

서실여적(書室餘滴)이란 말을 풀어 어색한대로 책 제목을 『서재에 흘린 글』이라 하였다. 그리고 이를 필자 '이불(二不)의 잡문집(雜文集)'이라 하였는데, 말 그대로 여러 가지 잡된 글을 모아 놓은 것이다. 우선 글을 쓴 시기가 1970년대에서 시작하여 최근에 이르는 것까지 뒤섞여 있다. 따라서 글을 쓴 배경이며 조건이 다른 것들이 함께 있게 된 것이다. 남의 청탁을 받아 쓴 것도 있고 한가할 적에 내 생각이나 느낌을 적어 둔 것도 있다. 대부분이 잡지 같은 곳에 여기저기 실렸던 글이다. 앞으로 다시 연이어 잡문집 제2집·제3집이 나올 것이다.

글의 내용은 세 부분으로 나누어져 있는데 첫째, 「수고로움에 익혀져」는 특히 내가 공부하다가 발견하고 깨닫고 한 일들이 나에게 영향을 준 사항들에 대하여 쓴 글들이라 할 수 있다. 나라는 개인으로서는 매우 중요하다고 여겨지는 대목들이다. 둘째, 「사랑을 모르던 사람들」은 내가 중국문학을 공부하면서 중국 사람들에 대하여 느낀 여러 가지 그들의 특성이나 성격 같은 데 관하여 쓴 글이다. 여기에는 중국 사람들을 보는 나의 개인적인 견해도 섞여 있으리라 여겨진다. 지나친 착시나 없었으면 하는 바램을 갖고 있다. 셋째, 「강과 바다」는 내 주위의 자연을 바라보면서 느끼고 생각한 것 같은 것을 적은 글을 모은 수상집(隨想集)이다. 가장 수필에 가까운 글들이다.

필자는 평소에 관심이 다른 곳에 쏠려 있어 이런 글을 별로 쓰지 않은 셈이다. 그러나 오랜 세월이 흐르고 보니 이런 잡된 글도 적지 않은 양이 쌓였다. 이제는 직장에서 정년퇴직을 한 지도 여러 해 되고 보니 이를 정리할 시간 여유도 생기어 이처럼 책자로 엮어보게 된 것이다. 끝으로 어려운 실정에도 굴하지 않고 양서 출판에 힘쓰고 있는 명문당 김동구 사장에게 감사를 드린다.

2013년 12월 5일
김학주 인헌서실에서

차례

III / 강과 바다

I.
수고로움에
익혀져

1

수고로움에 익혀져

─습로(習勞)─

'수고로움에 익혀진다'는 습로(習勞)라는 말은 지금 내 생활의 좌우명이 되어 있다. 이 '수고로움에 익혀진다'는 말은 타이완(臺灣) 대만대학(臺灣大學)의 나의 은사이신 왕슈민(王叔岷, 1914-2010) 선생님의 시의 제목 '습로'에서 나온 말이다. 나는 전에 선생님의 시집 『구장신영(舊莊新詠)』(1984, 手抄本)을 읽다가 그 속에서 특히 「습로(習勞)」라는 짧은 시 한 수를 읽고 큰 감동을 받았다. 먼저 그 시를 아래에 소개한다.

「수고로움에 익혀져(習勞)」

사십 년 교육자 생활에 아직 재산 없으나
온 방 안에 향기로운 책 있어 행복하네.

내 사랑하는 학문세계는 추구해도 다함이 없고
수고로움에 익혀져 아직 차마 한가한 삶은 읊지 못하네.

册年教學猶無產, 一室芬芳幸有書.
십 년 교 학 유 무 산 　 일 실 분 방 행 유 서

自愛硯田耕不盡, 習勞未忍賦閒居.
자 애 연 전 경 부 진 　 습 로 미 인 부 한 거

이 시의 제목 밑에는 선생님이 이 시를 짓게 된 동기를 설명
하신 다음과 같은 자주(自注)가 붙어있다.

　"딸 궈잉(國瓔)이 나보고 수십 년 동안 교육자 생활을 해
　왔는데 지금껏 재산이 없다고 비웃기에 깊이 느끼는 바가 있
　었다."

瓔女笑我教學數十年, 至今尙無產, 深有所感.
영 녀 소 아 교 학 수 십 년 　 지 금 상 무 산 　 심 유 소 감

선생님은 교감학(校勘學)에 있어서는 타의 추종을 불허하는
세계적인 대학자시다. '교감학'이란 옛날 책이 전해오는 동안
책의 본문에 잘못이 생긴 글자나 구절을 바로잡아 놓는 학문
이다. 특별히 오랜 역사를 통하여 한자를 써온 중국에 꼭 필요
한 고증학(考證學)의 한 분야이다. 왕슈민 선생님은 대만대학
교수와 국립중앙연구원(國立中央研究院) 원사(院士)로 수십 년 동

왕슈민 교수님

안 재직을 하였는데도 나이 70여 세(이 시를 쓸 당시)가 되도록 집 한 칸 없이 홀로 국립중앙연구원의 연구실을 하나 빌리어 그곳에서 공부하시면서 생활까지 모두 해결하고 계셨다. 선생님의 확실한 보수는 알지 못하지만 우리나라 대학 교수 월급보다는 훨씬 많았을 것임에는 틀림이 없다. 따님 왕꿔잉(王國瓔) 씨도 대만대학 중문과 교수로 있다가 정년퇴직하였고, 그의 부군도 역시 대만대학 교수를 역임하였다. 아버지가 노령임에도 불구하고 홀로 밤낮없이 연구실에서 생활하시고 계셨으니 그런 아버지를 바라보는 따님은 무척 가슴 아팠을 것임에 틀림없다. 선생님이 홀로 지내시는 것도 이미 수십 년 된 일이다. 아마도 따님은 여러 번 아버님께 생활방식에 관하여 여러 가지 말씀을 드렸을 것이다. 이 시는 따님이 말하는 중에 특히 수십 년 동안 교직생활을 하고도 재산 하나 없다는 말이 마음에 걸리어 그 말에 대한 선생님의 소신을 읊은 것이다.

내가 1959년 대만대학으로 유학을 가서 대학원에서 강의를 들었던 교수 다섯 분은 모두 대륙으로부터 국민당 정부가 모시고 온 중국 고전문학 각 분야의 세계 최고의 대학자들이셨다. 나는 이 다섯 분의 스승님 모두를 살아계신 성인이라 여긴 터이라 그때부터 귀국한 뒤에까지도 학문뿐만이 아니라 세상을 살아가는 방식에 있어서도 그분들을 본뜨려고 애썼다. 나는 모든 면에서 그분들 수준의 반도 따라가지 못하였지만 덕분에 시원찮은 대로 우리나라의 학자가 되어 지금까지 잘 버티고 있다고 생각한다. 왕 선생님은 교감학(校勘學)의 대가시고 도가(道家)의 대표적인 사상가 장자(莊子)를 특히 좋아하셨으며 다섯 분의 선생님 중 가장 젊으셔서 가장 오래도록 생존해 계시면서 내게 많은 가르침을 주셨다. 우연히도 왕 선생님뿐만이 아니라 대만대학의 다섯 분의 나의 선생님들은 모두 돌아가시기 전까지 자신의 집을 마련하지 않으셨다. 극히 어려운 나라 형편에도 대륙으로부터 대만까지 자신을 모시고 온 위정자에 대한 믿음도 작용한 때문이리라. 나라에서 관사나 방을 빌려주었던 탓도 있었을 것이다. 어떻든 타이완의 내 후배 교수들도 모두 좋은 아파트에 살고 있는 것을 보면 그분들은 이 시를 통해서 알 수 있듯이, 돈이나 재물에 초연하고 보통 사람들과 같은 편안함이나 즐거움 같은 것은 추구하지 않았기 때문에 집을 장만하지 않았던 것이 분명하다. 나도 그분들 덕분에 지금까지 돈으로부터 초연한 자세로 살아오고 있다.

'수고로움에 익혀진다'는 것은 책 읽고 공부하는 수고로움이 자기 생활의 습성 또는 습관이 되어버렸다는 것이다. 곧 책 읽고 공부하는 일이 자기 생활에 완전히 녹아들었다는 뜻이다. 선생님은 이 수고로운 일이 습성이 되어 정신없이 살아가다 보니 40년 동안 교직생활을 했는데도 재산이 하나도 없다. 돈이나 재산에는 전혀 관심을 둘 여유가 없었기 때문이다. 그러나 자기 방 가득히 쌓여있는 책에서 향기를 느끼며 매우 행복한 나날을 보내고 있다. 셋째 구절의 연전(硯田)은 '벼루 밭'이란 뜻인데, 벼루에 먹을 갈고 붓으로 글을 쓰는 '학문 세계'를 가리키는 말이다. '벼루 밭'은 아무리 갈아보아도 끝이 없듯이 학문세계란 무한한 세계여서 일생을 다 바쳐도 끝이 보이지 않는다. 선생님은 한이 없는 이 학문세계를 스스로 사랑하여 그 속에 빠져 있다. 그 때문에 공부하는 수고로움에 익혀져 있어서 다른 일에는 손을 댈 여가가 없다. 당나라 때의 현실주의적인 시인 백거이(白居易, 772-846) 같은 이도 세상일을 노래하는 풍유(諷諭)에 자기 시를 쓰는 목표를 두었으면서도 한편 적지 않은 양의 자기의 여유 있는 생활을 읊은 한적(閒適)시도 지었다. 그러나 선생님 자신은 가끔 시를 읊고는 있지만 전혀 그러한 한적한 삶을 노래할 겨를은 없다는 것이다.

선생님 시를 읽고 나서 '습로'는 바로 내 생활 모토가 되었다. '습로'란 곧 내가 하고자 하는 일, 또는 내가 하고 싶은 일에 수고를 다하면서 살아가는 데에 익혀진다는 것이다. '익혀진다'는 말은 '습관이 된다', '습성이 된다' 또는 '익숙해진다'는 말로 바꾸어도 될 것이다. '습로'를 내 생활 모토로 삼고 나자 나도 곧 책 읽고 글 쓰고 공부하는 수고로움이 어느정도 내 생활에 녹아들어 차츰 내 공부방에 가득한 책들이 향기롭게 여겨지고 공부하는 생활이 이전보다도 더 행복하게 느껴졌다. 그리고 한 걸음 더 나아가 차차 수고로움뿐만이 아니라 '어려움'이나 '괴로움'까지도 내 생활 속에 익혀지도록 하는 것이 뜻있는 일을 이루고 행복한 삶을 추구하는 길임도 깨달게 되었다. 지금도 나는 방 안을 둘러보면서 "온 방 안에 향기로운 책 있어 행복하다.(一室芬芳幸有書.)"하고 선생님의 시구를 마음속으로 읊조리고 있다.

  1980년대 말 쯤 여름방학 때 타이베이(臺北)에서 열리는 학술회의에 참석하려고 그곳에 갔을 적의 일이다. 나는 타이베이로 날아가는 비행기 안에서 타이완의 일간신문을 통하여 타이완 북부에 비가 많이 내려 장마가 졌다는 보도를 접하였다. 특히 타이베이 교외에 있는 난깡(南港)의 국립중앙연구원에 장맛물이 들었다는 기사가 눈에 들어왔다. 선생님은 그때도 줄곧 중앙연구원의 작은 방 한 칸을 빌려 그곳을 숙소 겸 서재로 쓰고 계셨다. 타이베이에 도착한 날은 아무런 일정도 잡혀있지 않아 완전히 자유로웠다. 호텔에 방을 정하고 나서 시간 여유가 생기자 장마가 진 곳에 계실 왕 선생님의 안부가 걱정되어 선생님에게 전화를 걸었다. 다행히도 저쪽에서 선생님의 반가운 목소리가 들려왔다. 나는 즉시 선생님께 뵈러 가겠노라고 말씀드리고는 바로 호텔 문을 나가 택시를 잡아타고 선생님이 계신 타이베이 교외에 있는 난깡의 중앙연구원으로 달려갔다.

중앙연구원에 도착해 보니 그곳 건물 벽과 길 위에는 아직도 장마로 빗물이 들어왔다 나간 흔적으로 어수선하였다. 정문 안 대로조차도 아직 제대로 청소가 되어있지 않았다. 국가의 중요 기관임에도 불구하고 부근을 왕래하는 사람도 전혀 눈에 뜨이지 않았다. 선생님은 중앙연구원 건물 중에서도 비교적 낮은 쪽의 건물(옛날의 蔡元培館)에 계셨으므로 선생님이 계시던 건물에는 장맛물이 더 많이 들어왔을 것임이 분명하였다. 나는 택시를 돌려보내고 난 뒤에야 선생님께 전화를 걸면서 지금 계신 곳을 여쭤보지 않은 것을 후회하였다. 이런 장마 중에 장맛물이 흘러 들어갔을 낮은 곳에 있는 전에 계시던 건물 방에 선생님이 그대로 계시지는 않을 것 같았기 때문이다. 그제 와서 발길을 돌릴 수도 없고 물어볼 곳도 없는지라 의심스러운 중에도 옛날 계시던 건물 방을 그대로 찾아갔다.

건물에 당도하여 보니 예상대로 그곳에는 장맛물이 더 많이 들어왔던 흔적이 뚜렷하였다. 그래도 물이 들어왔다가 나간 흔적이 아직도 그대로인 건물 안으로 들어가 선생님 문 앞으로 가 문패를 확인하고 방문을 두드리자 안에서 선생님의 목

소리가 들려왔다. 정말 기뻤다. 문을 열고 들어가자 선생님은 아직도 장마로 어지럽고 장맛물 냄새도 가시지 않은 주위 환경에도 불구하고 작은 방 책상 앞에 앉아 글을 쓰고 계시다가 찾아온 제자를 돌아보며 환하게 웃는 얼굴로 반가이 맞아주셨다. 장마를 어떻게 피하셨느냐고 여쭙자 선생님은 방구석에 있는 두 개의 전기밥솥을 가리키며 미리 이곳 수위가 밥과 반찬을 준비해 주고 가서 아무런 불편도 없었다는 것이었다. 그리고는 빗물이 방 안까지 들어오기는 했으나 책장 맨 아래 칸의 책은 모두 책장 위로 올려놓아 한 권의 책도 버리지 않았노라고 어린아이처럼 좋아하시며 장맛물이 들어왔던 정경을 얘기해 주셨다. "온 방 안에 향기로운 책 있어 행복하네."하고 읊었던 선생님의 시구가 가슴에 울렸다. 나는 수위도 장맛물을 피하여 달아났다고 하시면서 홀로 연구실을 지킨 선생님의 마음을 쉽사리 이해하기 힘들었다. 장마 속에 세계적인 대학자가 아니라 하더라도 노인 한 분만을 좁은 방 안에 버려두고 자기들만 살겠다고 도망간 그곳 사람들의 행위도 전혀 이해되지 않았다. 어떻든 한동안 가슴이 벅차고 어안이 벙벙하여 말도 할 수가 없었다.

그러나 선생님은 멀리서 찾아온 제자가 무척 반갑고 기쁘신 것 같았다. 나는 한동안 앉아서 선생님으로부터 학계와 학교에 관한 여러 가지 말씀도 듣고 그동안 쓰신 논문 추인본도 두어 편 받은 다음 그곳을 물러나왔다. 나는 그때 살아계신 성인을 뵙고 나온다는 충격을 마음속에 지워버릴 수가 없었다. 선생님이야말로 진실한 학자, 참된 스승이라고 가슴에 깊이 새겼다. 그리고 '수고로움에 익혀진다'는 '습로'는 공부하는 수고로움을 자기 생활 속에 익히는 것에 그치지 않고, 장맛물이 밀려오더라도 자기가 하던 공부를 계속 즐길 수 있는 정도가 되어야 함을 깨달았다. 나는 거듭 성인이신 선생님을 본받을 것을 굳게 다짐하며 돌아왔다. 장마가 진 건물 안에서도 평온한 몸가짐으로 늘 하시던 글을 읽고 쓰는 일을 하고 계시다가 찾아간 제자를 환하게 웃는 얼굴로 맞아주시던 선생님의 모습은 지금도 내 눈앞에 선하다. 그것이야말로 진정한 '습로'의 모습일 것이다.

나는 나이 80이 가까워지면서 또 '습로'를 습로(習老)로도 넓혀서 이해하게 되었다. 글공부하는 수고로움에 익숙해지는 것 같이 늙어가는 일도 내 생활 속에 녹아들어 익혀지도록 하고 보니 늙고 있다는 것도 아무런 걱정이 되지 않는다. 늙어가는 대로 나 자신이 하는 일에 최선을 다하고 있으면 실제로 늙는 것은 걱정할 여유도 없다. 공자께서도

"발분하여 밥 먹는 것도 잊고, 즐거움으로 걱정도 잊어, 늙음이 닥쳐오고 있다는 것조차도 알지 못한다."

發憤忘食, 樂以忘憂, 不知老之將至. ―『論語』述而
발분망식　낙이망우　부지로지장지

轉眼風光夏徂秋，舊情新願自懸懸。頻年
北夕團欒意，此意綿綿似水流。
如何 一九八○ 九月十□□ 甲子八月廿二日
八十日中得意，時賫心樂事耐尋思。如何
歲歲仍相聚也，何兩風怨別離

고 하였다. 왕슈민 선생님은 내 대만대학 은사 중 가장 젊으시어 최근까지 생존해 계시어 마음 든든하였는데, 작년(2010) 10월에 대만대학을 방문하였다가 선생님이 얼마 전에 고향인 중국의 쓰촨(四川)성에 가 계시다가 작고하셨다는 소식을 들었다. 마음이 무척 허전해짐을 느꼈다. 그러나 선생님은 내 마음속에 영원히 스승으로 살아 계시다고 몇 번이고 다짐하였다. 선생님의 명복을 간절히 빈다.

2011. 2. 24

2
불구불우(不懼不憂)

우리 집 현관에 들어서면, 집안 정면의 안방 문 위 흰 벽에 "불구불우(不懼不憂)"란 네 글자가 담긴 액자가 정면으로 걸려 있는 것이 보인다. 지금 팔십 객이신 대만대학의 은사 타이징눙(臺靜農, 1902-1990) 선생님께서 금년 봄에 써주신 글씨인데, 그 빼어난 개성과 고아한 기품은 옛 명필가 글씨 중에서도 찾아보기 힘들 정도이다. 타이징눙 선생님의 글씨는 이십 년 전에 써주신 것이 이 밖에도 네 가지나 더 있다. 옛날 명인들의 글씨도 두세 폭 갖고 있지만 언제나 우리 집 중심에 자리 잡고 있으면서 내 자랑거리가 되고 있는 것은 이 액자이다. 이 액자가 우리 집 중심에 자리 잡게 된 것은 글씨도 글씨이지만 다가가서 보면 분명히 옆에 잔글씨로 설명이 붙어 있듯이, 이것이

바로 우리 집의 가훈이기 때
문이다.

타이징눙 교수님

우리 집에 이 가훈이 생겨
난 것은 지금으로부터 오륙
년 전의 일이다. 어느 날 전
가족이 식탁에 둘러앉아 저
녁을 먹는 자리에서 당시 소
학교 상급반에 다니고 있던
막내아들 녀석이 우리 집 가
훈은 무어냐고 물어왔다. 학교 선생님이 가훈이 있는 사람은
가훈을 적어오라는 숙제를 냈다는 것이다. 선대로부터 전해
내려오는 가훈이 없는 터이라 없다고 대답하려다가, 문득 이
런 기회에 아이들에게 어떤 교훈이라도 심어주는 게 좋겠다는
생각이 들어 마음을 고쳐먹고, 실은 오래 전부터 내가 가훈으
로 마음속에 접어둔 게 있노라고 대답하였다. 막상 있다고 대
답을 해 놓고는 내가 읽은 경전과 명저들의 가훈이 될 만한 명
구들을 뒤져보았지만 즉각 적절한 말이 떠오르지 않아 무척
난처하였다. 한마디로 바르고 떳떳하게 뜻있는 삶을 살아가라
는 말이 있었으면 좋겠는데, 그런 뜻을 지닌 적절한 말이 잘
떠오르지 않았다. 이리저리 생각하는 중에 가장 먼저 머리에
떠오른 말이 『맹자(孟子)』의 삼락(三樂) 가운데 둘째 조목인

"위로는 하늘에 부끄럽지 아니하고, 아래로는 사람들에게 떳떳하지 않은 게 없다."는 뜻의 "앙불괴어천, 부부작어인(仰不愧於天, 俯不怍於人.)"이어서, 거기에서 "불괴부작(不愧不怍)"이란 네 글자를 따 보았다. 뜻은 괜찮은데 우리말로 풀어보니 괴(愧)와 작(怍)이 다 같이 "부끄럽다"는 뜻이어서, 여기에서는 한쪽은 "떳떳하지 않다"고 옮겼지만 아이들에게 설명하기가 좋지 않다고 여겨졌다. 그러나 뒤이어 『논어(論語)』의 "어진 사람은 걱정하지 아니하고, 용기 있는 사람은 두려워하지 않는다."는 뜻의 "인자불우, 용자불구(仁者不憂, 勇者不懼.)"라는 말이 떠올랐다. 그리고 연이어 『역경(易經)』의 "군자는 꿋꿋이 서서 두려워하지 않는다."는 "군자이독립불구(君子以獨立不懼.)", "하늘을 즐기고 운명을 알기 때문에 걱정하지 않는다."는 "낙천지명고불우(樂天知命故不憂.)"라는 말들이 뒷받침을 해주어 "불우불구(不憂不懼)"라는 말을 잠깐 사이에 가훈이라고 내놓을 수가 있었다.

그리고는 가족들에게 "사람이란 평소에 늘 걱정할 일도 없고 두려워할 일도 없도록, 바르고 떳떳하게 자기 책임과 성의를 다하여 살아가야 한다."는 요지의 가훈풀이를 한바탕 늘어놓았다. 다음 날에는 흰 종이에 "불우불구(不憂不懼)"의 네 글자와 함께 "걱정도 두려움도 없도록 최선을 다하며 바르고 떳떳하게 늘 행동하여야 한다."는 보다 자세한 해설을 덧붙이어

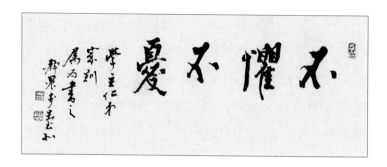

쓴 글을 아이들 방 벽에 붙여주었다. 막내아들 녀석은 다음 날 학교로부터 돌아와 내가 적어준대로 숙제를 제출한 덕에 참 좋은 가훈이라는 칭찬을 선생님으로부터 받았다고 하면서 기뻐하였다.

다시 얼마 뒤에 타이완으로 유학을 떠난 후배를 통하여 우리 집 가훈이 타이징눙 선생님에게 전해져서 뜻밖에도 은사의 손을 통하여 가훈이 액자에 옮겨지게 된 것이다. 그래서 이 네 글자는 영원한 우리 집 가훈이 되고, 이 선생님이 쓰신 네 글자가 담긴 액자는 영원한 우리 집 가보가 될 것이다. 다만 선생님께서 쓰시면서 "불구불우(不懼不憂)"라고 앞뒤 순서를 바꾸어 놓기는 하였지만 내용상으로는 아무런 상관도 없는 일이다.

이제껏 나 자신이 떳떳하게 살아보려고 늘 애써온 터이라 경각 간에 만들어진 가훈이기는 하나 뒤에 거듭 음미하여볼수록 더욱 만족스러웠다. 남보다 호화롭게 살지는 못하더라도 적어도 내 할 일에는 최선을 다함으로써 걱정도 두려움도 없이 산다는 것은 내 자신이 추구하려 한 삶이라 여겨지기도 하였다. 남보다 호사스럽게 살아오지는 못했어도 적어도 남 못지않게 두려움 없고 걱정 없는 삶을 누려왔다는 자부심 같은 것도 얼마간은 작용하고 있는 것 같다.

그러나 지난 해 시월부터 나라가 어지러워지기 시작하자 이 가훈에 대한 만족이 무너져 갔다. 올해로 들어와 학생들이 거리로 뛰쳐나갈 무렵에는 내 자신이 결정하고 대만의 은사께서 어두워진 눈을 무릅쓰시며 써주신 우리 집 한가운데 걸려있는 넉 자의 가훈이 숫제 민망스럽기만 하였다. 아무리 걱정을 말자, 두려워 말자 해도 가슴 밑바닥에 잠기는 걱정과 두려움은 지울 길이 없었다. 옛날부터 우국(憂國)이란 말이 있기는 하지만, 내 전공이 쾌쾌 묵은 옛 중국의 문학이고, 평소에는 정치 현실에도 별 관심이 없어 신문이나 텔레비젼까지도 가까이 하는 일이 드물었던 터이라 내 자신의 마음 상태를 스스로도 이해하기 어려웠다. 다만 내 마음속에 잠기는 걱정이나 두려움 같은 감정이 내 개인의 문제나 우리 집안의 일과 관계되는 것이 아니라는 것만은 분명한 일이었다.

또한 이제까지의 나의 행동이나 일의 동기가 남을 위한다, 또는 사람들을 위한다는 생각일 경우는 적지 않았지만, '나라를 위한다' 또는 '민족을 위한다'는 생각이었을 경우는 극히 드물었음으로, 이런 마음속의 상태를 놓고 스스로를 '우국지사(憂國之士)'로 자처케 할 수도 없을 것 같았다. 어떻든 사람이란 자신의 행동이나 마음가짐과는 관계없이 알 수도 없는 두려움과 걱정을 안게 된다는 것을 발견하고는 가훈이 잘못된 것이 아닐까 생각되기까지 하였다. 은사의 명필만 아니었다면 그때 가훈이 적힌 액자를 우리 집 벽에서 떼어 내렸을지도 모를 일이다.

그런 중에도 세월은 흘러 지난달에는 학교 문이 열리고, 내 생활도 정상괴도를 되찾게 되었다. 생활이 정상화되면서 자신도 모르는 사이에 마음속의 두려움이나 걱정 같은 생각도 가시어 갔다. 마음속이 맑아지면서 잃었던 사고의 능력도 되돌아오는 것 같았다. 그렇지! 우리 가훈이야 조금도 잘못된 게 없지. 사람이란 언제나 두려워할 일도 걱정할 일도 없도록 떳떳하게 행동해야지. 다만 나라가 어지럽고 민족이 위기에 처하거나 주위의 사람들이 불행을 당하거나 위험한 상태에 있는 것을 보고도 자기 마음만이 편할 수가 있겠는가? 기회가 생기는 대로 아이들에게 가훈에 대한 해설을 다시 한 번 해주어야 하겠다. 훌륭한 가훈에다 대를 물리며 자랑할 수 있는 빼어난 글씨가 아닌가!

1980. 9.

3

호가 이불(二不)이 된 사연

여러 해 전에 나는 「불구불우(不懼不憂)」라는 제목의 글을 쓴 일이 있다. 중국 현대문학의 거장 루신(魯迅, 1881-1936)의 제자이며 대만대학 교수를 역임한 은사 타이징눙(臺靜農, 1903-1990) 선생님께서 써주신 우리 집 안방 문 위에 걸린 명필을 자랑하려는 글이었다. 그리고 다시 몇 년 뒤에 대만대학 교수 몇 분이 우리 집을 방문하고 귀국한 다음 다시 공자의 직계 종손이신 쿵더청(孔德成) 선생님께 부탁하여 같은 글을 써 보내주었다. 공 선생님의 글씨 액자는 우연히도 「불우불구(不憂不懼)」인데 지금 우리 집 현관 바로 앞 벽 위에 걸려 있다.

"걱정할 일도 두려워할 일도 없도록 바르고 깨끗하게 살아가라"는 뜻의 '불우불구'는 우리 집 가훈이다. 타이징눙 선생님이 쓰신 액자 글씨는 '불구불우'인데 쿵더청 선생님이 쓰신 액자는 '불우불구'이다. 필체도 타이징눙 선생님의 것은 매우 개성적이고 힘이 있으며 빼어나면서도 시원한 맛을 느끼게 하는데 비하여, 쿵더청 선생님의 것은 극히 바르고도 반듯하며 우아하고도 단정한 맛을 느끼게 하는 글씨이다.

타이 선생님의 글씨 하나만도 자랑거리였는데, 쿵 선생님께서 하나를 더 보태주셨으니 우리 집 자랑거리가 두 배로 는 것이다. 두 분의 글씨는 대만뿐만이 아니라 온 중국에 걸쳐 불후의 명가로 칭송되고 있는 분들이니, 우리 집의 이 두 글씨 액자는 내놓고 자랑해도 좋을 것이다.

이 '불구불우'라는 말은 『논어(論語)』의 "어진 사람은 걱정하지 아니하고, 용기 있는 사람은 두려워하지 않는다."는 뜻의 "인자불우, 용자불구(仁者不憂, 勇者不懼.)"라는 말 등에서 따온 것이다. 그런데 종교를 갖고 있지 않던 우리 가족이 아버님의 작고를 계기로 교회에 나가게 되었다. 부모님께서 명절 때의 차례나 조상의 제사를 가정예배로 보아오신 처지여서, 맏아들인 나로서는 부모님께서 해오시던 집안의 행사 방법을 갑자기 바꿀 수가 없어서 기독교 신자가 된 것이다. 마지못해 교회에 나가기 시작하면서 마음에 거리끼는 한 가지가 유교사상을 바탕으로 나온 우리 집의 자랑거리인 가훈이었다.

그러나 곧 성경에서 "평안을 너희에게 끼치노니 곧 나의 평안을 너희에게 주노라. 내가 너희에게 주는 것은 세상이 주는 것 같지 아니하니라. 너희는 마음에 근심도 말고 두려워하지도 말라."(요한복음 14장 27절)는 '불우불구'의 복음을 접하게 되었다. 곧 이 밖에도 성경 여러 곳에 "두려워하지 말라", "근심하지 말라."는 예수님의 가르침이 있음을 알게 되었다. 올바로 하나님을 믿고 올바로 바르게 살아간다면 두려워하고 근심할 일이 무엇이 있겠는가? 이래서 우리 집 자랑거리에는 더 큰 뜻이 보태어져 그대로 집안에 걸려있으면서 우리 가족들에게 올바른 삶의 길을 일러주고 있다.

그런데 얼마 전 어느 모임에서 막간에 그 모임에 나온 사람들의 아호 얘기를 하게 되었다. 모두들 멋있고 훌륭한 아호들을 갖고 있었다. 결국은 그 자리에 있던 몇 사람이 입을 다물고 있던 내게 호가 무엇인지 공개하고 그 뜻을 설명하라고 다그쳐 왔다. 실은 일찍이 고향 선배 한 분이 시암(時庵)이란 호를 지어주어 일부에선 통용되고 있었고, 학교에서는 은사님이 내가 바다에 관한 글을 쓴 것을 읽으시고는 해암(海庵)이란 호를 내려주시어 그렇게도 불리고 있었다. 그러나 나는 어쩐 일인지 "암(庵)"이라는 글자가 마음에 들지 않았고, 우리 학교 대선배 교수님 중에 이미 해암이란 아호를 갖고 계신 분이 계셨다. 그리고 그 모임자리에 있던 사람들과 다 같이 잘 아는 친지 중에도 해암이란 호를 쓰는 분이 있었다.

이에 나는 호가 없다고 했으나 그럴 리가 있느냐고 윽박지르는 바람에 얼핏 생각해 낸 것이 우리 집 벽에 걸려있는 두 가지 자랑거리였다. 두 글자의 "불"자가 들어있고, 두 가지 일을 부정하는 뜻이 있기에 "이불(二不)"이란 말이 머리에 떠올랐다. 아호로서는 좀 특이하다고 생각되었지만 더 깊이 생각할 겨를도 없어 "이불"이란 호가 있기는 있다고 대답했다. 한 친구가 "겨우 '투 달러'냐?"고 농을 바로 걸어왔다. "그래도

'원 달러'의 두 배가 아니냐?"고 나도 농으로 받고는 서서히 우리 집의 자랑을 늘어놓았다. 모인 분들 중에는 우리 집에 와 본 친구들도 있었고, 타이징눙과 쿵더청 두 선생님의 학문과 글씨에 대한 명성을 익히 잘 알고 있는 분들도 있었다. 그 자리에 있던 분들은 모두 글자도 간단하고 특별한데다가 깊은 뜻도 담겨있어 좋다고 하면서 나를 '이불'이라 부르기 시작했다. 나 자신도 '암'자가 들은 이전에 일부에서 쓰던 '시암'이나 '해암'보다는 마음에 들어 '이불'이란 칭호를 스스로 쓰게 되었다. 정식으로 '이불재(二不齋)'라고 나 자신의 호를 정하게 된 것이다.

그러나 '이불'이란 호를 가끔 쓰게 되자 적지 않은 사람들이 그 아호는 어떻게 쓰는 글자이며 무슨 뜻이냐고 물어오게 되었다. 나는 여러 번 '두 이'자와 '아닐 불'자이니, 쓰기도 쉽고 뜻도 알기 쉽지 않으냐고 반문하면서, 상대방에게 당신 생각엔 무엇 두 가지를 하지 않겠다는 것이겠느냐고 되물었다. 어떤 사람은 '두 마음을 갖지 않겠다는 뜻 아니냐?'고 하였고, 그밖에 '두 가지 목표를 추구하지 않는다.', '두 가지를 한꺼번에 하지 않는다.', '거짓말과 비열한 짓 두 가지를 하지 않는다.', '나쁜 짓과 부정한 짓 두 가지를 하지 않는다.'는 등 여러 가지 대답이 나왔다. 그런 여러 가지 대답을 들으면서 '이불'이란 말에 담긴 뜻이 '불우불구'에 그치지 아니하고 의미심장하다는 것을 절감하게 되었다.

그리고 보니 해서는 안 될 일로 두 개의 불자가 들어가는 말로 '불평불만(不平不滿)', '불의부정(不義不正)' 등이 있고, 두 번 해서는 안 될 일로는 '같은 잘못', '같은 실수' 등이 있다. 그리고 해서는 안 될 두 가지 일을 생각해보니, '나쁜 짓과 멍청한 짓', '남을 원망하는 일과 남을 미워하는 일' 등 무척 많았고, 지녀서는 안 될 두 가지 일로는 '욕심과 사심', '비뚤어진 생각과 자기만 잘 살려는 생각' 등 무척 많았다. 이로부터 일기장이나 필기장 공란 같은 데에는 '바라지 않을 것 두 가지--공것과 쓸데없는 것', '남에게 해서는 안 될 두 가지--미워하는 짓과 탓하는 짓', '나를 위해 셈하지 않을 것--돈과 세월' 등의 낙서가 쓰이기 시작하였다. '이불'이란 호에 대하여 애착이 생긴 것이다.

지난 해 우리 학과 신년하례식에서 어느 제자가 선생님 호가 '이불'인 이유를 설명해달라는 요청을 하였다. 나는 '이불'의 뜻에 대하여 대강 앞에서 얘기한 내용들을 설명하고, 기왕 말이 나왔으니 이번 새해에는 무언가 두 가지 일만은 하지 않겠다고 마음에 다짐을 하는 게 어떻겠느냐는 제의를 우리 학과의 모든 이들에게 하였다. 많은 사람들이 동의를 하였고, 어떤 이들에게서는 한 해를 두고 그 효과가 있었음을 확인하기도 하였다.

이제는 남이 '이불' 또는 '이불선생'이라 불러주면 기분이 좋다. "마음에 근심도 말고 두려워하지도 말라"고 가르치신 대로 올바른 삶을 추구할 수 있을 것 같기 때문이다. 거듭 "두려워하지도 않고 근심하지도 않는" 바르고도 독실한 삶을 살아가면서, 내 스스로 틈틈이 생각해보는 '두 가지 해서는 안 될 일'이나 '두 가지 지녀서는 안 될 일', '두 번 해서는 안 될 일' 등도 실천하리라고 마음속으로 다짐해 본다.

1989.

4

불경불해(不京不海)

2012년에 나는 중국 상하이(上海)에 있는 복단대학(復旦大學)의 특별초청으로 그 대학에 가서 6월 7일에 개최된 '실증(實證)과 연변(演變)'이란 주제의 중국문학사 국제학술연토회(研討會)에 참석하여 「중국문학사에 있어서의 '고대'와 '근대'에 관한 문제를 다시 논함(再論中國文學史上 '古代' 與 '近代' 的問題)」이라는 논문을 발표하고, 다시 6월 9일에는 '장베이헝(章培恒) 교수의 서거(逝去) 일주년'을 기념하기 위하여 개최된 '장베이헝 교수 기념강좌'에 참여하여 「주공과 삼경(周公與三經)」이란 주제로 공개 강의를 하였다. 그때 회의 주최자로부터 새로 막 찍어낸 장베이헝 교수의 논문집 『불경불해집(不京不海集)』[1]을

1 2012. 5. 復旦大學出版社 刊.

받아가지고 돌아와 그 책을 펴보면서 여러 가지로 크게 감동을 받았다.

장베이헝 교수는 나와는 같은 1934년 1월에 출생한 동갑인데 내 생일이 1~2주일 정도 빠른 것으로 기억하고 있다. 우리는 2000년이 가까워지고 있을 무렵에 처음 만났으나 동갑인데다가 다 같이 자기가 저술한 『중국문학사』에 심혈을 기울이고 있는 터이라 서로 논의할 문제가 무척 많았고 여러 면에서 의기가 통하였다. 특히 장베이헝 교수는 중국문학사 분기문제에 있어서 내가 중국고전문학사의 시기를 북송(北宋) 말(1127) 무렵을 분계(分界)로 하여 그 이전을 '고대', 그 이후를 '근대'라 나누고 있는 점에 대하여 관심이 많았다. 때문에 장베이헝 교수는 2001년 11월 15일에서 17일에 걸쳐 대규모로 거행된 '중국문학(中國文學)의 고금(古今)의 연변(演變) 연구(硏究) 국제학술연토회(國際學術硏討會)'라는 주제의 중국문학사 관련 회의에 나를 특별초청해 주어 나는 「중국문학사에 있어서의 '고대'와 '근대'(中國文學史上的 '古代' 與 '近代')」[2]라는 논문을 발표하였다.

복단대학 중국문학과에서 수많은 제자들로부터 존경을 받아오던 장베이헝 교수가 2011년 지병으로 입원한 병원에서 작고하여 온 대학을 슬픔으로 몰아넣었다. 장베이헝의 세대는

2 『復旦學報』 社會科學版 2002年 第3期, 中國 上海 復旦大學校 發行에 실림.

중국의 실정이 성실하게 학문연구를 추구하기 무척 어려운 기간이었다. 소학교와 중·고등학교는 전쟁과 내란의 소용돌이 속에 보내었고, 중화인민공화국이 이룩된 뒤 1954년에 복단대학을 졸업하고 모교에 남아 본격적으로 중국문학의 교육과 연구에 종사하게 되었으나 이 기간에 장 교수는 후펑집단(胡風集團)의 일원으로 몰리어 어려움을 겪었다 한다.

후펑(胡風, 1902-1985)은 유명한 문학평론가로, 1933년 일본에서 활동을 하다가 상하이(上海)로 돌아와 좌련선전부장(左聯宣傳部長)과 행정서기(行政書記)를 겸하면서 많은 문예평론에 관한 글을 썼다. 그리고 1934년부터는 『해연(海燕)』·『칠월(七月)』·『희망(希望)』 등의 잡지를 내어 항전(抗戰)과 혁명을 위하여 문학을 통해서 적지 않은 공헌을 하였다. 중화인민공화국이 이루어진 뒤로는 전국문련위원(全國文聯委員) 및 중국작가협회의 이사를 역임하였다. 장베이형 교수는 이 후펑과 문학이념이 서로 통했던 것 같다.

1951년부터 일부 문인들에 의하여 후펑은 사회주의 문학창작에 있어서 첫째 요소로 '주관전투정신(主觀戰鬪精神)'을 내세우고 있고, 마오쩌둥의 노동자·농민·병사를 바탕으로 하는 『문예강화』의 노선과도 문학의 이해를 달리하고 있다고 비판을 받기 시작하였다. 1955년에 와서는 꿔머러(郭沫若)·마오둔(茅盾) 같은 대가들도 그의 반사회주의적인 문학 경향을 비판하였다. 이에 그 스스로도 대세에 몰리어 "맑스주의를 위반하고 마오 주석의 문예방침을 위반하였음"을 자아비판(自我批判)하게 되고, 사회주의 문학에 대한 적대분자(敵對分子)로 처리되었다. 그러다가 문화대혁명이 지난 뒤 1979년에 가서야 자유로운 몸으로 회복되었고 1980년에 가서야 그에 대한 비판이 잘못이었음이 공인되었다.

장베이헝 교수가 1950년대에 호풍집단의 한 사람으로 몰렸다면 그도 1980년까지는 공적인 대외활동을 하기가 어려웠을 것이다. 그러니 장 교수는 1980년에 이르기까지 학문연구는커녕 문화계에서의 자신의 자리를 지탱하기에도 힘에 겨운 처지였을 것이다. 그런데도 장 교수는 복단대학을 기반으로 하여 중국 고전문학에 대한 연구를 쌓아 특히 충실한 『중국문학사』를 이룩하기에 온 심혈을 기울이었다. 그 결과 1993년에는 같은 대학의 러위밍(駱玉明)과의 공저로 『중국문학사』를 완성하고 검정고시(檢定考試)의 교재로 신청하여 국가교위(國家敎委)의 심사를 통과하였으나 검정고시 교재로는 쓰지 않았다 한다.[3] 그리고 더욱 공을 들여 1996년에 『중국문학사』[4]를 내어 좋은 평을 받았다. 다시 1998년에는 많은 손을 대어 『중국문

---

3 章培恒·駱玉明 主編 『中國文學史新著』 增訂本 第二版(復旦大學出版社, 2011.) 作者 原序 의거.

4 復旦大學出版社 刊.

학사신저(中國文學史新著)」상 · 중 두 권[5]을 내었으나 1999년 장교수 몸에 암(癌)이 발견되어 저작 작업이 중단되었다. 그러나암 치료를 받고 2005년에는 어느 정도 원기를 회복하자 다시이미 내었던 상 · 중 두 권도 수정하면서 하권까지 완성하였다. 그리고도 계속 손을 대어 그 자신이 작고한 2011년에는「중국문학사신저」증정본(增訂本) 제2판을 내고 있다. 당나라시인 두보(杜甫, 712-770)가 "어불경인사불휴(語不驚人死不休)"라고 하며 시를 썼지만[6], 장베이헝 교수는 "훌륭한 중국문학사를 이루는 일은 죽는 날까지 그만두지 못하겠다."고 하면서「중국문학사」에 그의 몸과 마음을 다 바쳤던 것 같다.

　「불경불해집」을 대하고 우선 왜 논문집 제목이 '불경불해'일까, '불경불해'는 무슨 뜻을 담고 있는 것일까 의아하였다. 그러나 그 의문은 책 앞머리 왕슈이자오(王水照)의 서문을 통하여 장베이헝 교수의 스승인 츤즈잔(陳子展) 교수가 1946년에쓴 시의 한 구절 "경파(京派)도 아니고 해파(海派)도 아니며 강호파(江湖派)도 아니다.(不京不海不江湖)"에서 따온 말임을 알게되었다. 특히 '경파'와 '해파'라는 말은 근래에 와서 중국문화 전반에 걸쳐 그 성격이나 이해의 차이를 논할 때에 쓰인 것

---

5 上海文藝出版社 刊.
6 杜甫 「江上値水如海勢聊短述」시의 구절.

이다. 대체로 '경'은 베이징(北京)을 뜻하는데, 보수적이고 관료적이며 완고한 성격이나 경향을 뜻하고, '해'는 상하이(上海)를 뜻하는데, 진보적이고 시정적(市井的)이며 새로운 성격이나 경향을 뜻한다. 경우에 따라서는 '해'는 상하이 뿐만이 아니라 진보적이고 새로운 다른 지방의 경향까지도 뜻하는 경우가 있다. 학문연구에 있어서도 '경파'는 보수적이어서 전통을 중시하며 신중하게 힘써 진실을 추구하여 기존의 이론을 발전시킨다는 장점이 있는 반면, '해파'는 진보적이어서 참신한 원리와 여러 가지 사상(事象)을 널리 받아들이어 새로운 진리를 찾아낸다는 장점이 있다. 여하튼 '불경불해'는 학문연구를 함에 있어서 어떤 한 가지 방법이나 어느 한 학파의 이론에만 매달리지 않고 진실을 추구하기에 온 힘을 다했다는 뜻이 된다. 곧 '불경불해'라는 글자 뜻은 '경파'도 아니고 '해파'도 아니라는 말이지만, 여기에 실린 논문을 보면 학문 연구에 '경파'의 방법도 다 동원하고 '해파'의 방법도 다 동원하여 이룬 결과가 이 논문집이라고 하여야 옳을 것 같다. 이 점 학문을 하는 방법으로 나도 본떠야겠다고 마음으로 다짐하였다.

감동은 책을 펼쳐보면서 나를 엄습하였다. 이 책에는 장베이형 교수가 1963년부터 2002년 사이에 쓴 논문 39편이 실려 있다. 그런데 복단대학 출판사의 『불경불해집』의 「출판설명」 이란 글에 의하면, 이 책은 2003년에 초판 편집을 끝냈는데 장베이헝 교수는 간암으로 투병 중이면서도 직접 논문을 모두 자세히 읽으면서 수정을 하였는데, 글자나 문구를 고친 이외에도 내용을 고친 부분에 대하여는 주해 형식으로 모두 설명을 하고 있다고 하였다. 그리고 그 중 여러 편의 논문에는 논문 발표 뒤에 쓴 '부기(附記)'가 붙어 있는데, 「〈삼국지통속연의〉의 저작 연대문제를 다시 논함(再談〈三國志通俗演義〉的寫作年代問題)」을 비롯한 세 편의 논문에 붙어있는 '부기'는 『불경불해집』을 편집하기 전에 이미 써놓은 것이고, 「굴원의 생애에 관한 몇 가지 문제(關于屈原生平的幾個問題)」를 비롯한 네 편의 논문 '부기'는 『불경불해집』을 편집하면서 쓴 것이다.[7] 그러니 장베이헝 교수는 꾸준히 이미 발표한 논문도 뒤에 계속 다시 읽고 수정을 가하면서 새로 발견한 자료나 달라진 견해 등을 덧붙여 놓기도 한 것이다.

특히 「김성탄의 문학비평(金聖歎的文學批評)」이란 논문의 '부기'는 2011년 2월 25일 장베이헝이 병상에서 말한 것을 제자인 우관원(吳冠文)이 받아 적은 것이라고 끝머리에 적혀있다. 장베이헝 교수는 이 '부기'를 이루어놓고 3개월 뒤에 이 세상을 떠났다. 장 교수가 말하는 것을 받아 적었던 제자인 우관원은 『불경불해집』의 끝머리에 이 논문집을 내게 된 경과와 여

기에 실려 있는 논문과 '부기'의 성격을 요약한 '후기(后記)'를 써서 붙여놓고 있다. 그에 의하면, 장베이헝 교수는 논문을 발표한 뒤에도 그에 관한 새로운 자료와 또 다른 문제가 발견되면 다시 논문에 손을 대어 정정을 하고 간단한 문제들은 '부기'로 써서 뒤에 붙이기도 하였다고 한다. 따라서 처음 발표한 논문과는 내용이 상당히 달라진 것들도 여러 편이란다. 2010년 말 장베이헝 교수가 심해진 간암치료를 받고 있는 중에도 『삼국지연의』의 저작문제를 고증한 논문을 가져오라고 하여 몸을 움직이기도 어렵고 통증이 심한 중에도 읽고 교정하여 제자에게 받아 적으라고 하였다는 것이다. 어느 날에는 밤 11시가 넘도록 고통과 기침을 참아가며 문제를 받아 적도록 하느라고 장 교수의 온몸이 땀으로 젖었고, 자기들이 돌아올 적에는 잘 가라는 인사를 할 기력도 없었다고 한다. 2011년 2월 25일 장 교수는 그의 논문의 '부기'를 마지막으로 제자들에게 받아 적도록 하던 날에 정신이 몽롱한 것 같은 중에도 "나는 본시 논문에 스스로 보태어 놓고 싶은 많은 설명할 것을 준비하였는데, 이제는 모두 어찌하는 수가 없을 것만 같다."는 말을 하더라고 끝머리에 쓰고 있다.

　『불경불해집』은 장베이헝 교수가 반세기의 세월을 바쳐 연구한 중국문학 관련 논문집이다. 『중국문학사』의 완성을 전제로 한 연구이기 때문에 논문 내용은 선진(先秦)시대로부터 현대에 이르는 중국 고전문학 전반에 걸친 것들이다. 그리고 논문은 한 번 써서 완성한 것이 아니라 장 교수가 세상을 떠나기 직전까지 계속 교정을 하면서 새로운 의견을 더 보탠 것이다. 논문에는 작가와 작품에 관한 구체적인 문제를 고증(考證)한 것들과 한 시대의 문학 발전의 흐름이나 문학 현상 또는 성격 등을 추구한 것들이 있다. 모두 착실하고 빈틈없는 고증과 연구를 바탕으로 자신의 새로운 견해를 정리한 것들이다. 전통적인 이론도 존중하면서 과학적인 방법으로 자신의 새로운 이론을 실증하고 있다. 이를 바탕으로 그의『중국문학사』가 이루어지기 때문에 그 저술은 보다 참신하고 훌륭한 문학사가 되지 않을 수가 없는 것이다.

장베이헝 교수와 나는 나이가 동갑이라고 하였지만,『불경불해집』에 실린 가장 빠른 논문이 1963년에 쓴 것이라 하였는데, 나도 최초로 발표한 본격적인 학술 논문이 1963년에 발표한 「나례(儺禮)와 잡희(雜戲) - 중국과의 비교를 중심으로」[8]이다. 그 뒤로 또 100편 정도의 논문을 발표하였다. 그러나 이미 발표한 논문을 다시 수정하거나 보충한 것은 하나도 없다. 첫번째 논문인 「나례와 잡희」만 하더라도 이 글이 일본과 대만 및 중국에서 번역되어 나왔을 적에, 일본의 경우에는 논문이

8 『亞細亞研究』第6卷 2號, 高麗大學校 亞細亞問題研究所 發刊 所載.

발표된 바로 뒤에 나온(1964년) 요약번역이었기에 크게 문제가 없었지만 대만[9]과 중국[10]의 학술지에 번역이 나올 적에는 내 본 논문도 다시 많은 부분을 보충도 하고 개정도 하고 싶었으며, 특히 중국어 번역에 대하여는 바로잡고 싶었던 곳이 적지 않았으나 모두 손도 대지 못하고 구경만 하고 지나갔다. 이 『불경불해집』을 대하고 나서야 지금 후회도 하고 반성도 하고 있지만 이미 때늦은 일이고, 그러한 후회를 느끼도록 하는 논문은 이 한 편에만 그치는 일이 아니다.

물론 1963년 무렵, 그 사회나 학계의 중국문학자에 대한 요구는 중국과 한국의 사정이 크게 달랐다. 한국은 전국 대학에 중국어문학과가 서울대학 한 곳에만 있다가 외국어대학과 성균관대학 두 곳에 학과가 신설되어 중국어문학 교육을 겸하여 중국어문학에 관한 본격적인 연구가 막 시작되고 있는 참이었다. 중국문학에 관한 대학의 교수요원도 몇 명 되지 않는 형편이었다. 그 당시 학계의 나에 대한 절박한 요구는 나의 전공인 고전희곡에 대한 깊은 연구가 아니라 공부하려는 학생들을 널리 중국어문학 전반에 걸쳐 공부할 수 있도록 계도(啓導)하는

---

9 「儺禮和雜戲 −以中韓之比較爲中心」(柯美月·勞子菁 譯 『民俗曲藝』 48 輯, 臺北 民俗曲藝社 刊, 1985.)

10 「儺禮與雜戲 −以中韓之比較爲中心」(『中華戲曲』 第18輯, 山西師範大 學 戲曲文物研究所 刊, 1996.)

것이었다. 이에 나는 곧 전
공은 버리고 힘에 부치는
일이었지만 어쩔 수 없이
학생들이 스스로 공부할
수 있도록 중국의 경전(經
傳)과 제자서(諸子書) 등의
현대적인 번역과 주석을
하는 일과 중국어문학 입
문서를 쓰는데 매달리게

장베이헝(章培恒) 교수와 나

되었다. 입문서로는 『논어
이야기』·『중국문학서설』·『중국문학개론』·『한문입문』·
『중국고대문학사』·『중국문학의 이해』·『중국문학사』 등을
쓰게 되었다. 각 분야에 대한 깊은 연구를 요구하는 중국학계
의 여건과는 자못 다르다.

그러나 1980년대에 들어와 중국어문학계가 크게 발전하자
처음에는 입문서로 생각하고 쓴 『중국문학사』가 공부를 시작
하는 학생뿐만이 아니라 한국의 중국문학을 연구하는 학자들
에게까지도 크게 영향을 끼칠 수 있다는 점을 실감하게 되었
다. 이에 1989년에는 본격적인 문학사를 내었는데[11] 책이 나

----

11 圖書出版 新雅社 刊. 이때 孔子의 直系孫이시며 臺灣大學 教授이신
孔德成 先生님은 직접 題字를 親筆로 써 보내주시며 激勵를 하셨다.

온 뒤로도 만족 못하고 계속 수정을 가하여 1994년에는 제1차 수정본을 내었고, 계속 교정을 가하여 1998년에도 수정본을 내었고, 중국문학사에 대한 달라진 내 견해를 정리하여 2001 년에는 『중국문학사론』[12]을 출판하였다. 그리고 이 문학사론의 이상을 실현하기 위하여 수정을 계속한 끝에 2004년에 새로운 개정판을 내었고, 그것도 부족하여 문학사론을 바탕으로 하여 다시 개정한 『중국문학사』를 2007년에 내었다.

그러나 중국문학사에 대한 이해는 계속 변하여 논문으로 「중국문학사상의 '고대'와 '근대'(中國文學史上的 '古代' 與 '近代')」[13]를 비롯하여 「중국문학사의 몇 가지 문제점을 논함」[14] · 「중국희곡사상의 몇 가지 문제(中國戲曲史上的幾個問題)」[15] · 「중국문학사상의 '고대'와 '근대'를 다시 논함(再論中國文學史上 '古代' 與 '近代')」[16] 등 중국문학사에 관한 달라진 견해를 여러 편의 글로 발표하였다. 그리고 이 논문들을 바탕으로 2013년 7월에는 다시 『중국문학사』 개정판을 내었다. 나도 장베이형

....

12 서울대학출판부 간행.

13 中國語, 『復旦學報』 社會科學版 第3期, 上海 復旦大學校 發行, 2002.

14 大韓民國學術院 發行 『學術院論文集』 第49輯 1號, 2010.

15 中國語, 『戲曲研究』 第83輯, 中國藝術研究院 戲曲研究所 發行, 2011.

16 中國語, 2012, 上海 復旦大學 主催 '實証' 與 '演變' 中國文學史國際學術討論會 發表 논문.

교수처럼 내 『중국문학사』에 나의 학문연구의 모든 능력을 다 동원하고 있다.

결국 전공이 없는 중국문학자가 되어버린 나는 오직 훌륭한 『중국문학사』를 완성하는 일에 전념하게 된 것이다. 한국 중국문학계를 대표할 보다 완전한 『중국문학사』를 이루는 것이 나의 꿈이다. 그리고 『불경불해집』을 받아본 뒤로는 나의 꿈을 이루기 위하여 장베이형 교수의 성실한 본을 받아야 하겠다고 마음속으로 거듭 다짐하고 있다. 장베이형 교수처럼 자기가 하는 일에 자기의 온몸과 마음을 다 바쳐야만 한다.

2013. 11. 3 초고

5
서재와 나

　서재는 나에게 있어서는 나의 작업실일 뿐만이 아니라 나를 지켜주는 나의 성이며 보루이기도 하다. 서재는 나의 삶의 가장 중요한 근거지가 되고 있을 뿐만이 아니라 나의 흐트러지기 쉬운 마음을 보호하고 지탱해주는 곳이 되기도 하기 때문이다. 양으로는 결코 적지 않은 나의 저서와 역서들 및 논문의 대부분이 이곳에서 생산되었고, 여러 가지 학문에 관한 구상과 생활에 대한 사색이 이곳에서 모두 이루어져 왔다.

　남 보기에는 보잘 것 없는 헌 책 무더기의 지저분한 방에 지나지 않을는지 모르지만 어떻든 나 자신을 가장 잘 대표하는 곳이 서재이다. 거기에는 책과 책상뿐만이 아니라 내가 평상시 늘 입는 옷들이 벽장 속에 걸려있고, 또 그 한 구석에는 내가 늘 쓰는 테니스용품들과 술, 담배 같은 나의 기호품 및 특수한 비장품 등속이 감추어져 있다. 결국 내 개인의 생활필수품은 먹는 것을 제외하고는 거의 대부분이 서재 속에 모아져 있는 것이다.

그러기에 일단 서재 속에 들어앉게 되면 불편한 게 없다. 가끔 나는 집사람과 말다툼을 하고는 화를 풀지 않은 채 서재 속으로 숨어버리는 일이 있다. 화가 나 있던 상태에서도 일단 서재 안으로 들어가면 마음이 가라앉고 불편했던 감정들이 평온해진다. 방금 집사람과 다투었던 일은 잊은 채 책상 앞에 앉아 할 일을 시작하게 되는 것이다. 집사람과 말다툼을 한다고 해도 나는 이런 보루가 있기 때문에 늘 부부 싸움에서 내가 이기게 된다. 밖에 있는 집사람은 말다툼으로 달아오른 감정을 주체하지 못하여 불편한 심기가 계속되지만, 서재 안으로 들어온 내 마음은 이미 잔잔한 호수처럼 평온해져 있기 때문이다. 집사람도 이제는 몸과 마음을 기탁할 곳이 있는 남편과 싸우는 것이 얼마나 무모한 일인가 거의 깨달은 듯하다.

사람들이 살아가면서 행복을 느끼는 순간은 여러 경우가 있을 것이다. 가족과 단란한 순간, 뜻 맞는 친구들과 어울리는 순간, 사랑하는 사람과 함께 하는 순간, 오래 두고 애써온 일이 이루어지는 순간, 아름다운 것들을 즐기는 순간 등등. 그러나 내 경우에는 일하다가 나른해진 몸을 서재의 작은 침대 위에 뉘었을 때가 가장 맑고 깨끗한 행복을 오랫동안 지긋이 누리는 순간이다. 그런 때면 나도 모르게 내가 누리고 있는 내 행복에 대하여 하나님께 감사하는 마음이 우러난다. 남에게 폐를 끼치는 일없이 자신이 하고자 하는 일에 보람을 느끼면서 애쓸 수 있는 내 처지가 행복을 느끼게 하는 것이다.

집을 여러 번 옮기다 보니 서재의 규모나 성격도 그때마다 바뀌어 왔다. 지금은 새로 지은 아파트로 이사와 살게 되고 보니 먼저 살던 집의 서재가 무척이나 그리워진다. 아파트로 와서는 서재의 규모도 형편없이 작아지고 멋도 없어졌기 때문이다. 이전에 단독주택에 살 때에는 언제나 그 집에서도 가장 번듯하고 가장 큰방이 내 서재로 배당되었었다. 아파트에서는 그럴 수가 없게 된 것이다.

바로 전에 살던 집에서는 안방 반대편의 대청마루 저쪽 방이 내 서재였는데, 넓직한 마루방 한 개와 화장실까지 따로 달려있었다. 집이 약간 높은 위치에 있는지라 서재에 앉아있으면 책상 앞 창 너머로는 시가지가 내려다보이고, 방바닥에 주저앉으면 뜰 안에 파놓은 조그만 연못이 보였다. 그렇게 멋이 있던 서재가 이런 형편이 되었으니 내 서재의 겉모습은 발전을 못하고 형편없이 후퇴한 셈이 되었다.

서재 외양이 줄어들었다는 것은 서재의 알맹이인 장서에까지도 큰 영향을 끼치게 된다. 내 책들은 전공에 관한 기본도서

와 얼마간의 교양도서 이외에 근래 내가 역점을 두고 있는 한대(漢代) 연구에 필요한 문헌들과 중국의 고전희곡 및 민간연예에 관한 책들에 역점이 두어져 있다. 서재 넓이에 여유가 있을 적에는 책장과 책의 배열에도 질서가 있어 눈감고도 대강 무슨 책은 어디에 꽂혀 있다는 것을 짐작할 수가 있었다. 그러나 서재가 좁아져 책이 제대로 들어설 자리가 모자라게 되자 그런 질서가 무너져 버렸다.

우선 강의와 관계되는 책들과 학교에서도 필요하다고 생각되는 많은 책들이 학교 연구실로 옮겨졌다. 연구하는데 꼭 필요하다고 생각되는 알맹이 책들만을 골라 서재에 두었는데도 억지로 책을 배열하다보니 어떤 책이 어디에 꽂혀있는지 잘 알 수가 없게 되었다. 방도 비좁고 책장도 모자라 책을 억지로 간수하다보니 책의 위치가 자꾸 바뀌게 되기 때문이다.

그러나 서재 안에서 하는 일과 서재 안에서의 마음가짐에는 별로 달라진 게 없다. 생활의 편의를 위하여 가족들의 안락을 위하여 아파트로 옮긴 것이니 어쩔 수가 없는 일이라 미리 체념을 해버렸기 때문이다. 옛날에 비하여 좁고 초라해지기는 했지만 여전히 서재는 나를 지켜주는 성이며 보루로서 엄존하고 있다.

1977. 4. 20

6

북경대학 정원에서

몇 년 전 중국에 가서 북경대학 정원을 두루 거닐면서 학교 안을 구경한 일이 있다. 그때 북경대학 교정의 미명호(未名湖)라는 아름다운 호숫가를 거닐다 보니 숲 속에 두 개의 무덤이 있었다. 북경대학 교수를 지냈고 북경대학 안에 마르크스연구회를 조직하여 활동하였던 리따챠오(李大釗, 1889-1927)와 신문 기자로 중국을 여러 번 방문하며 글을 쓴 미국인 에드가 스노우(Adgar Snow)의 무덤이었다.

이 미국 사람의 무덤이 북경대학 교정 안에 있다는 것은 뜻밖이었다. 나는 그가 쓴 『중국의 붉은 별, Red Star Over China』과 『우리 편의 사람들, People on Our Side』이라는 두 책을 오래 전에 읽어 그는 일찍이 옌안(延安)으로 가서 마오쩌

에드가 스노우(Adgar Snow)의 墓에서

뚱(毛澤東)·조우은라이(周恩來) 등을 만나기도 한 중국통의 미국 신문사 기자라는 정도의 지식만을 갖고 있었다. 그의 무덤 앞에는 묘비가 있어 가까이 가 보니 "중국 인민의 친구" 아무개가 여기 잠들어있다는 내용의 글이 새겨져 있었다.

그 비문은 나에게 충격으로 다가왔다. 그가 아무리 중국을 좋아했다 하더라도 중국 사람들이 미국 사람을 "중국 인민의 친구"라고 불러준다는 것은 대단한 일이다. 뒤에 안 일이지만 에드가 스노우는 중국에서 죽은 것도 아닌데, 그가 죽은 다음 중국 친구들이 그를 흠모하여 그의 유물 일부를 갖다가 그곳에 묻고 묘를 만든 것이라 한다. 그러니 더욱 기가 막힐 노릇이다. 그 때문에 자연스럽게 나 스스로를 돌아보게 되었다. 나는 스스로 중국 친구들이 많고 중국과 가깝다고 자부하고 있었는데, 내가 죽은 뒤 중국 사람들은 나를 어떻게 부를까? "인민의 친구"는 근처에도 갈 수가 없고, 중국의 어떤 집단도 나를 "우리 친구"였다고 기억해줄 사람들이 없을 것 같았다.

나는 시원찮은 존재이니 제쳐둔다 하더라도 우리 한국 사람들 중에는 중국 사람들이 자기네 "인민의 친구"라고 불러줄만한 사람이 있을까 생각해보니 그럴만한 사람이 머리에 떠오르지 않았다. 그리고 보니 우리 한국 사람들은 정이 많고 착하면서도 특히 외국 사람들에 대하여는 배타적인 경향이 강하다는 생각이 들었다.

우리는 가까운 이웃 나라 사람들에 대하여도 호칭이 보통 일본의 경우에는 왜놈·쪽바리이고, 중국에 대하여는 뙤놈·때국놈이라 부른다. 일본 사람들은 말할 것도 없고 화교조차도 우리나라에서는 뿌리를 제대로 내리고 살지 못하고 있다. 지금도 우리는 독도나 고구려사 문제 등에 있어서 역사적 이성적인 판단보다도 감정적인 비평을 앞세워 이웃 친구들을 욕하기 일쑤이다. 우리는 국제적으로는 이웃도 없는 것이 아닌가 하는 생각조차 들 때가 있다.

에드가 스노우 같은 사람들이 있기에 미국은 선진국이고 위대한 것 같다. 자리를 우리나라로 옮겨 보더라도 미국 사람들 중에는 "우리의 친구"라고 불러도 좋을 사람들이 여러 명 있다. 우리나라에 학교를 세워 한국 사람들 교육에 크게 이바지한 분들, 자기를 희생하면서 우리나라의 가난하고 어려운 사람들을 도운 분들 같은 이들이 상당히 많다.

다행히도 지금은 한국사람 중에도 자기를 희생하면서 외국 사람들을 돕는 이들이 하나둘 늘어가고 있는 것으로 알고 있다. 바로 이것이 우리 사회가 조금씩 더 발전해 가고 있는 징표라고 생각되었다. 우리는 우리 자신뿐만 아니라 다른 나라도 위해주고 다른 나라 사람들도 도울 줄 아는 여유를 지녀야만 한다. 그래야만 세계화 시대에 어울리는 훌륭한 사회를 이루는 백성이 될 수 있을 것이다.

앞으로는 한국 사람들 중에도 외국 사람들이 "우리 인민의 친구"라고 불러줄 사람이 많이 나오게 되기를 간절히 바란다.

2008. 7. 27

7

도연명(陶淵明)의
「귀원전거(歸園田居)」시를 읽으며

　나는 중국의 시인 중 도연명(365-427)의 시를 특히 좋아한다. 나뿐 아니라 도연명을 좋아하는 이들은 무척 많다. 송대의 문호 소식(蘇軾, 1037-1101)은 특히 도연명 시를 좋아하여 109편의 「화도시(和陶詩)」를 짓고 있다. 나의 대학 은사이신 차상원(車相轅) 선생님은 도연명과 동파(東坡) 소식을 좋아하여 호를 연파(淵坡)라 하였고, 내게 큰 가르침을 베푸신 대만대학(臺灣大學) 교수를 역임한 왕슈민(王叔岷) 선생님과 그분의 따님 왕꿔잉(王國瓔) 교수 부녀(父女)도 도연명을 좋아하여 많은 책과 논문을 쓰고 있다.

　그런데 나는 도연명의 시는 무척 좋아하면서도 그의 생활태도는 별로 좋아하지 않는다. 그러니 그 시는 좋아하면서도 그

시를 쓴 시인은 좋아하지 않는 것이 아닌가 하는 생각도 해본
다. 그의 시를 읽으면서 그의 생활 방식도 좋아하려고 애써 보
았지만 잘 되지 않는다. 내 자신의 태도가 모순된 것처럼 여겨
진다.

　우선 도연명의 시 중에서 내가 좋아하는 대표적인 작품 「귀
원전거」의 전반부를 아래에 인용한다.

　　　젊어서부터 속세에 어울리는 취향이 없고,

　　　성격은 본시부터 산과 언덕 좋아했네.

　　　먼지 그물 속에 잘못 떨어져

　　　어언 30년의 세월 허송했네.

　　　매인 새는 옛날 놀던 숲을 그리고,

　　　웅덩이 물고기는 옛날의 넓은 연못 생각하는 법.

　　　남녘 들 가에 거친 땅을 새로 일구고

　　　옹졸함을 지키려고 전원으로 돌아왔네.

　　　少無適俗韻, 性本愛邱山.
　　　소 무 적 속 운　성 본 애 구 산

　　　誤落塵網中, 一去三十年.
　　　오 락 진 망 중　일 거 삼 십 년

　　　羈鳥戀舊林, 池魚思故淵.
　　　기 조 련 구 림　지 어 사 고 연

　　　開荒南野際, 守拙歸園田.
　　　개 황 남 야 제　수 졸 귀 원 전

도연명 초상

소박하면서도 자연스러움과 참됨을 느끼게 하는 시이다. 그러나 도연명은 "젊어서부터 속세에 어울리는 취향이 없었다."고 했는데 나는 그렇지 않다. '속운(俗韻)'이란 '속된 운치(韻致)', '속된 세상의 풍조' 또는 '속된 세상의 취향' 같은 것이다. 나는 젊어서부터 속된 세상을 좋아하고, 속된 사람들을 사랑하려고 애쓰고, 속된 세상을 위하는 삶을 살리라고 마음먹고 있다. 나는 나 자신도 속된 사람이고, 속된 취향을 갖고 있다고 여기고 있다. 따라서 언제나 이 세상 사람들과 함께 이 세상 속된 풍조 속에 살려고 마음먹고 있다. "속세에 어울리는 취향"을 피하려는 생각이 전혀 없다. 속된 것이 나쁘다고 생각하지 않고 있다.

다시 "성격은 본시부터 산과 언덕을 좋아했다."고 하였다. 그래서 시인 도연명은 일하던 곳을 떠나서 산과 언덕이 있는 '전원'으로 돌아와 숨어 살려고 마음먹은 것이다. 도연명은 "원전"이란 말을 썼지만 우리는 '전원'이란 말에 더 익숙하다. 그가 말하는 '원전'이란 산과 숲이 있고, 그 속에 논밭도 있고, 멀지 않은 곳에 농사짓는 사람들도 살고 있는 도시로부터 멀리 떨어진 시골을 말한다. 나는 산과 언덕뿐만이 아니라 강과 바다도 좋아하고, 논밭이 있는 농촌도 좋아하지만 사람들이 북적대는 도시도 좋아한다. 다만 바쁘게 일하다가 쉴 적에는 복잡한 도시보다는 한적한 산과 언덕 같은 곳을 더 좋아할 뿐이다. 산과 언덕이 있는 조용한 곳으로 가서 숨어 혼자 외롭게 살고 싶은 생각은 전혀 없다.

이어서 "먼지 그물 속에 잘못 떨어져 어언 30년의 세월을 허송하였네." 하고 읊고 있다. 여기의 '먼지 그물'은 시인이 하기 싫은 벼슬을 한 관계(官界)를 말한다. 나는 벼슬살이든 세상살이든 사람들의 생활환경을 '먼지 그물'이라 생각해본 일이 없다. '먼지 그물'이란 자기 자신에 대한 지저분한 것들의 구속을 말한다. 도연명은 먹고 살기 위하여 20대 중반부터 벼슬살이를 시작하여 고을의 좨주(祭酒) · 진군(鎭軍) · 참군(參軍) 등의 벼슬을 하다가 41세 때에는 팽택(彭澤)이란 고을의 수령(守令)이 되는데, 위에서 시찰을 하러 내려오자 "소인(小人)들에게 허리를 굽힐 수 없다."고 벼슬을 내던지고 유명한 「귀거래혜사(歸去來兮辭)」를 읊조리며 전원으로 돌아와 시와 술을 즐기면서 숨어 살았다 한다. 그는 팽택이란 고을에서도 관청의 밭에 "술은 찹쌀술이 맛있으니 찰벼만 심으라."는 명령을 내렸다 한다. 벼슬살이도 열심히 백성들을 위하여 하지 않았음이 분명하다. 그 자신은 30년이라 하였지만 벼슬을 실제로 한 세월은 20년 정도의 기간이다. 그의 집안은 처자가 굶주릴 정도로 가난하기도 하였다. 나라면 백성들을 위해서라도 좀 더 열심히 벼슬 생활을 하지, 절대로 한창 나이에 벼슬을 내던지고 시골로 돌아오지는 않았을 것이다. 그는 전원으로 돌아와 술이나 마시면서 시나 짓고 지냈으니 그런 여가에 농사를 지었다 하더라도 결국 그의 처자들은 말할 수도 없이 굶주림에 시달렸을 것이다. 그래서 거지 노릇도 하지 않을 수가 없었다. 그가 지은 「걸식시(乞食詩)」가 그의 어려웠던 생활을 말해주고 있다. 일부 학자들은 이 「걸식시」는 시인의 상상에서 나온 것이라 풀이하지만 나는 실제 그의 경험을 읊은 시임에 틀림이 없다고 생각한다.

그 뒤로 "매인 새는 옛날 놀던 숲을 그리고, 웅덩이 물고기는 옛날의 넓은 연못 생각하는 법"이라 읊고 있다. 나도 어릴 적에 뛰어놀던 고향이 그립다. 그러나 다시 그 고향으로 돌아가 내가 배우고 추구해온 일을 버리고 직접 농사지으면서 먹고살 생각은 전혀 없다. 옛날 어릴 적 놀던 고향이 그립다고 시골의 자기 고향으로 돌아가 술 마시며 시나 쓰면서 농사짓는 생활을 하다가는 처자들은 물론 자신도 입에 풀칠하기 어려울 수밖에 없을 것이다. 지금도 자기 전공과 직장을 버리고 강원도 산속으로 들어가 사는 것을 고상한 행위라 생각하는 이들이 많다. 그러나 한 가족이 산속에 들어가 자급자족하기 위해서 얼마나 많은 자연을 망쳐야 할 것인가? 그리고 그것이 우리 사회에 무슨 도움이 되는가? 고향의 그리움은 가슴속에 묻어두기만 하면 아름다운 것이다.

끝으로 "남녘 들 가에 거친 땅을 새로 일구고, 옹졸함을 지키려고 전원으로 돌아왔네." 하고 노래하고 있다. 도연명에게는 「책자(責子)」 시가 있는데, 아들이 다섯 명이라 하였다. 딸까지 합치면 근 열 명의 식구였을 터인데, 열 식구가 먹고 살 양식을 생산하자면 "새로 일군", "남녘 들 가의 거친 땅"은 상당히 넓었을 것이다. "옹졸함을 지키려고 전원으로 돌아왔다."고 했으니, 처음부터 가난하게 살 작정은 단단히 하였던 것 같다. 자기 처지를 읊은 것 같은 「영빈사(詠貧士)」 기이(其二)를 보면 이렇게 읊고 있다.

처량하게 한 해가 저물고 있는데,
누더기 두르고 앞뜰에서 햇볕 쬐네.

남쪽 밭에는 남은 곡식이삭이란 없고,

마른 나뭇가지만이 북쪽 뜰에 가득하네.

술병 기울여 보니 나머지 찌꺼기마저도 떨어졌고,

아궁이는 들여다 보니 연기도 보이지 않네.

凄厲歲云暮, 擁褐曝前軒.
처 려 세 운 모　　옹 갈 폭 전 헌

南圃無遺秀, 枯條盈北園.
남 포 무 유 수　　고 조 영 북 원

傾壺絶餘瀝, 闚竈不見煙.
경 호 절 여 력　　규 조 불 견 연

「유회이작(有會而作)」에서는 또 이렇게 읊고 있다.

어린 때에도 집안이 궁핍했는데

늙어서는 더 늘 굶주리고 있네.

콩과 보리도 정말 바라는 것이니

어찌 감히 달고 기름진 것 생각하겠는가?

허기져도 한 달에 아홉 끼니도 먹지 못할 정도이고

더위가 닥친 뒤에야 겨울옷 싫증 나네.

弱年逢家乏, 老至更長飢.
약 년 봉 가 핍　　노 지 갱 장 기

菽麥實所羨, 孰敢慕甘肥?
숙 맥 실 소 선　　숙 감 모 감 비

惄如亞九飯, 當暑厭寒衣.
역 여 아 구 반　　당 서 염 한 의

　시인의 가난한 삶이 처참할 정도이다. 이는 그 스스로가 그
렇게 만든 것이다.「책자(責子)」시를 보면, 큰아들 서(舒)는 16
살인데 게으르기 짝이 없고, 15살 된 선(宣)은 공부하기 싫어
하고, 13살 된 옹(雍)과 단(端)은 쌍둥이인 것 같은데 6과 7도
구별 못하고, 아홉 살이 된 통(通)이란 놈은 배와 밤 같은 것만
찾고 있다고 꾸짖고 있다. 사실은 모두 아비 스스로를 먼저 꾸
짖어야 할 것 아닐까?

　나와는 세상을 보는 눈이나 생활방식이 이처럼 크게 다름에
도 불구하고 지저분한 세상을 등지고 '전원'으로 돌아와 무척
이나 어려운 여건 속에서도 시를 짓고 술을 즐기면서 깨끗하
게 산 시인이 위대하게 여겨진다. 그의 소박하고 깨끗한 마음
이 훌륭하다. 그의 세상에 대한 욕심 없는 태도가 깨끗하다.
가난에도 굴하지 않고 자기 뜻을 추구하는 그의 태도가 존경
스럽다. 굶주리면서도 자연 속에 어울려 사는 그에게서 참된
사람의 모습을 보는 것 같다. 시인 자신이 자연의 한 부분인
것도 같다.「귀원전거」다섯 수 중 세 번째 시(其三)를 아래에
소개한다.

남산 아래 콩을 심었더니,

풀만 무성하고 콩싹은 드물다.

이른 새벽에 잡초 우거진 밭을 매고,

달과 함께 호미 메고 돌아온다.

길은 좁은데 초목이 더부룩하니,

저녁 이슬이 내 옷을 적신다.

옷 젖는 것은 아까울 것 없으니,

다만 바라는 일이나 뜻대로 되기를!

種豆南山下, 草盛豆苗稀.
종 두 남 산 하   초 성 두 묘 희

侵晨理荒穢, 帶月荷鋤歸.
침 신 리 황 예   대 월 하 서 귀

道狹草木長, 夕露沾我衣.
도 협 초 목 장   석 로 첨 아 의

衣沾不足惜, 但使願無違.
의 첨 부 족 석   단 사 원 무 위

    중국의 학자 중에는 이 시의 제목 아래에 "소인(小人)은 많고 군자(君子)는 적음을 읊은 것"이라 해석하여 주(注)를 단 이가 있다. 그는 또 시 본문의 주에는 "전원에 콩을 심고 기르는 일은 잡초를 뽑아내고 매어주는 데에 달려있는 것처럼, 나라에서 현명한 사람을 쓰는 일은 소인들을 몰아내는 데에 달려

있는 것과 같다는 것을 읊은 것이다.”고도 말하고 있다. 그러나 이 시는 처음부터 끝까지 시인이 소박한 자기의 전원생활을 솔직히 그대로 노래한 것이라 보는 것이 옳을 것이다. 깨끗한 그의 생활이 손에 잡히는 것 같다. 세상을 보는 눈과 살아가는 방식은 나와 전혀 다르지만 도연명의 이러한 소박하고 깨끗한 성격 때문에 나는 그를 좋아한다. 나 자신은 도연명처럼 전원에 숨어 살지는 못할 위인인데도 늘 나의 서울에서 약간 떨어진 교외에서 사는 생활을 ‘귀원전거’라고 표현하고 싶어진다. 도연명의 생활은 어떻든 그의 시는 참되고 깨끗하고 아름답다.

2013. 5.

8

『십삼경주소(十三經注疏)』와 나

나는 서울대 중문과를 졸업하고 대학원에 진학하였다. 그러나 2년에 석사 학위를 딸 수 없다고 생각하고 1년 공부한 뒤 대학원은 휴학을 하고 무급조교로 학과 일을 보면서 매일 연구실에 나와 공부를 하고 있었다. 그런 중에 마침 대만정부에서 우리나라에 국비장학생을 4명 보내달라는 요청이 와서, 우리 문교부에서는 대만 유학 희망자를 공모한 뒤 시험을 보아 유학생을 선발하였다. 나는 운 좋게 그 공모시험에 합격하여 1959년에 대만대학으로 유학을 하게 되었다.

그 시절 대만대학은 북경대학의 중국학 교수들이 국민당 정부와 함께 옮겨와 갑자기 중국의 어문학, 역사 철학, 고고학 등 각 분야에 걸쳐 중국학의 세계적인 연구 중심지처럼 되어 있었다. 내가 대만대학으로 가서 수강한 과목의 교수들도 모두 북경대학으로부터 옮겨온 분들이어서 열악한 한국에서 공부하다 간 나를 흥분시키기에 충분하였다.

그 중에서도 내가 가장 큰 충격을 받은 것은 내가 대만대학에 도착하여 첫 학기에 수강한 경학역사(經學歷史)라는 한국의 중문과에서는 들어보지도 못했던 과목의 강의였다. 강의 담당 교수는 다이쥔런(戴君仁, 1900-1978) 선생님, 유학(儒學)의 경서들을 몇 가지 변변히 접해보지도 못한 처지의 나로서는 그 강의를 따라가기조차도 무척 힘들었다. '경(經)'이나 '경학'이 무엇을 뜻하는 것인지도 잘 모르는데 '경학역사' 강의를 듣고 있으니 그것은 당연한 일이었다. 피시루이(皮錫瑞, 1850-1908)의 『경학역사(經學歷史)』가 강의교재였는데, 예습·복습에 온 힘을 기울이어야 겨우 강의 내용을 어느 정도 어렴풋이 알 수 있을 따름이었다.

대학원에 진학하도록 중국학의 기초가 되는 유가 경전들도 제대로 읽어보지 못한데 대하여 부끄러움을 느끼며 강의를 듣던 중, 한 번은 선생님께서 옛날 중국학자들이 공부한 방법을 설명해주시는 것이었다. 서당의 훈장이 경서에 대하여 한 번 읽는 법과 글 뜻을 가르치고 나면, 학생들은 각각 제자리로 돌아가 그 글을 50번 읽고 50번 암송하였다는 것이다. 그래서 머리가 좋은 학생은 결국 유가의 십삼경(十三經)의 경문(經文) 뿐만이 아니라 그 주소(注疏)까지도 전부를 딸딸 외었다는 것이다. 그러나 요새는 그렇게 공부하는 사람들이 없어 학문 수준이 형편없어졌다고 한탄도 하셨다. 『십삼경』의 주소까지도 모두 외우고 있었던 중국의 마지막 학자가 현대학문은 하지 않고도 북경대학 교수를 역임하였던 류스베이(劉師培, 1884-1919) 선생님이라는 것이다. 그분은 워낙 많은 책을 모두 암기하고 있었기 때문에 늘 문방사보(文房四寶), 곧 붓·종이·먹·벼루만 들고 절간 같은 곳으로 들어가 홀로 조용히 앉아 책을 써서 엄청난 양의 저술을 남겼다는 것이다. 다만 그분은 옛 책의 인용을 기억에만 의존하였기 때문에 아무래도 간혹 착오가 있게 마련이니 앞으로 여러분들이 논문을 쓸 적에 류스베이 선생 저서의 글을 인용하게 되는 경우에는 그가 인용한 옛글은 반드시 원전과 대조하여야만 간혹 있을 수도 있는 착오를 범하지 않게 된다는 충고도 덧붙이셨다.

내게는 큰 충격이었다. 나는 그때까지 사서삼경(四書三經)도 제대로 다 읽어본 일이 없었고, 『십삼경주소』라는 책은 제대로 접해보지도 못한 처지였다. 나는 크게 놀라 즉시 타이베이(臺北) 시내로 달려 나가 『십삼경주소』라는 책을 한 질 샀다. 돈을 아끼느라 가장 값이 저렴한 것을 고른 결과 옛날의 원본 9쪽을 1쪽에 모아 영인(影印)하여 타이베이 계명서국(啓明書局)에서 찍어 낸 책을 사게 되었다. 13종의 경전과 그 주소를 다

외우지는 못하더라도 적어도 한 번은 다 읽어보아야 중국학을 한다고 나설 수가 있을 것이 아니냐는 생각에서였다.

　숙소로 돌아와서는 바로 그 책을 펴놓고 빨간 펜으로 표점(標點)을 찍어가며 읽기 시작하였다. 그런데 내가 사온 책은 9분의 1로 압축 복사한 것이라 특히 주(注)와 소(疏)의 글자는 깨알만 한 것이었다. '십삼경'이란 『시경(詩經)』·『서경(書經)』·『역경(易經)』·『예기(禮記)』·『의례(儀禮)』·『주례(周禮)』·『춘추좌씨전(春秋左氏傳)』·『춘추공양전(春秋公羊傳)』·『춘추곡량전(春秋穀梁傳)』·『논어(論語)』·『맹자(孟子)』·『효경(孝經)』·『이아(爾雅)』의 열세 가지임으로 그 책의 분량은 엄청난 것이다. 본문만 하더라도 『논어』가 11,705자, 『맹자』가 34,685자, 『시경』이 39,234자, 『서경』이 25,700자 정도인데, 주와 소의 글은 그 10배도 더 될 것이다. 『시경(詩經)』을 보기로 들면, 『시경』 본문에 서한(西漢)의 모씨(毛氏)가 그것을 해설한『모전(毛傳)』이 첫째로 붙어있고, 다시 동한(東漢)의 정현(鄭玄, 127-200)이 이를 보충 해석한 『전(箋)』이 추가되고, 끝으로 당(唐)나라의 공영달(孔穎達, 574-648)이 전체적으로 다시 자세히 해설한 『소(疏)』가 붙어있다. 이 『모전』과 『전』·『소』를 모두 합쳐 '주소(注疏)'라고 하는데 그 분량은 본문의 10배도 훨씬 더 된다.

　나는 그때 눈의 시력이 1.5 또는 2.0의 매우 좋은 상태였다.

그러나 두세 달에 걸쳐 그 중 서너 책을 읽은 다음 저녁에 밖에 나가 하늘을 쳐다보니 별들이 모두 쌍쌍으로 보이는 것이었다. 이상한 생각이 들어 친구에게 사정을 얘기한 결과 내 시력이 아주 나빠져 있는 것을 그제서야 발견하게 되었다. 깜짝 놀라 다음날로 시내 안과병원으로 달려가 진찰을 받아보니 근시라서 안경을 써야만 한다는 것이다. 그날로 안경을 하나 사서 쓰고 돌아와서는 그놈의 『십삼경주소』 읽는 일은 중단하고 말았다. 공부도 소중하지만 내 몸도 소중하다는 생각 때문이었다. 그러면서 내 자신의 공부할 수 있는 자질에 대하여 잃었던 실망감도 무척 컸다. 다시 다이쥔런 선생님의 격려가 없었다면 나는 중국문학 공부 자체를 그만두었을지도 모른다.

마침 조용히 선생님을 뵐 기회가 생기어 모르던 문제를 질문하며 경학역사 과목 청강의 어려움을 선생님께 호소하였다. 그때 다이쥔런 선생님께서 말씀하시기를, 사실은 교재로 쓰고 있는 피시루이의 『경학역사』 자체에도 문제가 있다는 것이었다. 어찌 보면 중국학자는 올바른 중국의 학술사(學術史)나 사상사 같은 것은 쓸 수가 없는 것인지도 모른다고 하셨다. 피시루이의 경우도 이 저서가 중국학술사에 관한 유일한 명저로 알려져 있지만, 실은 이 책에는 경학에 있어서 금문가(今文家)로서의 편견이 두드러지고 또 중국인으로서의 그릇된 선입견(先入見)도 중국인인 자신이 보아도 적잖이 발견된다. 너는 일본글도 읽을 줄 아는 것으로 안다. 일본학자 본전성지(本田成之)라는 사람에게 『중국경학사(中國經學史)』란 저술이 있는데, 그 책을 구하여 공부하면서 번역을 중국어로 한 번 해보는 것이 어떻겠느냐는 것이었다.

나는 유일한 내가 살아남을 수 있는 희망이라 생각하고 바로 시내로 달려 나가서 헌책방을 뒤져 그 책을 구하여 읽고 번역을 하기 시작하였다. 먼저 대학노트에 그 책을 한 편씩 번역한 다음 당시 대학원 학생이었던 장형(張亨, 뒤에 대만대학 중문과 교수 역임)이란 중국친구에게 문장 교정을 받고 나서 다시 그것을 원고지에 깨끗이 옮겨 써 가지고 다이쥔런 선생님께 갖다 드렸다. 워낙 온 힘을 기울이어 열심히 번역한지라 일 년 약간 더 걸리어 그 책을 완역할 수가 있었다.

그때부터 다이 선생님은 나를 매우 좋게 보시고 적극적으로 내가 공부하는 것을 밀어주셨다. 그 뒤로 다시 취완리(屈萬里, 1907-1979) 선생님의 『시경』과 『서경』 강의를 들으면서 유학 경전들에서 오는 중압(重壓)을 어느 정도 극복할 수가 있었다. 그리고 이 공부를 바탕으로 틈틈이 다른 경전들도 읽어 어느 정도 13경을 가까이 할 수 있게 되었다. 그리고 이 13경의 공부는 내 중국문학 공부의 기반이 되어주었다.

1961년 귀국하여 대학의 강의를 담당하면서 학생들에게 무엇보다도 먼저 중국 고전을 읽혀야함을 뼈저리게 느꼈다. 때문에 조금 뒤엔 다른 한편으로 '자유교양추진위원회'라는 독서운동 추진을 하는 사회단체에 적극적으로 가담하여 학생들에게 세계 고전을 읽히는 운동에 참여하였다. 나는 특히 학생들에게 중국 고전을 읽히는 일에 몰두하였다. 한동안은 이 단체의 운동이 교육계의 협조를 얻어 전국의 초등학교로부터 대학에 이르기까지 전국의 학생들이 참여하는 운동으로 발전하였다. 그러나 이 운동이 발전하여 단체의 자본이 두둑해지자 딴생각을 지닌 사람들이 조직 내부에 생기어 내부분열로 이 운동이 와해되고 말았다.

독서운동을 하면서 무엇보다도 절실히 느낀 점은 내 전공인 중국분야에 관한 한 학생들에게 읽힐만한 현대적인 번역과 해설을 한 책이 국내에는 거의 없다는 것이었다. 그것은 대학에서도 학생들이 스스로 공부하도록 권장할만한 중국학의 기초를 닦는데 도움을 줄 책이 없음을 뜻하는 것이다. 몇 분의 강한 권고도 있어서 먼저 유가의 경전을 학생들이 읽기 좋도록 현대 말로 번역하고 해설하기로 하였다. 그중 제일 먼저 번역하겠다고 선택한 것이 13경 중 글이 가장 어렵다고 여겨지는 『서경』이었다. 『서경』만 무난히 번역해 낼 수만 있다면 다른 책들의 번역은 별 문제가 없을 것이라 여겨졌기 때문이다. 1964년 초에 번역을 시작하여 1967년에 『서경』 역주(譯註) 초판이 광문출판사(光文出版社)에서 나왔다.

그 뒤로도 제자서(諸子書)와 함께 유가경전의 번역에 힘을 기울이어 13경 중 『시경』·『논어』·『맹자』·『효경』 등 도합 5종의 책의 역주를 내었고, 『예기』에 들어있는 『대학(大學)』과 『중용(中庸)』의 역주를 내었으며, 『역경』은 다른 사람과의 공저로 내었는데 나는 그 중 경문과 십익(十翼)의 원문 번역 및 주석(註釋)을 하는 일을 담당하였다. 그 뒤로도 이것들은 모두 개정판을 내었으니, 이 책들을 번역하고 또 그것을 개정하면서 13경 중 많은 부분을 상당히 자세히 읽은 셈이다.

이런 과정들을 겪어 13경은 내가 중국문학을 공부하고 연구하는 기반이 되어주었다. 13경과의 싸움에서 기른 힘으로 제자백가의 책이며 중국 역대의 고전문학 작품들을 무난히 읽고 공부할 수 있게 된 것이다. 내 책장에 꽂혀 있는 『십삼경주소』는 열세 종류의 책이면서도 9분의 1로 축소 영인(影印)한 판본이라 모두 합쳐 10센치 두께도 안 되는 분량이고, 이미 40여 년을 뒤적이고 난 터이라 상당히 해어지고 낡아빠졌다. 매우 볼품없는 책이지만 이것을 바라볼 적마다 나의 가슴속에는 특별한 감회가 인다.

이 책은 내 좋은 눈을 근시가 되게 하여 내게 안경을 쓰도록 만들었지만 다른 한 편으로는 근시 덕분에 70이 넘도록 노안이 남들보다 더디게 오고 있는 것도 같다. 그리고 책을 읽는 데에는 근시가 오히려 도움이 되는 경우도 많다. 내 눈을 위해서도, 지금 와서는 이 책들은 내게 축복이 되고 있다 여기고 있다. 그러니 이 『십삼경주소』란 책은 내 장서 중에서 가장 나쁜 판본의 하나이지만, 나를 잘 길러주어 가장 각별한 정을 느끼게 하는 책이기도 하다.

2004. 3. 1

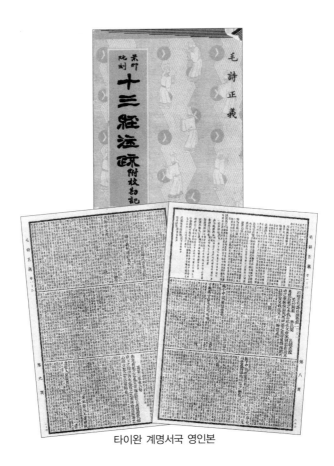

타이완 계명서국 영인본

9
미의연년(美意延年)

　책은 같은 내용이라 하더라도 읽는 사람에 따라 받아들여지는 내용의 성격이 달라진다. 또 같은 사람이라 하더라도 읽을 적의 사정이나 나이에 따라 그 내용에 대한 이해가 달라진다. 나는 『순자(荀子)』를 60년대 말엽에 읽고 그 일부를 번역한 일이 있고, 지금은 그 완역판(을유문화사, 2001년 초판)이 나와 있다.

　이번에 직장에서 정년퇴직을 한 뒤 이전에 쓴 글과 번역한 책들을 정리하는 중에 『순자』를 다시 한 번 읽게 되었다. 읽는 중에 전에는 그런 구절이 있는 줄도 몰랐던 한 마디 말이 내 눈길을 특히 끌었다. 그것은 「치사(致仕)」편에 실린 "미의연년(美意延年)"이란 말이다. 정말 좋은 말이구나, 하고 이제야 무

륳을 치게 된 것이다.

"미의연년"이란 "아름다운 마음을 지녀야만 오래 산다."는 말이다. "미의"는 "뜻을 아름답게 지닌다."고 번역할 수도 있을 것이다. 이 말이 들어있는 편 이름인「치사」는 옛 관리들의 정년퇴직을 뜻하는 말이다. 내 자신이 정년퇴직을 하고 난 뒤 만 2년이 되는 시기라 이 말이 내 마음을 움직인 것일까? 그렇지 않으면 이제껏 지니고 있던 내 마음 또는 내 뜻이 아름답지 못하다고 느꼈던 때문일까? 어떻든 이 말에 끌리어 "미의"란 무엇을 뜻하는가, "연년"이란 어떤 것인가를 다시 한 번 곰곰이 생각해 보게 되었다.

"미의"란 아름다운 음악을 듣거나 아름다운 미술을 감상하는 마음이 아니다. 그러면 여기에서 말하는 "미"란 무엇인가, 정말로 아름다운 것이란 어떤 것인가? 같은 유학자요 공자(孔子)의 제자이면서도 순자와 맹자(孟子)는 특히 성악설(性惡說)과 성선설(性善說)로 그들의 사상적인 차이를 얘기하고 있다. 그런데 또 다른 점의 하나가 이 "미"에 대한 개념의 차이이다. 맹자는 이 "미"란 말을 보통 우리가 지금 쓰고 있는 것처럼 "아름답다"는 뜻의 형용사로만 쓰고 있는데 비하여, 순자는 그 말에 보다 철학적인 뜻을 담아 쓰고 있다. 순자는 "미"의 뜻을 이렇게 설명하고 있다.

"그 자신이 그의 할 일을 다 하고 있다면 아름다운 것이다."

身盡其故則美.　－解蔽(해폐)편
신 진 기 고 즉 미

곧 우리가 할 일 또는 맡은 일에 자기의 최선을 다하는 것이 "미"라는 것이다. 단순히 곱고 아름다운 것이 아니다. 최선을 다하는 것이 아름다운 것이다.

그러므로 올바른 학문의 뜻에 대하여도 순자는 자기의 아름다움의 개념을 살리어 다음과 같이 말하고 있다.

"군자의 학문은 그 자신을 아름답게 하는 것이고, 소인의 학문은 새나 짐승처럼 되는 것이다."

君子之學也, 以美其身; 小人之學也, 以爲禽犢.
군 자 지 학 야　이 미 기 신　소 인 지 학 야　이 위 금 독

－勸學(권학)편

"그 자신을 아름답게 한다."는 것은 올바르게 자신이 최선을 다하는 것이다. 사회적으로 또는 윤리적으로 빈틈 없는 훌륭한 행동을 하는 것을 뜻한다. 따라서 군자는 눈으로 보기에 아름다운 사람이 아니라, 올바르고 깨끗하고 우리 사회와 모든 사람들에게 도움을 주는 훌륭한 사람을 뜻한다. 그러니 학문의 목표는 자기 자신을 아름답게 하는 데 있다고 말을 바꿀

수도 있는 것이다.

　순자는 사회윤리에 있어서 자신이 가장 존중하는 '예(禮)'를 설명함에 있어서도 다음과 같은 말을 하고 있다.

　　"예의라는 것은 긴 것은 잘라주고 짧은 것은 이어주며, 남
　　음이 있는 것은 덜어주고 부족한 데에는 더 보태 주며, 사랑
　　하고 공경하는 형식을 이룩하게 하고, 의로운 일을 행하는
　　아름다움을 완성시켜주는 것이다."

　　　禮者, 斷長續短, 損有餘, 益不足, 達愛敬之文, 而滋
　　　예 자　단 장 속 단　손 유 여　익 부 족　달 애 경 지 문　이 자

　　成行義之美者也.　－禮論(예론)편
　　성 행 의 지 미 자 야

　"예"라는 것도 우리가 추구하는 의로움을 아름답게 하려는 것이다. "의로운 일을 행하는 아름다움"도 겉이나 모양이 아름다운 것이 아니다. 올바른 일, 세상에 도움을 주는 일을 하여야 아름다운 것이다.

　"소인들의 학문은 새나 짐승처럼 되는 것"이라 한 것은, 결국 소인들은 공부하는 목표가 자기 개인의 욕망의 추구에 있음을 가리킨다. 짐승들이란 본능적인 욕망의 추구 밖에는 할 줄을 모른다. 잘 먹고, 잘 지내고, 자기가 하고 싶은 대로 행동하는 것이다. 소인들이 출세하고 돈 벌고 잘 살기 위하여 공부

한다면 이는 짐승과 별로 다를 바가 없는 것이다.

그렇다면 "그 자신이 아름답게 되는 것"은 자기만을 생각하지 않고 남이나 세상을 위하는 것이다. 남이나 세상을 위하여 공헌할 때 비로소 그 자신이 아름답게 된다는 것이다. 그러니 순자의 "아름다운 마음"이란 '제대로 학문한 사람의 마음' 및 '예를 따라 의롭게 사는 마음'도 되는 것이다. 그러한 아름다운 마음을 지닌 사람은 오래 살게 된다는 것이다.

그러나 '아름다움'을 그토록 어렵게 풀이하지 않고 상식적인 면에서 그 뜻을 이해하고 '아름다움을 추구하는 마음'을 지녀도 좋을 것 같다. 무조건 아름다움만을 적극적으로 추구하면 어떨까? 아름다운 사람을 사랑하고, 아름다운 음식을 먹으며, 아름다운 옷을 입고, 아름다운 음악과 아름다운 예술을 즐기면서 아름답게 살아가는 것이다. 무슨 일을 하거나 언제건 아름다움에 푹 빠져 지내는 것이다. 아름다움에 자기 자신을 다 바치는 것이다. 그런 아름다운 마음을 지닌다 해도 다른 곳에 마음을 둔 사람보다는 오래 살듯하다.

다시 "연년(延年)" 곧 "오래 산다"는 것은 무엇을 뜻하는가? 실상 시간적으로 길고 짧은 것은 절대적인 개념이 아니라 상대적인 개념이다. 백 년도 천 년보다는 짧고, 천 년도 천오백 년보다는 짧으며, 또 그것은 만 년보다는 짧다. 구십 년은 백 년보다는 짧고, 칠십 년은 구십 년보다 짧으며, 오십 년은 구십 년보다 짧다. 그러면 몇 년이나 살아야 오래 사는 것일까? 육십 년, 팔십 년, 백 년? 아니면 천 년, 만 년? 알 수가 없다.

　불로장생(不老長生)을 추구하는 도사(道士)들이 있단다. 대체로 모두 깊은 산속에 들어가 수도를 하여 신선이 된단다. 그래서 옛사람들의 신선도를 보면 대체적으로 늙은 소나무 아래 머리가 흰 노인이 앉아있는 모습이다. 늙었어도 얼굴만은 홍안이란다. 그런데 이처럼 아무도 없는 산속에서 홀로 천 년이고 만 년이고 산다 해도 그것이 정말로 '오래 사는 것'이 될 수 있을까? 옛날에 동방삭(東方朔)이 삼천갑자(三千甲子)를 살았다지만, 그것이 오래 산 것일까? 동방삭처럼 허튼소리나 하고 황제에게 아부나 하며 자신의 영달이나 추구하면서 사는 것이라면 수만 년을 산다 한들 무슨 뜻이 있는가?

　세월의 길고 짧은 것은 시간이나 날짜에 의하여 결정되는 것이 아니라, 세월이 어떻게 쓰이고 있는가에 의하여 결정되는 것임이 분명하다. 법구경(法句經)에 이런 말이 있다.

　　"만약 어떤 사람이 백 년을 산다고 해도 사악한 공부를 하고 뜻이 착하지 않다면, 단 하루를 살면서 올바른 법을 전수(傳受)하는데 정진하는 것만 못하다."

　　若人壽百歲, 邪學志不善, 不如生一日, 精進受正法.
　　약 인 수 백 세　사 학 지 불 선　불 여 생 일 일　정 진 수 정 법

　　　　　　　　　　　　　　　　　－教學品(교학품)

곧 하루를 산다고 해도 올바른 법도대로 산다면, 사악한 마음을 품고 백 년 사는 것보다도 오래 사는 것이라는 말이다.

그러니 시간에는 똑닥 흘러가는 시계의 시간이 있고, 또 그것과는 다른 차원의 질적인 시간이 있는 것이다. 곧 시계에 의한 하루도 긴 시간이 될 수가 있고, 백 년이나 천 년도 짧은 일순이 될 수가 있는 것이다. "미의연년"이란 "아름다운 뜻을 지니면 오래 산다."는 말이다. 이제껏 이 말을 깨끗한 마음 또는 남을 사랑하는 마음을 지니면 오래 사는 데 도움이 될 것이라는 식의 건강비결 정도로 이해하여 왔다.

그러나 지금 와서 다시 깨닫게 된 것은 "미의"를 지니고 그 아름다운 마음을 실천하는 사람이라면 "미의"를 지니고 있는 것 그 자체가 "연년"이라는 것이다. 곧 "아름다운 마음"을 지니고 아름답게 살고 있다면 그는 바로 지금 죽는다 하더라도 '오래 산 사람'이고, 그렇지 못한 사람은 어쩌다 천 년을 살게 된다 하더라도 오래 산 것이 못 된다는 것이다.

그런데 "미의"를 지니고 "미의"를 따라 산다는 게 그렇게 간단하지만은 않은 일인 것 같다. 순자는 "군자가 학문을 하는 것은 그 자신을 아름답게 하기 위한 것"이라 하였다. 곧 학문을 하는 궁극적인 목표는 "미의"를 갖는 데 있다고 할 수 있다. 그러니 내 자신은 평생 학문을 추구했다고 자부하여 왔으나, 내 학문은 제대로 된 것인가 반성을 하게 된다. 아직도 추구해야 할 학문의 길은 끝이 보이지 않는 것 같기 때문이다.

2001. 3. 6

10
경업 락군(敬業樂群)

『예기(禮記)』의 학기(學記)편을 보면 공부를 하는 단계에 대하여 쓴 다음 공부를 하는 사람은 그 단계를 따라 자신의 배움을 발전시켜 가야만 한다고 하였다. 공부를 시작한 첫 해는 말할 것도 없이 "경서의 글귀를 떼어서 읽고 글 뜻을 터득하며 열심히 공부하는" 이경변지(離經辨志)를 하여야 한다. 그렇게 공부를 하여 3년이 되면 "자기가 하는 일인 공부를 존중하고 동료들과 즐겁게 어울리는" 경업락군(敬業樂群)을 하게 되어야 한다고 하였다. 그리고 나서 5년이 되면 "널리 공부하며 스승과 친한 관계가 되는" 박습친사(博習親師)를 하게 되어야 하고, 7년이 되면 학문을 작게 이루는 소성(小成)이 되어 공부에 대하여 어느 정도 알게 되어서 "학문을 논하며 뜻이 맞는 친구들을 사귈 줄 알게 되는" 논학취우(論學取友)를 하게 되어야 하고, 9년이 되면 학문이 크게 이루어지는 대성(大成)을 이룩하여 "여러 가지 일을 알고 모든 사리에 통달하여 꿋꿋한 자세로 자기 생각을 지니게 되는" 지류통달, 강립이불반(知類通達, 强立而不反.)을 하게 되어야만 한다는 것이다.

나는 공부를 시작한지 9년은 말할 것도 없고 이미 수십 년이 되었다. 그런데 아직도 학문이 크게 이루어져서 "여러 가지 일을 알고 모든 사리에 통달하여 꿋꿋한 자세로 자기 생각을 지니는" '대성'의 경지에는 아직도 이르지 못하고 있다. 나를 각별히 잘 보아준다 하더라도 7년째의 학문을 약간 알게 된 '소성'의 단계에 머물러 있는 것이라고 생각된다. 옛날 학자들의 수준에 견준다면 영 형편없는 수준인 것 같다. 『예기』에서 말하는 공부를 시작한지 9년째면 이루어야 하는 단계에 지금껏 도달하지 못했다고 해서 평생 해온 일을 지금 와서 포기할 수도 없다. 더욱이 그 때문에 기가 죽어 할 일 못하고 상심이나 하고 있을 수는 없는 일이다.

한편 잘 생각해 보면 "여러 가지 일을 모두 알고 모든 사리에 통달한다."는 것은 보통 사람으로서는 실상 이룰 수가 없는 일인 것 같다. 사실은 어떤 일이든 사람들이 알고 있다는 것이 정말로 알고 있는 것이라고 단정하기 어려운 일이 대부분이다. 우리가 믿고 있는 사리도 정말로 틀림없는 참된 것이라 말하기 어려운 일이 많다. 따라서 어떤 사람이 자기는 "여러 가지 일을 알고 모든 사리에 통달하였다."고 믿고 있고, 남들도 그렇게 인정한다 하더라도 그 사람이 정말로 학문에 대성한 사람이라고 꼭 단정할 수는 없을 것이다. 왜냐하면 그가 알고 있다고 믿고 있는 것이나 그가 통달하였다고 생각하는 사리가 모두 틀림없는 진실일 수가 없기 때문이다. 옛날 일은 그만두고 우리가 직접 보고 경험한 것들에 대하여도 사람들의 생각은 모두가 다르다. 보기로 나라의 지도자들에 대한 사람들의 평가만 보더라도 그러하다. 초대 이승만 대통령으로부터 바로 전의 노무현 대통령에 이르기까지 역대 대통령에 대한 여러 가지 업적 평가가 사람마다 모두 다르다. 아무도 어떤 것이 올바른 평가인지 확실히 알 수가 없다. 사람들의 지식이나 논리 같은 것 모두가 절대적인 것이 못 된다는 것은 분명한 일이다.

그러니 공부는 수십 년을 해왔다 하더라도 『예기』에서는 3년 공부 한 사람의 몸가짐이라고 말하는 "자기가 하는 일인 공부를 존중하고 동료들과 즐겁게 어울리는" 경업락군(敬業樂群)을 해야 한다고 생각하는 것이다. 더욱이 우리 집 응접실에는 나의 대만대학 은사이신 타이징눙(臺靜農, 1902-1990) 교수께서 내가 1970년대에 타이베이(臺北)를 방문했을 적에 써주신 공자진(龔自珍, 1792-1841)의 「기해잡시(己亥雜詩)」 제231수를 쓴 액자가 걸려있다. 타이 선생님은 근대 중국의 서예가 중에서도 지금 전 중국에서 가장 존중을 받고 있다는 명필가인데, 이 글씨는 그 중에서도 특별히 뛰어나다고 많은 대만대학 중문과 교수들이 찬탄하고 부러워하는 명품이다. 그 시를 번역문과 함께 아래에 소개한다.

옛날부터 수많은 학파와 저술이 무척이나 많아서
촛불 밝히고 책상 앞에 앉는 열정 일깨워주네.
만약 노양공(魯陽公)의 창이 정말로 내 손에 있다면
지는 해 오직 내 서재만 비치게 하련만!

九流觸手緖縱橫, 極勸當筵炳燭情.
구 류 촉 수 서 종 횡　　극 권 당 연 병 촉 정

若使魯戈眞在手, 斜陽只乞照書城.
약 사 로 과 진 재 수　　사 양 지 걸 조 서 성

타이징눙 선생님은 학문이란 한이 없는 것이니 한시도 게을리 말고 공부하라는 뜻을 담아 이 시를 손수 내게 써 주신 것이다. '노양공'은 해가 지는 것을 창으로 막았다는 전설적인 인물이다. 밤낮을 가리지 말고 열심히 공부해야 한다는 선생님의 간곡한 당부로 나는 받아들이고 있다. 선생님의 가르침을 따르자면, 더욱이 앞으로도 계속 "자기가 하는 일인 공부를 존중하고 동료들과 즐겁게 어울리는" '경업락군'의 방법을 유지해야 할 것이다.

　더욱이 공부를 한다, 학문을 한다는 것은 어떤 일에 대하여 알게 되고 어떤 사리에 통달하게 되는 것 못지않게 어떤 일의 실상을 규명하고 어떤 문제를 해결하기 위하여 그 이치를 추구하는 과정이 더 중요한 것 같다. 곧 공부를 한다는 것은 어떤 일을 알고, 어떤 사리를 이해하게 되는 것보다도 공부를 한다는 그 일 자체가 더 중요한 것 같다. 그러니 『예기』에서는 공부를 시작한 지 3년이 되면 "자기가 하는 공부 자체를 소중히 여기고 공부하는 동료들과 즐겁게 어울려야 한다."고 했지만, 공부를 하는 한평생을 두고 이 '경업락군'의 자세를 유지하여야 할 것이다. 언제나 "경업락군"의 자세를 유지하면서 5년째의 "널리 공부하며 스승과 친하게 지내는" '박습친사'도 하게 되도록 노력하고, '소성'의 단계인 7년째의 "학문을 논하며 뜻이 맞는 친구들을 사귀는" '논학취우'도 하게 되도록 힘써야 할 것이다. '대성'의 단계인 9년째의 "여러 가지 일을 알고 모든 사리에 통달하여 꿋꿋한 자세로 자기 생각을 지니게 되는" '지류통달, 강립이불반'의 경지는 자신의 학문 목표로 세워두고 언제나 그렇게 되기를 추구하여야 할 것이다.

　곧 우리는 학문을 함에 있어서 언제나 『예기』에서는 3년째의 단계라고 한 '경업락군'의 자세를 유지하고, 5년째 단계인

'박습친사'와 7년째 단계인 '논학취우'의 단계에도 이르게 되도록 계속 추구하면서 '대성'의 단계라고 한 '지류통달, 강립이불반'은 언제나 자신의 최후 학문 목표로 삼고 살아가야 할 것이다. 곧 '경업락군' 이야말로 내 평생의 학문 추구 또는 생활 자세가 되어야 할 것이다.

2009. 12.

11

한시를 한 수 읽고

중국 남송 때 성리학을 이룩한 대학자인 주희(朱熹, 1130-
1200)의 시를 읽다가 느낀 바가 있어 감상을 적는다. 그 시는
「택지의 '길가의 어지러운 풀을 보고 느낌'이란 시의 운을 따
서 지음(次韻擇之見路傍亂草有感)」이란 제목이다. 먼저 그 시를
번역 소개한다.

세상에는 따뜻한 봄 오지 않는 곳이란 없는데,
길 나서서 어찌 어려움에만 빠지겠는가?
만약 이런 가운데 싫증나서 무너진다면
어느 곳에선들 몸 편히 지낼 수가 있겠는가?

世間無處不陽春, 道路何曾困得人?
세 간 무 처 불 양 춘　　도 로 하 중 곤 득 인

若向此中生厭斁, 不知何處可安身.
약 향 차 중 생 염 두　　부 지 하 처 가 안 신

　　여기의 택지라는 사람은 이름이 임용중(林用中)이며, 벼슬은
거들떠보지도 않고 공부만 열심히 하여 주희가 성실한 학자라
고 칭찬한 제자이다. 주희는 그와 주고받은 시 여러 편을 남기
고 있으나 택지의 시집은 전하지 않는 것 같다. 택지는 겨울날
에 길을 가다가 말라 시든 어지러운 잡초를 보며 험난한 길을
원망하고 추운 날씨를 탓하면서 가던 길을 포기하려는 내용의
시를 지었던 것 같다. '길가의 어지러운 풀'은 거친 들판과 싸
늘한 날씨를 뜻하고 있음이 분명하다. 그래서 스승인 주희는
제자의 시의 운을 따라 시를 지어 제자의 마음가짐을 바로잡
아주고 있는 것이다.

　　지금 추운 날씨를 불평하고 있지만 세상에는 반드시 곧 따
뜻한 봄날이 찾아온다는 것이다. 당장 춥다고 하던 일을 포기
하면 따뜻한 날씨조차도 뜻 없는 것이 되고 만다. 추운 날씨가
있기에 따뜻한 봄은 값진 것이 되고 사람들은 그 봄을 좋아하
는 것이다. 그리고 집을 나서서 길을 간다는 것은 고난만을 뜻
하는 것이 아니다. 길가의 풍경은 힘든 중에도 잘 이겨내기만
하면 전에는 몰랐던 새로운 감흥과 경험을 선물한다. 어지러

운 풀은 어지러운 풀대로의 독특한 풍경을 이룩한다. 목적지에 도착하면 어려움을 이겨내고 목적지에 다다른 기쁨을 느끼게 된다. 추운 날씨나 거친 풍경에 싫증을 내고 가던 길을 포기하는 것 같은 방식으로 살아간다면 이 세상에는 몸 둘 곳이란 없게 된다는 것이다.

이 시는 우리에게도 교훈을 준다. 특히 우리나라 사람들은 자기에게 주어진 여건이나 환경에 불만이 많은 사람들이 많다. 한국은 자연도 아름답고 기후도 사철의 변화가 뚜렷하여 세계의 어느 곳보다도 살기에 쾌적한 곳인데 여기에 살게 된 것을 고마워할 줄 모른다. 우리 민족은 세계의 어떤 민족보다도 다정다감하고 착하며, 지금 어떤 나라 사람들보다도 잘 살고 있는데 그러한 생활을 감사할 줄 모른다. 그뿐 아니라 자기의 집안 사정에 대하여 불만을 지니고 자기 주변 사정에 대하여 불평을 하는 이들이 많다. 자기 부모가 가난한 게 원망스럽고 자기에게 도움이 못되는 형제자매며 친구들도 밉기만 하다. 자기 얼굴이 잘생기지 못하였다고 여기고 병원에 가서 자기 눈이며 코를 뜯어 고치는 이들이 부지기수이다. 교육에 대해서도 불평 투성이이고 정치에 대하여도 불만뿐이다. 심지어 하는 일이 뜻대로 되지 않는다고 세상과 남들을 원망하면서 자기 목숨을 끊는 이들도 많다.

이들은 모두가 길을 가다가 "길가에 말라서 어지러운 모습으로 있는 잡초를 보고" 죽은 풀과 추운 날씨에 가야만 할 멀고 힘든 길만을 생각하며 가던 길을 포기하는 주희의 제자 택지와 같은 사람들이다. 지금 풀이 말라서 어지러운 모습을 보이고 있지만 그것은 얼마 전까지만 해도 푸르고 싱싱하였고 꽃도 피고 열매도 맺은 것이다. 그리고 봄이 오면 다시 새싹이 돋아 아름답게 자라날 것이다. 따뜻한 봄은 잊은 채 지금의 추운 날씨만을 생각하고 마르고 어지러운 풀의 모습만을 보고 있으니 그는 가던 길을 포기할 수밖에 없는 것이다. 말라서 어지럽다는 풀 자체도 보기에 따라서는 꽃이 필 때보다도 더 아름다울 수도 있다. 시 속의 "염두(厭斁)"라는 말은 싫증이 나서 일을 집어치우는 것이다. 곧 자포자기를 하는 것이다. 자기 얼굴이나 몸의 생김새가 맘에 들지 않는다고 병원에 가서 뜯어고치는 것도 "염두"이고, 일이 자기가 바라는 대로 되지 않는다고 세상과 남들을 원망하고 자기 목숨을 끊는 것도 "염두"이다.

자기가 타고난 여건이나 주변의 조건에는 자기 자신이 거기에 알맞게 적응하도록 노력해야 한다. 자기의 여건이나 주어진 조건들이 자기에게 알맞기를 바라거나 그것에서 벗어나려고 한다면 반드시 "염두"가 생겨난다. 세상일은 순조롭기만한 것은 아니기 때문이다. 오히려 순조롭기만 하다면 그의 삶도 무의미해져서 "염두"가 생겨날 것이다. 어려운 일을 극복하는 데에 즐거움이 있고, 힘든 일을 해내는 데에 성취감이 생기는 것이다. 스스로 주어진 여건에 적절히 적응하여야만 즐거움이나 행복이 이루어진다. 곧 즐거움이나 행복은 스스로 추구하여 자신이 누리는 것이지 밖으로부터 주어지는 것이 아니다. 자기 앞에 닥치는 세상의 어떤 일에나 싫증을 내고 그 일을 그만둔다면 정말 이 세상에는 자기 몸을 편히 둘 수 있는 곳이란 없게 될 것이다. 주희는 참으로 훌륭한 선생님이었다고 여겨진다.

2009. 8. 25

12

늙은 것을 기뻐함

　　『전당시(全唐詩)』를 뒤적이다가 당대 시인 백거이(白居易, 772-846)의 「거울을 들여다 보다가 늙은 것을 기뻐함(覽鏡喜老)」이라는 시를 발견하고 다시 한 번 뜻을 음미하면서 자세히 읽어보았다. 이 시가 새삼 내 관심을 끌고 내 자신에 대하여도 다시 생각해보게 한 것은 내 자신도 늙은 탓이었음이 분명하다. 그 시의 번역과 본문을 아래에 소개한다.

　　　오늘 아침 밝은 거울을 들여다 보니

　　　수염이며 머리가 실처럼 모두 희어져 있네.

　　　올해 나이 예순넷이니

　　　어찌 노쇠해지지 않을 수 있겠는가?

집안사람들은 내가 늙은 것을 애석히 여기고

서로 쳐다보며 탄식을 하고 있네.

그런데 나는 홀로 미소를 짓고 있으니,

이 마음을 그 누가 알겠는가?

웃고 나서는 의젓이 술상을 차리게 하고

거울을 덮어놓고 흰 수염을 쓰다듬네.

너희들 지금부터 편히 앉아서

얌전히 내 말 들어보아라!

삶이 만약 연연할게 못 된다면

늙은 것도 어찌 슬퍼할게 되겠는가?

삶이 만약 진실로 미련을 지닐만한 것이라면

늙은 것은 바로 많은 세월을 산 것이 되네.

늙지 않았다는 것은 반드시 일찍 죽은 것이고

일찍 죽지 않았다면 반드시 노쇠해지게 마련일세.

뒤늦게 노쇠해지는 것이 일찍 죽는 것보다 좋은 일이니,

이런 이치는 결코 의심할 것도 없는 것이네.

옛날 분은 또 말하기를

세상 사람 중에는 일흔 살 사는 이 드물다고 하였네.

나는 지금 일흔에 육년 모자라고 있으니

다행히도 일흔 살 살 수 있을지도 모르겠네.

만약 이 나이까지 갈수만 있다면

아흔 살을 넘겨 산 영계기(榮啓期)를 어찌 부러워하겠는가?

기뻐해야할 일이지 탄식할 일이 아니니

다시 술이나 한 잔 기울이자!

今朝覽明鏡, 鬚鬢盡成絲.
금 조 람 명 경　　수 빈 진 성 사

行年六十四, 安得不衰羸?
행 년 육 십 사　　안 득 불 쇠 리

親屬惜我老, 相顧興歎咨.
친 속 석 아 로　　상 고 흥 탄 자

而我獨微笑, 此意何人知?
이 아 독 미 소　　차 의 하 인 지

笑罷仍命酒, 掩鏡捋白髭.
소 파 잉 명 주　　엄 경 랄 백 자

爾輩且安坐, 從容聽我詞!
이 배 차 안 좌　　종 용 청 아 사

生若不足戀, 老亦何足悲?
생 약 부 족 련　　노 역 하 족 비

生若苟可戀, 老卽生多時.
생 약 구 가 련　　노 즉 생 다 시

不老卽須夭, 不夭卽須衰.
불 로 즉 수 요　　불 요 즉 수 쇠

晚衰勝早夭, 此理決不疑.
만 쇠 승 조 요　　차 리 결 불 의

古人亦有言, 浮生七十稀.
고 인 역 유 언　　부 생 칠 십 희

我今欠六歲, 多幸或庶幾.
아 금 흠 육 세　　다 행 혹 서 기

當得及此限, 何羨榮啓期?
당 득 급 차 한　　하 선 영 계 기

當喜不當歎, 更傾酒一巵.
당 희 부 당 탄 갱 경 주 일 치

　시인 백거이가 예순네 살 때 거울에 자기 얼굴을 비춰보고
지은 시이다. 거울에 비치는 자기 모습은 자기가 바라보아도
머리도 하얗게 모두 희어졌고 피부도 쭈글쭈글 늙어있다. 집
안사람들도 모두 자기를 바라보면서 늙은 자기를 동정하며 슬
퍼서 한숨을 쉬고 있다. 그러나 시인 자신은 자기가 늙었다는
것을 알면서도 오히려 자기의 지금 처지를 기뻐하고 있다.

　우선 백거이는 사람의 삶은 태어난 뒤 늙어 죽게 되는 것이
라는 원리를 받아들이고 있다. 사람은 늙지 않으려면 젊어서
죽는 수밖에 없고, 젊은 나이에 죽지 않으면 결국은 늙는 수밖
에 없는 것이다. 지금 자신이 육십 노인이 되어 늙어 있다는
것은 자신이 그때까지 살아온 당연한 결과임을 받아들이고 있
는 것이다.

　이어서 옛 분의 말이라며 "세상 사람 중에는 일흔 살 사는
이 드물다고 하였다."고 읊고 있다. 그것은 두보(杜甫, 712-770)
가 「곡강(曲江)」 시에서 "사람이 태어나서 일흔까지 사는 이는
예로부터 드물었다.(人生七十古來稀.)"고 읊은 대목을 이용한
표현이다. 자신은 지금 예순네 살이니 육 년만 더 살면 일흔
살이다. 잘하면 자기는 보통 사람들에게는 매우 드물다는 일
흔 살의 수를 누릴 수 있을 것 같다. 그러니 자신은 얼마나 축

복받은 사람이냐는 것이다.

　여기에 보이는 영계기(榮啓期)는 공자와 같은 시대의 사람으로, 『열자(列子)』 천서(天瑞)편에 이런 얘기가 실려있다. 공자가 태산(泰山)에 놀러갔다가 영계기를 만났다. 영계기는 무척 허름한 옷을 걸치고도 노래를 부르면서 무척 즐거워하고 있었다. 공자가 그처럼 즐거워하는 까닭이 무엇이냐고 묻자, 그는 다음 세 가지 까닭을 말하였다. 첫째는 '사람으로 태어난 것', 둘째는 사람 중에서도 '남자로 태어난 것', 셋째는 지금 '아흔 살이 되도록 살고 있다는 것'이라 대답하고 있다. 백거이가 영계기를 드러내어 말하고 있는 것은 무척 가난하게 살면서도 자신이 타고난 조건들을 모두 받아들이고 즐거워하는 자세가 마음에 들었기 때문이다. 자기도 영계기처럼 세상의 부귀를 초월하여 자기에게 주어진 삶의 여건을 모두 긍정적으로 받아들이고 즐겁게 살겠다는 뜻을 보여주기 위해서이다. 영계기처럼 아흔 살까지는 살지 못할 가능성이 많지만, 자신은 지금 예순네 살로 보통 사람들은 누리지 못한 일흔 살의 수를 누릴 가능성이 있으니 자기가 늙은 것이 무척 기쁘고 오래 살아서 유명한 영계기가 조금도 부럽지 않다는 것이다. 백거이는 그 뒤로 일흔을 훨씬 넘어 일흔다섯 살까지 살았으니 그런 마음가짐이 그렇게 장수를 누리도록 하였을 것이다.

　사람의 행불행은 사실은 그의 외부 조건은 전혀 문제가 되지 않고 자신의 마음가짐에 달려있다. 사람이 늙는다는 것도 그의 마음가짐에 따라 기쁨이 될 수가 있고 슬픔이 될 수가 있음을 이 시를 통하여 누구나 다시 한 번 깨닫게 될 것이다. 사람으로 태어났으면 누구나 나이를 먹고 늙어가게 마련이니 우리는 그것을 받아들이고 그런 변화를 기뻐할 줄 알아야 할 것이다.

한편 골똘히 생각해 보면 늙는 것뿐만이 아니라 인생의 모든 일이 사람들의 마음먹기에 따라 그 성격이 가려진다. 나고, 살고, 죽는 일 모든 것이 그러한 것 같다. 어떤 여건이든 자기에게 주어진 조건을 축복이라 생각하며 기뻐할 수도 있고, 그 주어진 조건을 나쁘다고 생각하며 원망하고 한탄하며 지낼 수도 있다. 그러니 우리는 올바르고 깨끗한 마음을 지니기에 힘써야만 할 것이다.

백거이는 『거울을 대하고(對鏡)』·『대경음(對鏡吟)』 등 거울과 관계되는 시를 여러 편 짓고 있다. 아마도 시인은 거울에 자신을 비춰보기 좋아하였던 것 같다. 그것은 자기를 정확히 올바로 알기 위해서였을 것이다. 이 『거울을 들여다 보다가 늙은 것을 기뻐함』이라는 시에서도 그는 먼저 거울을 들여다보고 자기 머리가 모두 희어지고 노쇠한 늙은이라는 것을 확인하고 있다. 먼저 자기 자신을 제대로 보고 정확하게 알아야만 자기의 마음을 올바르고 깨끗하게 지닐 수 있게 될 것이다.

같은 『전당시』 539권에는 다음과 같은 이상은(李商隱, 812-858)의 『낙유원(樂遊原)』이라는 아름다운 시가 있다.

저녁 무렵 마음 어수선하여

수레 몰고 옛 낙유원으로 올라갔네.

저녁 해는 한없이 아름다운데,

다만 황혼이 가까워지고 있네.

向晚意不適, 驅車登古原.
향 만 의 부 적   구 거 등 고 원

夕陽無限好, 只是近黃昏.
석 양 무 한 호   지 시 근 황 혼

'낙유원' 이란 곳은 한(漢)나라 선제(宣帝, B.C. 73-B.C. 49 제위)가 별궁(別宮)을 세웠던 곳인데, 장안(長安) 동남쪽 가장 높은 언덕이어서 장안이 한눈에 내려다보였다고 한다. 유명한 곡강지(曲江池)도 바로 아래 있어 귀족들의 놀이 장소였다. 그런데 시인은 그처럼 멋진 장소에 가서 "저녁 해는 한없이 아름다운데, 다만 황혼이 가까워지고 있네." 하고 노래를 끝맺고 있다. 지금 자기는 경치가 빼어난 언덕에 올라와 저녁 햇빛 아래 펼쳐져 있는 아름다운 풍경을 바라보고 있지만, 그 해는 곧 져버리고 어두워질 때가 가까워져 오고 있다는 것이다. 하루

살이 같은 인생을 되새기게 하는 시이다. 많은 학자들이 쓰러져 가는 당나라 제국을 생각하면서 부른 노래라 설명하고 있다. 거울에서 늙은 자기 얼굴을 보고 기뻐한 백거이 시인의 자세와는 정반대이다.

이상은 시인이 짧은 인생을 생각하였건, 망해가는 자기 조국을 생각하였건 그것은 문제가 아니다. 세상에는 "저녁 햇빛 아래의 아름다운 풍경"도 있지만 그 저녁 해는 머지않아 져버리고 온 세상이 어둠으로 덮이게 된다는 것은 사실이다. 그뿐 아니라 세상을 살아갈 때 사람들 마음속의 기쁨이나 행복도 한순간에 지나가 버리고 다시 복잡한 문제들과 씨름하게 된다. 그렇지만 설사 그 아름다움이나 기쁨 또는 행복이 짧은 시간에 속하고, 어둠이나 복잡한 생각은 긴 시간을 차지한다 하더라도 우리는 늘 그 "아름다운 풍경"을 살리고 다른 사람들에게도 그것을 전하여야 한다. 곧 백거이가 『거울을 들여다보고 늙은 것을 기뻐함』 하고 노래했던 것처럼 우리는 어둠 속에서도 햇빛이 비칠 적의 아름다운 세상을 살리고 전해야 하며, 다시 해가 솟을 때의 아름다운 세상을 생각하고 위하는 자세여야만 한다. 그러기 위해서는 우리는 늘 올바르고 깨끗한 마음을 지녀야만 한다.

2013. 9. 3

Ⅱ.
사랑을 모르던
사람들

사랑을 모르던 사람들

【1】

중국에는 본시 '사랑'이란 말이 없었다. '애(愛)'는 사랑의 뜻이 아니라 일반적으로는 '아낀다', '좋아한다'는 뜻으로 쓰여왔다. 현대 중국의 대문호 루신(魯迅, 1881-1936)은 그의 잡문집인 『열풍(熱風)』에 실린 「수감록(隨感錄) 40」에 누구인지도 모르는 한 젊은이가 써 보내주었다는 다음과 같은 「애정(愛情)」이란 제목의 시를 한 수 인용하고 있다.

나는 한 가엾은 중국인이다.
애정이어! 나는 네가 무엇인지도 알지 못한다.

내게는 부모가 계시어 나를 가르쳐주고 길러주셨으며 나
　　를 잘 대하여 주셨다.

나도 그분들을 대함에 역시 잘못됨이 없었다.

내게는 형제와 자매들도 있어서 어릴 적에는 나와 함께 놀
　　았고

커가면서는 나와 함께 공부도 하면서 나를 매우 잘 대하여
　　주었다.

나도 그들을 대함에 역시 잘못됨이 없었다.

그러나 일찍이 나를 '사랑' 해준 사람은 하나도 없었고

나도 전혀 그분들을 '사랑' 한 일이 없었다.

내 나이 열아홉 때 부모님께서는 내게 처를 구해주셨다.

지금까지 여러 해 동안 우리 두 사람은 그래도 사이좋게
　　지내고 있다.

그러나 이 혼인은 완전히 다른 사람들이 주관한 것이며 다
　　른 사람들이 짝지어준 것이다.

그들이 어느 날 농담으로 한 말이 우리에게는 평생의 맹약
　　이 된 것이다.

마치 두 마리의 가축이 주인의 명령을 따른 것이나 같은
　　일이다.

"자! 네놈들은 함께 잘 살아가거라! "

애정이어! 가엾게도 나는 네가 무엇인지 알지도 못하고

있다!

我是一个可憐的中國人. 愛情! 我不知道你是什麽!
아 시 일 개 가 련 적 중 국 인　　애 정　　아 부 지 도 니 시 십 마

我有父母, 教我育我, 待我很好; 我待他們, 也還不差.
아 유 부 모　교 아 육 아　　대 아 흔 호　　아 대 타 문　　야 환 불 차

我有兄弟姉妹, 幼時共我玩耍, 長來同我切磋, 待
아 유 형 제 자 매　　유 시 공 아 완 사　　　장 래 동 아 절 차　　　대

　我很好; 我待他們, 也還不差.
　아 흔 호　　아 대 타 문　　야 환 불 차

但是沒有人曾經'愛'過我, 我也不曾'愛'過他.
단 시 몰 유 인 증 경　애　과 아　　아 야 부 증　애　과 타

我年十九, 父母給我討老婆. 於今數年, 我們兩个,
아 년 십 구　부 모 급 아 토 로 파　　어 금 수 년　　아 문 량 개

　也還和睦.
　야 환 화 목

可是這婚姻, 是全憑別人主張, 別人撮合; 把他們
가 시 저 혼 인　　시 전 빙 별 인 주 장　　별 인 촬 합　　파 타 문

　一日戲言, 當我們百年的盟約.
　일 일 희 언　　당 아 문 백 년 적 맹 약

彷佛兩个牲口聽着主人的命令, "咄! 你們好好的
방 불 량 개 생 구 청 착 주 인 적 명 령　　　돌　　이 문 호 호 적

　住在一塊兒罷!"
　주 재 일 괴 아 파

愛情! 可憐我不知道你是什麽!
애 정　　가 련 아 부 지 도 니 시 십 마

그는 이제껏 '사랑'이 무엇인지도 모르고 살았다는 것이다.
루신 스스로도 "애정은 어떤 물건인가? 나도 모른다."고 말하

고 있다. 그리고 "우리는 또한 사랑이 없는 슬픔을 크게 소리
쳐야 한다. 사랑할만한 상대가 없는 슬픔도 크게 소리쳐야 한
다."는 말로 글을 끝맺고 있다.

【2】

　『논어(論語)』안연(顏淵)편을 보면, 공자의 제자 번지(樊遲)가
스승에게 어짊(仁)에 대하여 질문하였을 때 공자는 "애인(愛
人)"이라 대답하고 있다. 필자는 『논어』를 번역하면서[1] 이 구
절을 "남을 사랑하는 것"이라고 옮겨 놓았지만 실은 "남을 아
껴주는 것" 또는 "남을 좋아하는 것"이라고 옮기는 것이 정확
하다. 같은 편에 "愛之欲其生이라가 惡之欲其死라."는 말이
보이는데 "좋아할 적에는 그가 살기를 바라다가 미워하게 되
면 그가 죽기를 바란다."는 말이다. 헌문(憲問)편에도 "愛之,
能勿勞乎?"라는 말이 보이는데, 이 말도 "그를 사랑한다고 해
서 수고롭히지 않을 수가 있겠느냐?" 하고 옮겨 놓았지만 역
시 '애'는 "좋아한다" 또는 "아낀다"가 올바른 번역이다. '어
짊(仁)'을 사랑이란 말뜻에 가까운 인애(仁愛)라고 해석하게 된

....
1 서울대 출판부 발간, 2011.

것도 후세의 일이다. 이 밖에 『논어』에는 '애(愛)'란 글자가 별로 보이지 않으며 그 밖의 유가의 경전에도 이 글자는 찾아보기 힘들다. 간혹 보인다 하더라도 그것은 '사랑'의 뜻으로 쓰인 것이 아니다. 만약 중국 옛날 사람들에게 '사랑'의 개념이 머릿속에 있었더라면 '어짊(仁)'의 덕을 강조하는 그들의 경전에 '애(愛)'자가 그토록 보이지 않을 까닭이 없다.

옛날 중국의 사상가 중에 '애(愛)'의 철학을 적극적으로 내세웠던 이로 묵자(墨子, B.C. 479?-B.C. 381?)가 있다. 묵자의 중심사상이 '겸애(兼愛)'라는 것은 많은 사람들이 이미 알고 있다. 필자 자신도 『묵자』의 번역[2]과 『묵자, 그 생애 · 사상과 묵가(墨家)』라는 저서[3]에서 일반적인 견해를 따라 이 '겸애'라는 말을 '모든 사람들이 다 같이 나와 남의 구별 없이 서로 사랑하는 것'이라고 해석하였다. 그러나 실상 『묵자』라는 책을 보면, '애'라는 말 뒤에는 반드시 '모든 사람들이 다 같이 나와 남의 구별 없이 서로 이롭게 해 주어야 한다.'는 뜻에서 언제나 '리(利)'라는 말이 뒤따르고 있다. 보기를 든다.

"자신만을 사랑하고--- 자신만을 이롭게 하다."(自愛--- 自利.)〈兼愛 上〉

· · · · · · · · · · · · · · · · · · · ·
2 명문당, 2003. 10.
3 명문당, 2002. 6.

"그 자신(집 · 나라)만을 사랑하고--- 그 자신(집 · 나라)만을 이롭게 하다."〔愛其身(室 · 家 · 國)--- 利其身(室 · 家 · 國).〕〈兼愛 上〉

"아울러 서로 사랑하고 모두가 서로 이롭게 한다."(兼相愛, 交相利.)〈兼愛 中 · 下, 天志 上, 非命 上〉

"남을 사랑하고 남을 이롭게 하다."(愛人利人.)〈兼愛 中 · 下, 法儀, 天志 中〉

"남의 어버이를 사랑하고 이롭게 하다."(愛利人之親.)〈兼愛 下〉

"아울러 모두가 서로 사랑하고, 아울러 모두가 서로 이롭게 한다.(兼而愛之, 兼而利之.)〈尙賢 中, 天志 上〉

"서로 사랑하고 서로 이롭게 한다.(相愛相利.)〈法儀〉

"사랑하고 이롭게 한다.(愛利.)〈兼愛 下, 尙同, 非攻 中〉

편의상 묵자의 '애(愛)'를 '사랑'이라 옮겼지만 언제나 그 뒤에는 '이롭게 한다'는 '이(利)'가 뒤따르고 있으니 순수한 사랑이 아님이 분명하다. '아껴주다' 또는 '좋아하다'는 정도의 뜻이라고 봄이 옳을 것이다. 때문에 이타주의(利他主義)라는 말이 애타주의(愛他主義)라는 말과 같은 뜻으로 잘못 쓰이고도 있다.

서기 기원전 1000년 전후의 노래를 모아놓은 중국 최초의 시가집인 『시경』에는 민간에서 부르던 남녀 사이의 사랑의 노래가 많이 실려 있는데도 '애' 자는 거의 보이지 않는다. 패풍(邶風)의 「얌전한 아가씨(靜女)」 시에 "애이불견(愛而不見)"이라는 구절이 있어 필자도 이를 번역하면서 "사랑하면서도 만나지 못한다."고 번역해 두었으나[4] 실은 역시 '좋아한다'는 것이 정확한 뜻일 것이다. 대아(大雅) 「증민(烝民)」 시에 보이는 "애막조지(愛莫助之)"도 "그를 좋아하면서도 도와주지 못한다."로 옮기는 것이 정확한 번역일 것이다. 한대의 유향(劉向, B.C. 77-B.C. 6)이 정리한 『전국책(戰國策)』 제책(齊策) 3에는 "임금의 부인과 서로 사랑하는 사람이 있었다.(有與君之夫人相愛者.)"는 남녀 사이의 사랑을 뜻하는 용례가 보인다. 그러나 이것도 "서로 좋아하는 사람"이 정확한 번역일 것이다. 동한(東漢) 말엽 고유(高誘)는 주(注)에서 "애(愛)는 통(通)했다는 뜻"이라고 설명하고 있다.

중국의 고전문학은 『시경』을 뒤이어 3000년을 두고 서정시를 중심으로 발전하여 왔고 남녀 사이의 사랑을 노래한 작품이 많은데도 '애' 자는 시집 속에 별로 보이지 않는다. "하늘에선 나래가 붙어있는 두 마리 새가 되고, 땅에서는 가지가 연이

....

4 명문당, 2010. 12.

어진 두 나무가 되자.(在天願作比翼鳥, 在地願爲連理枝.)"하고
맹세한 당나라 현종(玄宗)과 양귀비(楊貴妃)의 사랑을 노래한
백거이(白居易, 772-846)의 840자로 이루어진 장편의 시 「장한
가(長恨歌)」에도 '애' 자는 한 자도 보이지 않는다. 명대의 풍몽
룡(馮夢龍, 1574-1646)은 그 시대에 유행하는 민가를 모아 『괘지
아(掛枝兒)』와 『산가(山歌)』라는 두 가지 민요집을 내놓고 있다.
거의 전편이 남녀 사이의 관계를 노래한 것들인데도 '애' 자는
별로 보이지 않는다. 『괘지아』에는 「애(愛)」라는 제목의 노래
가 있고, 『산가』에는 「짝사랑(一邊愛)」이 있다. 「애」에서는 이
렇게 노래하고 있다.

　　"네가 나를 꾸짖는 목소리가 좋은 것을 좋아하고,

　　네가 나를 때리는 손놀림이 멋있는 것을 좋아하고,

　　또 네가 알맞게 기뻐하고 알맞게 성내는 것을 좋아하는데,

　　내게 성을 낼 적에 더욱 좋게 생각된다."

　　愛你罵我的聲音兒好, 愛你打我的手勢兒嬌,
　　애 니 매 아 적 성 음 아 호　　애 니 타 아 적 수 세 아 교

　　還愛你宜喜宜嗔也, 嗔我時越覺得好.
　　환 애 니 의 희 의 진 야　　진 아 시 월 각 득 호

「일변애」에서는 또 이렇게 노래하고 있다.

"남자는 아가씨를 좋아하지 않는데,

아가씨는 남자를 좋아하네.

한쪽에서만 그리고 있으니

언제면 한 쌍을 이룰까?"

郎弗愛子姐哩, 姐愛子郎.
낭 불 애 자 저 리　　저 애 자 랑

單相思, 幾時得成雙?
단 상 사　　기 시 득 성 쌍

이 번역처럼 "애"는 '사랑'이 아닌 '좋아한다'는 뜻이다. 이 민요집에서 남녀의 사랑 비슷한 관계는 모두 '정(情)'이나 '사(思)' 같은 말로 표현되고 있다. 남녀가 서로 사랑하는 것은 「일변애」에 보인 것처럼 '상사(相思)'이다. 「괘지아」에는 「상사」라는 제목의 작품이 있는데, 이런 구절이 보인다.

"님을 이별한 지 겨우 하루인데,

님 그리움은 오히려 열두 시간 동안이나 이어지고 있네."

別君只一日, 思君到有十二時.
별 군 지 일 일　　사 군 도 유 십 이 시

"상사로 병이 되어

나의 마음과 정신이 불안정하게 앓고 있네."

害相思, 害得我心神不定.
해 상 사　　해 득 아 심 신 부 정

　애인에 가까운 말로는 정인(情人)·정려(情侶)·정랑(情郎)
·정가랑(情哥郎)·초인(俏人)·초원가(俏寃家) 같은 말을 쓰고
있다.
　젊은 남녀의 사랑을 다룬 소설인 당대 원진(元稹)의 『앵앵전
(鶯鶯傳)』, 청대 조점(曹霑)의 『홍루몽(紅樓夢)』과 극본인 원대
왕실보(王實甫)의 『서상기(西廂記)』, 명대 탕현조(湯顯祖)의 『모
란정기(牡丹亭記)』 등에서의 '사랑'이란 말의 표현도 모두 그
러하다.
　중국 최초의 제대로 된 자전이라고 할 수 있는 동한(東漢) 허
신(許愼, 58?-147?)의 『설문해자(說文解字)』를 보면, '애(愛)'자는
'편히 걷는다'는 뜻을 지닌 쇠(夊)부에 들어있고, 본시는 "길
을 가는 모습(行貌)"을 뜻하는 글자였는데, '혜(惠)'의 뜻을 지
닌 글자로 빌려 쓰게 된 것이라 설명하고 있다. 현대의 대표적
인 중국 사전인 『사해(辭海)』[5]에서도 '애(愛)'자를 풀이하여 ①
'좋아하는 것'(喜好也)이라 풀이하고, 『시경(詩經)』 소아(小雅)

....
5 臺灣 中華書局 1958年版 참조.

습상(隰桑) 시와 『논어』 헌문(憲問)편의 한 구절을 용례로 들고 있다. ② '남을 돌보아주고 은혜를 베푸는 것'(慈惠也)이라 풀이하고, 『좌전(左傳)』 소공(昭公) 20년과 『사기(史記)』 정세가(鄭世家) 주(注)의 한 구절을 용례로 들고 있다. ③ '아끼는 것'(嗇也)이라 풀이하고, 『맹자(孟子)』 양혜왕(梁惠王) 상편의 한 구절을 용례로 인용하고 있다. 지금 우리가 쓰는 '사랑' 같은 뜻풀이는 보이지 않는다.

청대의 김성탄(金聖歎, 1608-1661)이 제륙재자서(第六才子書)라고 높이 평가한 『서상기(西廂記)』 이지사(二之四) 평어(評語)에서 미녀인 최앵앵(崔鶯鶯)과 재사인 장생(張生) 사이의 사랑을 다음과 같이 설명하고 있다.

"젊은 지식인이 미인을 사랑하는 것은 곧 사랑이지만, 젊은 지식인이 옛날의 훌륭한 임금을 사랑하는 것도 곧 사랑해야 하는 것이다. 이 점이 바로 젊은 지식인이 젊은 지식인답게 되는 까닭인 것이다.

미인이 젊은 지식인을 사랑하는 것은 곧 사랑이지만, 미인이 '예'를 두려워하는 것도 곧 두려워해야 하는 것이다. 이 점이 바로 미인이 미인답게 되는 까닭인 것이다."

夫才子之愛佳人則愛, 而才子之愛先王則又愛者. 是乃
부 재 자 지 애 가 인 즉 애　　이 재 자 지 애 선 왕 즉 우 애 자　　시 내

才子之所以爲才子.
재 자 지 소 이 위 재 자

佳人之愛才子則愛, 而佳人之畏禮則又畏者. 是乃佳人
가 인 지 애 재 자 즉 애　이 가 인 지 외 례 즉 우 외 자　시 내 가 인

之所以爲佳人也.
지 소 이 위 가 인 야

　위의 글에서 옛날의 훌륭한 임금인 '선왕'은 바로 '예'의
제정자임을 알아야 한다. 따라서 여기에 '애'를 '사랑'이라
번역을 하기는 하였지만 그것은 진정한 사랑이 아님을 알 것
이다.

【3】

　중국 사람들이라고 해서 사랑을 전혀 몰랐을 리는 없다. 많
은 부부들이 아무것도 모른 채 부모들의 주선에 의하여 예의
를 따라 결합했다고 하지만 '남편과 아내는 분별이 있어야 한
다.(夫婦有別)'는 '삼강'의 윤리 이외에도 자연이 깊은 정이 쌓
이어 사랑의 정을 느꼈다. 대시인 두보(杜甫, 712-770)가 '안록
산(安祿山)의 난'이 일어났을 적에 장안의 반란군에게 잡혀 있
으면서 시골에 두고 온 처자를 생각하고 쓴 시「달밤에(月夜)」
를 읽어보자.

오늘 밤 내 가족들이 있는 부주에서 저 달을

처는 방 안에서 오직 홀로 보고 있으리라.

멀리 있는 어린 아들딸들은 가엾기만 하니

아직 장안에 있는 아비 생각할 줄도 모르리라.

향기로운 안개에 구름 같은 머리 젖어들고

맑은 달빛은 옥 같은 팔 싸늘하게 비치고 있으련만!

어느 때면 고요히 장막에 기대여

둘이 서로 바라보며 눈물 자국 말리게 될까?

今夜鄜州月, 閨中只獨看.
금 야 부 주 월   규 중 지 독 간

遙憐小兒女, 未解憶長安.
요 련 소 아 녀   미 해 억 장 안

香霧雲鬟濕, 淸輝玉臂寒.
향 무 운 환 습   청 휘 옥 비 한

何時倚虛幌, 雙照淚痕乾?
하 시 의 허 황   쌍 조 루 흔 건

　'애' 자는 하나도 쓰지 않고 있지만, 시인의 아내 '사랑' 하
는 정이 느껴지는 시이다. 이 밖에도 자기 아내를 생각하며 사
랑의 정을 노래한 시들이 간혹 있기는 하다. 그러나 중국 사람
들이 진정한 사랑의 개념을 깨닫고 '애(愛)' 자를 사랑의 뜻으
로 쓰기 시작한 것은 아무래도 서양문화가 들어온 뒤, 특히 기
독교 선교사들이 중국으로 들어와 중국어로 번역한 『성경』을

널리 퍼뜨린 뒤의 일일 것이다.

　"하나님이 세상을 이처럼 사랑하사 독생자를 주셨으니,---"(上帝愛世人, 甚至將他的獨生子賜給他們,---) 〈요한복음 3장 16절〉

　"나는 너희에게 이르노니, 너희 원수를 사랑하며 너희를 박해하는 자를 위하여 기도하라.(只是我告訴你們, 要愛你們的仇敵, 爲那逼迫你們的禱告.) 〈마태복음 5장 44절〉

　"이와 같이 남편들도 자기 아내 사랑하기를 자기 자신과 같이 할지니, 자기 아내를 사랑하는 자는 자기를 사랑하는 것이라.(丈夫也當照樣愛妻子, 如同愛自己的身子, 愛妻子便是愛自己了.)" 〈에베소서 제5장 28절〉

　여기에서 중국 사람들은 진정한 위대한 사랑을 깨달았을 것이다. 남편과 아내도 '분별'이 아니라 '사랑'을 바탕으로 결합되는 것임을 깨달았다. 그래서 중국 사람들은 남편이나 아내를 서로 '아이런(愛人)'이라고도 부르게 되었다. 같은 문화권에 있어온 우리도 그들과 큰 차이가 없다. 이제는 '애(愛)'나

'사랑'이란 말을 흔히 쓰고 있지만 중국 사람들과 함께 우리
도 아직 참된 '사랑'의 뜻을 깨닫지 못하고 사랑을 실천하는
데 모자라는 점이 있는 게 아닐까 하여 이 글을 쓴다. 우리는
좀 더 철저히 '사랑'의 뜻을 깨닫고 사랑을 실천하기에 힘써
야 한다.

2011. 12. 26

2

온 세상 사람들 모두가 형제
(四海之內皆兄弟也)

【1】

『논어(論語)』를 읽어보면, "사해지내, 개형제야(四海之內, 皆兄弟也.)"란 말이 보인다. 온 세상 사람들 모두가 형제라는 뜻이다. 다시 『예기(禮記)』에는 "천하일가(天下一家)"란 말이 보이고, 한(漢)대의 역사책 『사기(史記)』에는 "사해위가(四海爲家)"란 말이 보이는데, 모두 온 세상이 한집안이나 같다는 뜻이다. 곧 옛날 사람들은 온 세상 사람들이 모두가 형제나 같은 사람들이고, 따라서 이 세상은 모두가 한집안이나 같은 성격의 것이라 생각했던 것이다.

지금처럼 교통과 통신이 발달하지 못하고 자기와 다른 종족

(種族)이나 먼 고장의 사람들과는 만나 얘기할 기회도 없었던 옛날에 이미 사람들의 머릿속에는 "지구촌(地球村)"에 가까운 개념이 이루어져 있었던 것이다. 그처럼 온 세계 사람들이 형제나 같은 관계의 사람들이고, 온 세상이 한집안이나 같은 것이라는 생각은, 모든 사람들이 서로 사랑하고 아껴주며 모든 나라들이 서로 존중하고 위해주어야 한다는 개념을 바탕에 깔고 있는 것이다. 곧 피부 색깔이 서로 다르다고 하여 서로 미워하고 해쳐서는 안 되며, 큰 나라와 작은 나라들이 서로 다투고 싸워서도 안 된다는 것이다.

그러기에 『맹자(孟子)』를 읽어보면, 대장부에 대하여 이런 설명을 하고 있다. "천하라는 넓은 곳을 거처로 삼고, 천하의 올바른 자리에 서고, 천하의 위대한 도를 행하여야 한다.(居天下之廣居, 立天下之正位, 行天下之大道.)" 곧 대장부라면 자기 자신이나 자기편 또는 자기 나라만을 생각하지 않고, 언제나 이 세상 전체의 환경을 생각하고, 세계의 입장에서 가장 올바른 위치를 찾으며, 온 세계가 받아들일 수 있는 위대한 도를 실천해야 한다는 것이다.

심지어 『열자(列子)』에서는 "온 천하 사람들의 몸을 자기 몸처럼 여기고, 온 천하의 물건을 자기 물건처럼 여긴다.(公天下之身, 公天下之物.)"고도 하였다. "공천하지물(公天下之物)"이란 말에는 "천하의 물건들을 자기의 몸이나 같이 여긴다."는 뜻까지도 내포되어 있다.

송(宋)대의 성리학자 장재(張載, 1020-1077)는 그의 유명한 「서명(西銘)」이란 글 앞머리에서 이런 선언을 하고 있다.

"하늘을 아버지라 부르고, 땅을 어머니라 부른다.---모든 사람들이 나와 동포(同胞)이고, 만물이 나와 동류(同類)이다.(乾稱父, 坤稱母.---民吾同胞, 物吾與也.)"

장재는 한 걸음 더 나아가 이 세상의 사람뿐만이 아니라 식물, 동물을 비롯하여 모든 존재가 우리와 같은 형제나 다름없는 존재라는 것이다.

우리의 선인들은 모든 사람들을 바로 자기 자신이나 같이 여겼을 뿐만이 아니라, 심지어 동물이나 식물 또는 물건들까지도 자기 몸이나 같은 것이라 여기며 아끼고 위하였던 것이다. 따라서 사람들 생활에 이롭지 못한 동물이나 곤충 같은 것들까지도 사랑의 마음을 가지고 대하였다. 송(宋)대의 문호 소식(蘇軾, 1037-1101)은 그의 시[1]에서 이렇게 읊고 있다.

쥐를 위해 언제나 밥을 남겨놓고,
나방이 가엾어서 등불을 켜지 못한다.

....
1 『蘇東坡文集』 後集 卷5 「次韻定惠欽長老見寄」 시에 보임.

爲鼠常留飯, 憐蛾不點燈.
위 서 상 류 반   연 아 부 점 등

【2】

지금 우리는 흔히 입으로는 "세계는 하나"라든가 "손에 손
잡고"를 노래하고, "지구촌"이니 "세계 가족"이니 하는 말들
을 하고 있다. 그러나 실상은 그런 말을 쓰지 않았던 옛 분들
앞에 머리를 들기 어려울 정도로 부끄러운 작태를 보이고 있
다.

피부 색깔이 다른 인종이나 사는 고장이 다른 외국 사람들
은 고사하고, 한 핏줄 아래 태어나 좁은 한반도에 살고 있는 우
리 민족들 사이에 조차도 "우리는 모두가 형제"라고 공언하기
가 어려운 형편이다. 옛 분들은 "온 세상 사람들이 모두 형제
(四海之內, 皆兄弟也.)"라 했거늘, 지금 우리는 "한국민족은 모두
형제(韓民族, 皆兄弟也.)"라는 말도 하기 어려운 형편인 것이다.

지금 우리 주변에는 남을 미워하고 시기하며 자기와 다른
집단에 대하여는 보복이라도 하려는 듯이 적대현상을 보이는
경우를 흔히 보게 되기 때문이다. 동쪽에서는 서쪽을 싫어하
고, 서쪽에서는 동쪽을 미워하고 있다. 이쪽에서는 저쪽에 대

하여 무엇인가 보복을 하여야만 직성이 풀릴 것 같은 대결 양상이다.

프로야구만 보더라도 자기 고장에 근거를 둔 팀이 시합에 지게 되면 운동장에 물건을 던지며 난동을 부리어 사람을 다치게 하는 일도 일어나고 있다. 군중 틈에 숨어 빈 병 따위를 던지는 행위가 얼마나 비열하고 그릇된 행위인가 깨닫지 못하는 이들이 적지 않은 것 같다.

어디 그뿐인가? 나라는 손바닥만 한데도 민주주의는 허울뿐 정치고, 정당이고 모두 패거리 의식 및 지역감정에 의하여 크게 좌우되고 있다. 남쪽에서는 북쪽이 용납되지 않고, 북쪽에서는 남쪽을 받아들이지 않는다.

모두 남에 대하여는 배려하지 않고 자기만을 생각하기 때문이다. 개인행동을 보더라도, 차를 모는 사람들은 교통순경만 없다고 생각되면 멋대로 법을 어기고 질서를 어지럽힌다. 길에서도 담배꽁초와 휴지 같은 것을 아무 데나 버린다. 자기를 위하여는 동물도 마구 죽이고, 식물도 마구 자르며, 땅도 멋대로 파헤친다. 그래서 우리 아름다운 강산이 산이고, 강물이고 마구 무너지고 오물로 더럽혀지고 있다.

산이 좋아서 등산을 하면서도 산과 나무를 망치고, 낚시를 좋아하면서도 나가서는 강과 호수를 더럽힌다. 고기를 잡고 해수욕을 하는 사람들은 바다를 더럽힌다. 모두 자기만을 생각하고 남에 대하여는 전혀 배려하지 않는 마음가짐 때문이다.

옛 분들은 "온 세상 사람들은 모두가 형제"라고 하면서 온 세계와 온 인류를 생각했고, 이 세상 만물도 모두 자기 몸처럼 사랑했거늘, 지금의 우리는 우리 동포는 물론 우리 이웃조차도 위하고 생각해줄 줄 모르는 것 같다.

【3】

우리가 추구하고 있는 민주주의도 제도만으로 이루어지는 것은 아니다. 다른 사람들을 사랑하고 인정해줄 수 있을 때 비로소 그 시행이 가능해지는 것이다. 얼마 전 서울의 한 지역에서 국회의원 보궐선거가 치러졌는데, 국민 누구나가 한심하다는 생각을 앞세우고 그 선거과정을 지켜보아야만 하였다. 여기에서 민주주의는 그 제도보다도 그것을 뒷받침해줄 민주주의적 윤리의 확립이 더욱 시급함을 절감하였다.

민주주의 윤리는 간단히 한마디로 정리하기는 어렵다. 그러나 가장 분명한 것은 민주주의를 하려면 자기 못지않게 남을 인정하고, 위하고, 또 남을 존중하고 생각해주는 태도를 지녀야 한다는 것이다. 남을 인정하고 위하려 한다면 남의 잘못이나 부족을 바로잡아주고 보충해주려는 태도는 지닐지언정 남을 무조건 공격하고 짓밟지는 않을 것이다. 남을 존중하고 생각해 준다면 남과 토론하며 그보다 좋은 의견을 제시하려는 태도를 지닐지언정 남을 근거도 없이 모함하고 망치려 들지는 않을 것이다.

적어도 남을 인정하고, 위하고, 또 남을 존중하고 생각해주는 태도야말로 민주주의 윤리의 바탕이 될 수 있으리라 여겨진다. 우리는 이 민주주의 윤리의 확립을 위해서도, 옛 분들의 "온 세상 사람들은 모두가 형제"라고 하는 정신을 현대에 다시 살려내도록 노력하여야만 할 것이다.

1989. 9. 9

3
버드나무와 오동나무

우리 집에서 동리의 공원으로 나가 불곡산 쪽으로 방향을 틀면 공원 오른편 중간에 커다란 버드나무가 한 그루 있다. 공원을 만들기 전부터 그곳에 자라고 있던 것이어서 잘라내기가 아까워 그대로 둔 것이 아닌가 한다. 그러나 내가 보기에는 그 버드나무는 잘라 버렸으면 좋겠다고 느껴진다. 버드나무가 주변 풍경과 잘 어울리지도 않고 그 나무 자체도 그 근처에 자라고 있는 어떤 나무보다도 좋게 보이지 않는다. 나만의 느낌일까 싶어서 여러 사람들에게 물어보았는데 결과는 모두가 잘라 없애는 게 좋겠다는 의견이었다. 분당의 중앙공원 호숫가에도 큰 버드나무가 두세 그루 서 있는데 아무리 보아도 주변의 어떤 나무보다도 보기에 좋지 않다.

그런데 중국 사람들의 버드나무를 보는 눈은 우리와 전혀 다르다. 여러 해가 지났지만 내가 동부이촌동에 살고 있을 적의 일이다. 그때는 강변북로도 없었고 동부이촌동의 한강 가의 길은 바로 옆에 아파트도 없고 자동차도 별로 다니지 않는 비교적 한적한 길이었다. 그때 마침 국제학술대회가 있어서 여러 명의 타이완 학자들이 참가한 일이 있다. 나는 그들을 한가할 적에 우리 집으로 초청하였는데, 한강의 아름다운 풍경을 자랑하려고 먼저 그들을 차에 태운 채 한강 가에 나 있던 한가한 길을 따라 드라이브를 하였다. 그때 그 길가에는 여러 그루의 버드나무가 심어져 있었는데, 이 중국 친구들은 나의 기대와는 달리 한강의 백사장과 파란 물이며 건너편 동작동 쪽의 아름다운 풍경은 제쳐놓고 모두가 길가의 버드나무 몇 그루를 가리키면서 아름답다고 찬탄하는 것이었다. 나 홀로 중국 사람이니 어찌하는 수가 없구나, 하고 생각하였다.

중국에서 지금으로부터 3000여 년 전에 부르던 노래인 『시경(詩經)』에도 이미 버드나무를 노래한 시가 있다.

옛날 내가 집 떠날 때엔
버드나무 가지 푸르렀네.

昔我往矣, 楊柳依依. 〈小雅 采薇(소아 채미)〉
석 아 왕 의   양 류 의 의

‘양’은 갯버들이고, ‘류’는 수양버들인데, 중국 사람들은 별로 구별하지 않는 것 같다. 진(晉)나라 시대의 대시인 도연명(陶淵明, 365-427)에게는 자전적인 글 「오류선생전(五柳先生傳)」이 있다. 시인이 사는 집 옆에는 다섯 그루의 버드나무가 심어져 있었다 한다. 도연명의 이 글도 중국 사람들에게 버드나무를 좋아하도록 큰 영향을 끼쳤을 것이다. 그 때문일까, 중국의 거의 모든 시인의 시에서 버드나무를 읊은 작품을 찾을 수가 있다. 버들가지로 유지(柳枝)·유조(柳條)·유사(柳絲) 등이, 버들개지로 유서(柳絮)·유화(柳花) 등이 보인다. 그리고 아름다운 여인의 가는 허리를 뜻하는 수양버들 가지 같은 허리인 유요(柳腰), 버들잎처럼 아름다운 눈썹을 가리키는 유미(柳眉) 같은 표현도 보인다. 보기로 당대의 시인 백거이(白居易, 772-846)가 「장한가(長恨歌)」에서 양귀비(楊貴妃)의 얼굴 모습을 읊은 구절을 든다.

연꽃 같은 얼굴에 버들잎 같은 눈썹인데,
이를 대하고 어찌 눈물 흘리지 않겠는가?

芙蓉如面柳如眉, 對此如何不淚垂?
부 용 여 면 류 여 미   대 차 여 하 불 루 수

한국사람 중에는 아름다운 여인의 눈썹을 보고 버드나무 잎

새를 떠올릴 사람은 없으리라 생각된다.

한(漢)나라 때부터 떠나가는 사람을 전송할 적에는 장안(長安) 밖의 강가까지 나와 떠나는 사람에게 버들가지를 꺾어주며 작별을 하는 풍습이 있었다. 따라서 버들가지를 꺾는다는 것은 가까운 사람과의 이별을 뜻하게 되어 한대의 악부(樂府) 횡취곡(橫吹曲)에는 「절양류(折楊柳)」가 있고, 악부의 근대곡사(近代曲辭)에는 「양류지(楊柳枝)」가 있다. 송대 곽무천(郭茂倩, 1084 전후)의 『악부시집(樂府詩集)』에는 「절양류」 시로 양(梁)나라 원제(元帝, 553-554 재위) 이하 20여 시인의 작품이 실려 있고, 「양류지」 시로는 작곡자인 백거이를 비롯하여 10여 명의 작품이 실려 있다. 보기로 유우석(劉禹錫, 772-842)의 작품 한 편을 들어 본다.

성 밖의 봄바람 일어 술집 깃발 날리는 중에,
길 떠나는 사람은 해 저무는데 옷소매 휘저으며 가네.
장안의 밭두둑 길에는 많은 나무가 있건만
오직 수양버들만이 이별을 아껴주네.

城外春風滿酒旗, 行人揮袂日西時.
성 외 춘 풍 만 주 기   행 인 휘 몌 일 서 시

長安陌上無窮樹, 唯有垂楊管別離.
장 안 맥 상 무 궁 수   유 유 수 양 관 별 리

중국 사람들은 버드나무를 이토록 좋아하는데 우리는 별로 좋아하지 않는다. 옛날에 천안 삼거리에 버드나무를 많이 심었던 것도 중국의 영향일 것 같다. 우리 정원이나 공원에는 버드나무가 극히 드물다.

또 하나 이해하기 힘든 것으로 오동나무가 있다. 옛날부터 중국에서는 오동나무가 일반 나무와는 격이 다른 고상한 나무라 여겨져 왔다. 중국에는 전설적인 태평 성세를 상징하는 신성한 새로 봉황(鳳凰)이 있는데, 이 새는 오동나무가 아니면 깃들지 아니하고, 대나무 열매가 아니면 먹지 않는다고 알려져 있다. 그것은 『시경』 대아(大雅) 권아(卷阿) 시의 다음과 같은 노래에서 발전한 전설일 것이다.

봉황새가 울면서,
저 높은 산등성이에 있네.
오동나무가 자라나
산 동쪽 기슭에 자랐네.

鳳凰鳴矣. 于彼高岡. 梧桐生矣. 于彼朝陽.
봉 황 명 의   우 피 고 강   오 동 생 의   우 피 조 양

한대의 정현(鄭玄, 127-200)이 『전(箋)』에서 이 대목에 "봉황새의 성질은 오동나무가 아니면 깃들지 않는다."는 해설을 하

고 있다. 두보(杜甫, 712-770)가 「송가각로출여주(送賈閣老出汝州)」 시에서 "중서성의 오동나무는, 공연히 뜰 가득 그늘만 남기게 되었네.(西掖梧桐樹, 空留一院陰.)" 하고 읊은 오동나무는 봉황새와의 연관 아래 정치가 잘 되는 것을 상징하고 있는 것이다. '가각로'는 두보의 친구인 가지(賈至, 718-772), 그가 중서성에서 일을 못하고 시골로 떠나가게 되었으니 나라의 정치는 "공연히 뜰 가득 그늘만 남기게" 되듯, 잘되지 않을 것이라는 뜻을 담고 있다. 그러니 중국 사람들은 옛날부터 오동나무는 각별한 눈으로 대하는 수밖에 없었을 것이다.

무엇보다도 오동나무의 특징은 잎이 큰 것이다. 중국의 시인들은 특히 가을에 오동잎이 마른 뒤 비가 내리면 오동나무 잎에 빗방울 떨어지는 소리가 큼으로 사랑하는 님을 떠나보내고 잠 못 이루는 여인을 노래할 적에 많이 인용하고 있다. 당나라 현종(玄宗)이 죽은 양귀비(楊貴妃)를 그리는 정경이지만 시인 백거이는 「장한가(長恨歌)」에서 이렇게 읊었다.

봄바람에 복숭아꽃, 오얏꽃 핀 밤이나,
가을비에 오동잎 지는 때면 그리움 더욱 사무쳤네.

春風桃李花開夜, 秋雨梧桐葉落時.
춘 풍 도 리 화 개 야   추 우 오 동 엽 락 시

원나라 때 백박(白樸, 1226-1285?)이 「장한가」를 바탕으로 하여 현종과 양귀비의 사랑 얘기를 연극으로 만든 잡극(雜劇) 제목을 『오동우(梧桐雨)』라 한 것도 그 때문이다.

오동나무는 장롱 같은 가구를 만드는 재료로도 높은 평가를 받고 있지만 특히 중국의 대표적인 옛날의 현악기 금(琴)의 몸통 재료로서 유명하다. 전설적인 명금을 읊은 남조(南朝) 제(齊)나라의 사조(謝朓, 464-499)의 시 「여럿이 함께 악기를 읊음, 금(同詠樂器, 琴)」을 아래에 소개한다.

동정호 가에 비바람 맞고 자란 오동나무 줄기와

용문산에 살다 죽었다 하던 오동나무 가지 재목에다,

조각을 빈틈없이 널리 하였는데

잘 어울리는 울림이 맑은 술잔에 서리네.

봄바람이 난초를 흔드는 것 같고

가을달이 아름다운 연못 가득히 비치는 듯.

때마침 별학곡(別鶴曲)이 들려오니

줄줄 나그네는 눈물을 흘리네.

洞庭風雨幹, 龍門生死枝.
동 정 풍 우 간   용 문 생 사 지

彫刻紛布護, 沖響鬱清厄.
조 각 분 포 호   충 향 울 청 치

春風搖蕙草, 秋月滿華池.
춘 풍 요 혜 초　　추 월 만 화 지

是時操別鶴, 淫淫客淚垂.
시 시 조 별 학　　음 음 객 루 수

옛날부터 후난(湖南)성 동정호(洞庭湖) 가에 자라는 오동나무
는 금을 만드는 데 가장 좋은 재목이라고 알려졌다. 그리고 샨
시(山西)성의 용문산(龍門山)에는 높이가 백 척(尺)이나 되도록
자란 가지도 없는 오동나무가 있었는데 그 뿌리는 반쯤은 살
아있고 반쯤은 죽어 있었는데, 뒤에 그 오동나무를 잘라서 금
을 만들었다는 얘기가 전한다.(漢 枚乘 「七發」 의거) 사조가 읊
은 금은 재목도 매우 훌륭하고 거기에 조각도 뛰어나게 잘 되
어 있으며, 거기서 나는 소리도 무척 아름답다. 이런 악기로
봄바람과 난초를 떠올리게 하고 맑은 연못에 비친 가을 달을
생각나게 하는 음악이 연주되고 있다. 이때 연주된 금곡 「별
학(別鶴)」은 옛날 목자(牧子)라는 사람과 관련이 있는 음악이
다. 목자는 결혼한 지 5년이 되어도 그의 처가 아이를 낳지 못
하자 부모들이 또 다른 여자를 아내로 얻어주려고 하였다. 그
사실을 안 목자의 처가 슬퍼서 울자, 목자도 크게 슬퍼하면서
이 「별학」이란 곡을 만들어 연주하였다 한다.
　분당의 우리 집 쪽 작은 공원에서 중앙공원으로 가다 보면
중앙공원 초입의 산기슭에 꽤 큰 오동나무가 서너 그루 자라

있다. 그런데 아무리 쳐다보아도 주변의 어떤 나무보다도 더 좋게 보이지 않는다. 그런데도 중국 시인들 시 속에는 오동나무가 노래된 아름다운 작품이 많다. 특히 사랑하던 임과 헤어진 여인이 비가 내리는 쓸쓸한 가을밤 오동잎에 떨어지는 빗소리에 잠을 이루지 못하고 애태우는 정경을 읊은 애절한 시들이 많다. 온정균(溫庭筠, 812-870?)의 사(詞)「경루자(更漏子)」를 한 수 소개한다.

옥 향로에선 향내 피어오르고
밝은 촛불은 눈물 흘리며
화려한 방 안 두루 비치어 가을 시름 자아내네.
눈썹 화장 엷어지고
구름 같은 머리는 헝클어져 있는데,
밤은 길기만 하고 이불과 베개는 싸늘하네.

오동나무에
한밤중 비가 내리는데,
임 떠나보낸 정 무척 괴롭다고 하지 않던가?
한 잎 한 잎마다
후두둑 후두둑,
빈 섬돌 위에 밤새도록 떨어지네.

玉爐香, 明燭淚, 偏照畫堂秋思.
옥 로 향　명 촉 루　편 조 화 당 추 사

眉翠薄, 鬢雲殘, 夜長衾枕寒.
미 취 박　빈 운 잔　야 장 금 침 한

梧桐樹, 三更雨, 不道離情正苦?
오 동 수　삼 경 우　부 도 리 정 정 고

一葉葉, 一聲聲, 空階滴到明.
일 엽 엽　일 성 성　공 계 적 도 명

　송대의 철학적인 시를 많이 읊은 소옹(邵雍, 1011-1077)은 「수
미음(首尾吟)」에서 이 오동나무와 버드나무를 한꺼번에 다음과
같이 읊고 있다.

　오동나무에 걸린 달빛은 내 품속으로 파고 들고,
　버드나무 가지 흔들며 온 바람은 내 얼굴 위에 불고 있네.

梧桐月向懷中照, 楊柳風來面上吹.
오 동 월 향 회 중 조　양 류 풍 래 면 상 취

　이처럼 중국 사람들은 버드나무와 오동나무를 좋아하여 옛
날부터 그들의 시나 문학작품 속에 무척 많이 보인다. 어째서
중국 사람들이 그토록 버드나무와 오동나무를 좋아하게 되었
는지 정말 이해하기 어려운 일이다.

2013. 4. 1

4
다듬이질

당대의 대시인 이백(李白, 701-762)에게 유명한 「자야오가(子夜吳歌)」라는 악부체(樂府體)의 다음과 같은 짧은 시가 있다. 판본에 따라서는 「자야사시가(子夜四時歌)」 중의 「가을노래(秋歌)」로 되어있는 것도 있다.

장안에 한 조각 달이 밝은데
집집마다 다듬이 소리 들려오네.
가을바람 끊임없이 불어오니
옥문관(玉門關) 밖에 나가계신 님 그리움 뿐일세.
어느 때면 오랑캐들 평정하고
님은 먼 전쟁터로부터 돌아오실까?

長安一片月, 萬户擣衣聲.
장 안 일 편 월　　만 호 도 의 성

秋風吹不盡, 總是玉關情.
추 풍 취 부 진　　총 시 옥 관 정

何日平胡虜, 良人罷遠征?
하 일 평 호 로　　양 인 파 원 정

이백에게는 이 시 이외에도 외로운 여인이 전쟁터에 나가
있는 님을 그리는 정을 노래한「다듬이질(擣衣篇)」이란 시도
있다.

그런데 중국 사람들은 대부분 중국문학자들까지도 여기에
나오는 '다듬이질'인 '도의(擣衣)'가 무얼 하는 짓인지 잘 모
른다. 많은 중국 사람들이 여기의 '다듬이 소리'를 빨래 방망
질 소리로 알고 있다. 그렇지만 장안의 여러 집들이 달 밝은
밤에 방망이로 빨래를 두드리며 빨래를 할 이가 있는가? 치우
셔이우(邱燮友)가 주석을 붙인『신역당시삼백수(新譯唐詩三百
首)』(臺北 三民書局, 1976)를 보면, 이 시에 보이는 '도의'를 "빨
래를 할 때 방망이로 두드려서 빨래를 깨끗하게 하는 것(洗衣
時以杵擊之, 使之潔淨.)"이라 설명하고 있다. 그리고 남북조(南北
朝)시대의 사혜련(謝惠連, 397-433)에게는 멀리 떠나가 있는 님
을 그리는 여인의 마음을 읊은「다듬이질(擣衣)」이라는 시가
있는데, 짱슈거(姜書閣)와 장이퍼(姜逸波)가 시를 고르고 주를
붙여 편찬한『한위육조시삼백수(漢魏六朝詩三百首)』(湖南 長沙

岳麓書社, 1994)에서는 이 시 제목을 "빨래할 적에 방망이로 옷을 두드리는 것(洗衣時以杵捶衣)"이라 설명하고 있다. 근래에는 많은 사람들이 우리나라에 와서 민속촌을 구경한 탓에 '다듬이질'에 대하여 약간은 알게 되었다. 나는 여러 중국문학자들을 용인 민속촌에 안내하면서 이백의 이 시의 구절을 들면서 다듬이질에 대하여 설명해 주었는데, 모두 덕분에 "도의(擣衣)"의 정확한 뜻을 알게 되었다고 고마움을 표시하였다.

'다듬이돌' 또는 '다듬이질', '다듬이질 소리'라는 뜻의 글자로 침(砧)이 있다. 당시 중에 다듬이질 소리를 듣고 읊은 가장 아름답다고 생각되는 시로 맹교(孟郊, 751-814)의 「다듬이질 소리를 듣고(聞砧)」라는 시가 있다. 참고로 아래에 소개한다.

> 두견새 소리도 이보다 슬프지 않고
> 외로운 잔나비 울음도 이보다 애닲지 않네.
> 달 아래 어느 집에서 다듬이질인가?
> 한 소리마다 창자 한 마디씩 끊기네.
> 방망이 소리 나그네 위하는 것 못되니
> 나그네 듣고는 머리 저절로 희어지네.
> 방망이 소리 옷 다듬기 위한 것 아니라
> 나그네 마음 슬프게 해주려는 것일세.

杜鵑聲不哀, 斷猿啼不切.
두 견 성 불 애　　　단 원 제 부 절

月下誰家砧? 一聲腸一絕.
월 하 수 가 침　　　일 성 장 일 절

杵聲不爲客, 客聞髮自白.
저 성 불 위 객　　　객 문 발 자 백

杵聲不爲衣, 欲令游子悲.
저 성 불 위 의　　　욕 령 유 자 비

　　그러나 이 다듬이질에 대하여는 최근까지도 이해가 부정확
한 경우가 많다. 보기를 들면, 원(元)나라 조맹부(趙孟頫, 1254-
1322)에게는「다듬이질 소리를 듣고(聞擣衣)」라는 시가 있는데,
가오커진(高克勤)·리숭웨이(李宗爲)·리멍성(李孟生)·자오창
핑(趙昌平)이 함께 뽑아 번역하고 주석을 단『원명청시삼백수
신역(元明淸詩三百首新譯)』(臺灣 臺北 建安出版社. 2002. 2.)을 보면
이런 설명을 하고 있다.

　　"도의(擣衣)는 옛날의 일종의 풍습이다. 언제나 가을이 되
면 집집마다 겨울옷을 꺼내어 다듬이 돌 위에 놓고 나무방망
이로 두드리어 겨울옷을 부드럽게 만들었는데, 이것을 '도
의'라 한다. 이러한 습관은 한(漢)나라(B.C. 206-A.D. 220)와 위
(魏)나라(220-265) 시기에 이미 보이고, 당(唐)나라(618-907)와
송(宋)나라(960-1279) 시대에는 더욱 성행하였다. 그러나 원나
라(1206-1368)에 이르러는 점점 유행하지 않게 되었다."

다듬이질이 무얼 하는 것인지 정확히 모르고 있다. 어디에선가 그에 관한 설명을 잘못 들은 것임이 분명하다.

위에 인용한 글에서는 다듬이질이 원나라에 이르러 점점 유행하지 않게 되었다고 하였지만, 중국문화사를 근거로 추구해 보면 그것이 없어진 것은 북송(北宋, 960-1127) 말 남송(南宋, 1127-1279) 초이다. 이 시기에는 요(遼, 907-1125)·서하(西夏, 1032-1227)·금(金, 1115-1234)·원(元, 1206-1368) 등 이민족의 나라들이 중원 땅을 차지하고 오랑캐 문화를 강요하여 중국 전통문화에 갑자기 전반적인 변혁이 일어났다. 그들의 문학이며 음악은 물론[1] 그들의 의식주에 이르기까지 모두 변하였다. 이 무렵에 중국 사람들이 입는 옷은 몽고족이나 만주족의 영향을 받아 일 년 내내 거의 빨지 않아도 되는 투박한 다듬이질을 할 필요가 없는 옷으로 바뀐 것이다.

당송 시대의 사(詞)에는 「도련자(搗練子)」란 사패(詞牌)가 있는데, 『사보(詞譜)』에 의하면 「도련자령(搗練子令)」·「호도련(胡搗練)」·「도백련(搗白練)」 등으로도 불리었다. '도(搗)'는 '도(擣)'와 같은 글자로 '도련(搗練)'은 '옷감을 마전하고 다듬이질한다'는 뜻이다. 청대 만수(萬樹, 1792 전후)의 『사률(詞律)』에

---

1 졸저 『중국문학사』(신아사) 제1편 서설 「제3장 중국문학의 시대적 특징」 및 『중국문학사론』(서울대학교 출판부) 'Ⅱ. 고대와 근대' 'Ⅲ. 중당(中唐)의 변화와 송대문학' 참조.

는 남당(南唐) 후주(後主) 이욱(李煜, 938-978)의 「도련자」 사가 실려 있는데, 양신(楊愼, 1488-1559)의 『승암사품(升庵詞品)』에는 "이후주의 사는 '옷감을 마전하고 다듬이질하는 것'을 읊은 당사(唐詞)의 근본 작품이다."고 말하고 있다. 그리고 『사률』에 실려 있는 그 뒤의 같은 체의 작품들은 모두 '마전하고 다듬이질 하는 것'과는 관계가 없는 것들이니 이후의 것들은 모두 이욱의 「도련자」의 곡 또는 형식만을 빌려 지은 사이다. 『사보』에는 풍연사(馮延巳, 903-960)가 다듬이질 소리를 듣고 「도련자」라는 사를 지었다고 말하고 있다. 여하튼 송대 이후로는 다듬이질이 사라지기 시작한 데도 원인이 있을 것이다.

따라서 현대에 이르러는 중국의 대표적인 사전인 『사해(辭海)』 같은 데에도 '도의(擣衣)'라는 단어는 실려 있지도 않다. 이 다듬이질도 남송 이후 중국을 지배하기 시작한 여진족과 몽고족의 영향으로 중국 전통문화가 변질된 일면을 잘 보여주고 있다. 이러한 남송 이후의 중국문화의 변질을 우리나라 학자들은 오랑캐화라 규정하고 이로부터 중국문화를 가벼이 보고 중국이란 나라를 멀리하기 시작하였다. 중간에 한족의 명나라가 들어서서 우리나라 학자들이 중국을 오랑캐라고 보던 시각을 바로잡는 듯도 하였으나 명나라 스스로 그 변질의 경향을 바로잡을 수가 없었고 뒤이어 다시 여진족의 청나라가 들어서서 중국을 지배하기 시작했기 때문에 우리나라 학자들의 중국을 보는 시각은 더욱 심각해졌다. 이 때문에 같은 문화권임을 자임하던 우리나라와 중국의 관계는 무척 소원해졌다. 아직도 남송 이후의 중국 전통문화는 저질적인 것으로 보는 시각을 버리지 못하고 있다.

설사 옷을 손질하면서 다듬이질을 하지 않게 되었다 하더라도 그것이 바로 오랑캐화나 저질화를 뜻하는 것이라 단정할 수는 없는 것이다. 우리는 조선시대 이전에는 문화적으로 다른 민족의 영향을 크게 받지 않았기 때문에 여러 면에서 중국문화의 참된 전통을 적지 않게 보전하고 있다. 우리는 착실히 중국이 참된 자기네 전통문화를 회복하려는 노력에 도움을 주는 자세로 두 나라의 관계를 바꾸어야 할 것이다. 그리고 이웃나라와의 소원한 관계를 개선해야만 한다.

2011. 12. 19

5

열흘에 한 줄기 강물
(十日一水)

　　"십일일수, 오일일석(十日一水, 五日一石)"이란 말은 "열흘에 한 줄기 강물, 닷새에 한 개의 돌"이란 뜻인데, 무슨 일이나 크게 성취를 하려면 서두르지 말고 정성을 다하여 그 일에 전심하라는 교훈이 담긴 중국의 유명한 고사성어이다. 이 말은 당대의 대시인 두보(杜甫, 712-770)의 시 「왕재가 그린 산수화에 장난삼아 씀(戲題王宰畵山水歌)」의 첫째, 둘째 구절에서 따온 것이다. 아래에 그 시를 소개한다.

　　열흘에 한 줄기 강물 그리고,

　　닷새에 한 개의 바위 그렸다네.

　　일을 잘 하려면 남의 재촉 받지 않아야 하는 것,

왕재도 비로소 여기에 진실한 그림 솜씨를 남기게 된 걸세.

웅장하다, 곤륜방호도(崑崙方壺圖)여!

그대의 넓은 대청 흰 벽에 이것이 걸리게 되었구나!

파릉(巴陵) 옆 동정호로부터 일본 동쪽까지 연이어 있고,

적안(赤岸)의 물은 은하수로 통하여 있네!

가운데에는 구름 기운 따라 용이 날고 있는데,

뱃사람과 어부는 포구로 배를 넣고 있고,

산의 나무는 모두 큰 물결 일으키는 바람 따라 옆으로 쓰
　　러져 있네.

더욱이 먼 곳의 형세 잘 그리어 옛 분들에도 따를 이가 없
　　을 것이니,

지척의 너비 안에도 만 리 땅이 담겨 있네.

어찌하면 병주의 잘 드는 가위 구하여,

오송강(吳松江) 그린 부분 반쪽이라도 도려내어 가질 수
　　있을까?

十日畫一水, 五日畫一石.
십 일 화 일 수　　오 일 화 일 석

能事不受相促迫, 王宰始肯留眞跡.
능 사 불 수 상 촉 박　　왕 재 시 긍 류 진 적

壯哉崑崙方壺圖! 挂君高堂之素壁.
장 재 곤 륜 방 호 도　　괘 군 고 당 지 소 벽

巴陵洞庭日本東, 赤岸水與銀河通.
파 릉 동 정 일 본 동　　적 안 수 여 은 하 통

中有雲氣隨飛龍, 舟人漁子入浦漵, 山木盡亞洪濤風.
중 유 운 기 수 비 룡   주 인 어 자 입 포 서   산 목 진 아 홍 도 풍

尤工遠勢古莫比, 咫尺應須論萬里.
우 공 원 세 고 막 비   지 척 응 수 론 만 리

焉得并州快剪刀, 剪取吳松半江水?
언 득 병 주 쾌 전 도   전 취 오 송 반 강 수

첫 대목을 직역하면 "열흘에 물 하나를 그리고, 닷새에 돌 하나를 그린다."는 것이다. 중국 사람들은 이 중에서 "그린다"는 뜻의 화(畵)자는 흔히 빼버리고 '십일일수, 오일일석'이라는 말을 교훈이 담긴 고사성어로 쓰고 있다. 그러나 이 말은 우리가 들을 적에는 "무슨 일이나 서두르지 말고 정성을 다하여 일에 전심하라."는 교훈보다도 흔히 중국 사람들의 무슨 일에나 서두르지 않고 천천히 일을 처리하는 이른바 "만만디 (慢慢地) 정신을 잘 드러내고 있는 말로 받아들이고 있다.

대시인 두보가 읊은 그림을 그린 왕재라는 화가는 그 당시 산수화의 명인으로 이름을 날리고 있던 사람이라 한다. 대화가가 상당히 많은 날짜를 바쳐 공들여 그린 그림이 이 굉장한 '곤륜방호도'이다.

실은 이 첫 대목의 표현은 애매하기 짝이 없다. '일수(一水)'는 한 줄기 강물인지, 강물이나 호수의 일부분을 뜻하는 말인지 알 수가 없다. 막연히 물의 작은 일부분을 가리키는 말로 받아들이는 수밖에 없다. '일석(一石)'의 경우도 '석'이 작은

돌인지 큰 바위인지 알 수가 없다. 막연히 작은 돌이나 작은 바위를 가리키는 말이라고 받아들이는 수밖에 없다. 뜻은 애매해도 글은 멋있다. 이것이 한문의 한 가지 특징이기도 하다. 일을 서두르지 않고 여유있게 처리하는 것도 중국적인 특징이지만, 이 시의 구절처럼 뜻이 애매한 중에도 그 표현을 가장 값있는 방향으로 집약하고 또 그 구절의 멋과 아름다움까지도 살려내는 것이 중국 문장의 특징이다.

우리 한국 사람들은 모두가 자인하고 있듯이 일을 너무 빨리빨리 처리하려고 서두른다. 일을 빨리빨리 처리하는 것이 나쁜 것만은 아니지만 우리는 중국 사람들의 '만만디' 정신도 교훈 삼아야 한다. 그런데 그보다도 우리가 중국 사람들로부터 더 배우기에 힘써야 할 것은 어떤 사람의 말이나 일의 모양이 듣고 보기에 애매하다 하더라도 그 말이나 일을 가장 좋은 방향으로 해석하고 이해하도록 노력한다는 점이다. 그리고 거기에 담겨있는 아름다움과 멋을 함께 드러내도록 힘쓰는 것이다. 우리는 어떤 사람이나 어떤 일을 비판할 때 심지어 그 사람이나 그 일과는 직접 관계가 없는 잘못까지도 끌어다가 그것들을 비판하고 공격하는 경우가 많다.

중국 사람이라고 해서 모든 면에서 우리보다 뛰어나는 것은 아니다. 뜻이 애매한데도 적당히 잘 넘어가 주는 것이 언제나 잘 하는 짓이 되는 것도 아니다. 더구나 곤륜산(崑崙山)은 중국

서북쪽에 있는 신선이 살고 있다는 전설적인 산이고, 방호(方壺)는 동쪽 바닷속에 있다는 삼신산(三神山) 중의 하나인데 이것들을 뭉뚱그리어 그려놓고 있는 것이다. 그뿐 아니라 호남(湖南)성 파릉(巴陵) 옆 동정호에서 시작하여 일본 동쪽 지방까지 그려져 있고, 강소(江蘇)성 장강 어귀의 적안(赤岸)의 물은 은하수로 연이어지게 그려져 있다. 그리고 하늘의 구름 사이에는 용이 날고 있다. 한 화폭 속에 그려진 그림으로는 규모가 터무니없이 방대하고 허황하다. 중국 사람들은 산수화를 비롯하여 여러 가지 회화는 실물의 모양을 그대로 그림으로 옮기는 것이 아니라 그림을 통해서 작자의 생각이나 사상을 표현하는 데 목적이 있다고 한다. 그렇다 하더라도 이처럼 터무니없이 방대한 구도는 문제가 없을 수 없다. 이런 중국적인 특징은 우리가 본받는 데 조심하여야 할 것이다.

전체적인 시의 뜻이야 어떻든 간에 우리는 "열흘에 한 줄기 강물, 닷새에 한 개의 돌"을 뜻하는 "십일일수, 오일일석"이란 고사성어가 지닌 교훈이 되는 내용을 우리 생활에 잘 살리도록 노력하여야 할 것이다. 우리는 무슨 일이나 서두르지 말고 서서히 많은 시간을 바치면서 정성을 다하여 그 일에 전심함으로써 큰 성취를 이룩하도록 노력하여야 할 것이다. 무슨 일이나 "열흘에 한 줄기 강물, 닷새에 한 개의 돌"을 그리는 마음가짐으로 거기에 몸과 마음을 다하여야 할 것이다.

2011. 8. 9

6
난세를 이겨낸
중국인의 해학(諧謔)

1. 해학을 바탕으로 한 중국문학

중국 사람들은 세계의 다른 어떤 민족보다도 일찍부터 '해학'을 발달시켜왔다. 심지어 중국문학은 해학을 바탕으로 발전하였다고 해도 과언이 아니다.

유가(儒家)의 가장 중요한 경전의 하나이며 중국문학의 조종(祖宗)이라 일컬어지는 『시경(詩經)』만 보더라도, 지금으로부터 대략 3000년 전후에 유행하던 노래들을 모아서 편집해 놓은 중국 최초의 시가집인데,

그 대부분이 해학적인 입장에서 노래 부른 것들이다. 그리고 후세에 그것을 경전으로 받드는 자손들도 그것을 해학적인

측면에서 읽고 받아들이고 있다. 그리고 그 해학은 단순한 익살에 그치지 않고 여러 가지 일을 풍자적으로 표현한 성격의 것들이 대부분이다.

위풍(魏風) 「석서(碩鼠)」 시를 보면, "큰 쥐야, 큰 쥐야! 우리 기장 먹지 마라!" 하고 '큰 쥐'를 노래하면서, 실은 백성들로부터 세금을 호되게 거둬들이는 관리들을 비꼬고 있다.

왕풍(王風) 「토원(兎爰)」 시에서는 "토끼는 깡충깡충 뛰어놀고 있는데, 꿩은 그물에 걸렸네." 하고 토끼와 꿩을 노래하고 있는데, 실제로는 기어다니는 토끼는 멋대로 뛰어놀고 있는데, 오히려 날아다니는 꿩은 그물에 걸리는 것 같은 사람이 사는 세상의 어지러운 비리를 찌르고 있는 것이다. 패풍(邶風) 「녹의(綠衣)」 시를 보면, 첩에게 남편의 사랑을 빼앗긴 여인이 "녹색 옷에 황색 천으로 안을 대었다."고 노래하고 있다. 옛 중국인은 녹색은 간색(間色)으로 천한 빛깔이며, 황색은 중앙의 정색(正色)으로 귀한 빛깔이라 여기었다. 이 색깔에 대한 중국인들의 통념을 바탕으로 본실인 자기와 첩의 처지가 뒤바뀌었음을 꼬집은 것이다.

이루지 못할 사랑을 노래할 적에도 "한수(漢水)는 넓어서 헤엄쳐 건널 수 없고, 강수(江水)는 길어서 뗏목 타고 갈 수 없네." 하고 자신과 상대방 사이의 장애요소를 시인하며, 뒤에 가서는 "저 아가씨 시집갈 때엔 그의 말에 꼴이라도 먹여주

리라.” 하고 버리지 못하는 미련을 해학적으로 노래하고 있다.[1]

  2. 해학적인 시의 해석

  후세에 『시경』의 시를 읽는 사람들도 그 시의 문장이 겉으로 드러내고 있는 것과는 다른 깊은 뜻을 지닌 글로 흔히 풀이하였다. 우선 『시경』 첫머리에 실려 있는 주남(周南) 「관저(關雎)」 시의 둘째 장을 읽어보기로 하자.

     올망졸망 마름풀을
     이리저리 헤치며 뜯네.
     아리따운 고운 아가씨를
     자나 깨나 그리나니
     그리어도 찾지 못해
     자나 깨나 그 생각뿐.
     그리움은 가이 없어
     이리 뒤척 저리 뒤척.

....
1 國風 召南 「漢廣」.

參差荇菜, 左右流之.
참 치 행 채　　좌 우 류 지

窈窕淑女, 寤寐求之.
요 조 숙 녀　　오 매 구 지

求之不得, 寤寐思服.
구 지 부 득　　오 매 사 복

悠哉悠哉, 輾轉反側.
유 재 유 재　　전 전 반 측

　자나 깨나 이상적인 이성을 그리는 젊은이의 노래이다. 그러나 옛날 사람들은 '후비(后妃)의 덕을 노래한 시'라 해설하기도 하였다.[2] '후비'는 일반적으로 주(周)나라 문왕(文王)의 부인을 가리키는 것으로 보았다. 곧 이 시는 덕이 많은 후비가 자기의 남편 문왕(文王)을 보좌할 현명한 사람을 구하고자 하는 노래라는 것이다.

주나라 문왕 초상

　그 밖의 거의 모든 시들을 글의 뜻과는 다른 어떤 일을 풍자하는 시들로 풀이하였다. 남녀의 사랑을 노래한 시를 두고 어지러운 사회를 풍자한 시라 하였고, 님 그리움을 노래한 시는 어떤 어진 이를 그리는 시라 하였고, 정치에 대한 불만을 노래

----

2 西漢 때 나온 『毛傳』의 경우.

한 시는 다른 어떤 사회현상을 노래한 시라 하였다. 그래서 모든 시들이 풍유(諷諭)의 뜻을 지닌 것이 된다. 이것은 시를 풀이하는 사람이나 그 해설을 읽는 사람들 모두가 해학적인 성격 없이는 이루어지기 어려운 일이다.

그러한 습성은 후세에까지도 이어진다. 소통(蕭統)의 『문선(文選)』에는 서한(西漢) 때(B.C. 206-A.D. 8)의 작품이라 알려진 작자를 알 수 없는 「고시십구수(古詩十九首)」가 실려 있는데, 대부분이 남녀 사이의 이별과 그리움 같은 것을 노래한 작품들이다. 그 첫 번째 작품의 일부를 읽어보기로 하자.

가고 가고 또 가서

님과 생이별하였네.

서로 만여 리나 떨어져

제각기 하늘 한쪽 가에 있게 되었네.

길은 험하고도 멀기만 하니

만날 날 어찌 기약할 수 있으리?

오랑캐 말은 북풍을 반기고

월(越)나라 새는 남쪽 가지에 둥지를 튼다 했지.

서로 헤어진 지 여러 날 되니

허리띠 날로 느슨해지네.

行行重行行, 與君生別離.
행행중행행　여군생별리

相去萬餘里, 各在天一涯.
상거만여리　각재천일애

道路阻且長, 會面安可知?
도로조차장　회면안가지

胡馬依北風, 越鳥巢南枝.
호마의북풍　월조소남지

相去日已遠, 衣帶日已緩.
상거일이원　의대일이완

　중국의 역대 주석가들은 모두 이 시를 조정으로부터 멀리 떠나간 신하가 임금을 생각하면서 부른 노래라 풀이하고 있다.[3] 이 시뿐만이 아니라 옛날 시선집(詩選集)에 실린 남녀의 정을 읊은 연시들에 대한 해석이 모두 이러하다.

　그들은 이 시들이 연정을 노래한 시임을 잘 알면서도 사대부 체면에 남녀의 연정을 얘기하기가 어려워서 해학적인 기분을 살려 그렇게 해석했을 것이다. 연시들이 표면상으로는 그렇게 해석되었기 때문에, 한편 후세의 시인들은 사대부이면서도 아름다운 남녀의 여린 정을 마음 놓고 시로 읊을 수도 있었던 것이다. 많은 시인들이 규정(閨情)·궁원(宮怨)·상사(相思) 같은 서정을 노래하였지만, 이는 언제나 임금을 생각했다거나

----

3 『文選』李善 注 및 五臣 注.

친구를 생각하며 지은 것이라 둘러댈 수가 있었던 것이다.

3. 제자백가(諸子百家)의 해학

시보다도 산문으로 이루어진 글에는 그 속의 해학이 더욱 뚜렷하고 직접적이다. 자기의 사상을 글로 쓴 옛 제자(諸子)들의 글을 보면 어디에나 해학이 넘치고 있다. 특히 그들이 흔히 활용한 우언(寓言)은 해학적인 특징을 살린 글이다. 몇 가지 보기를 들어본다.

초(楚)나라 임금이 장자(莊子)가 현명하다는 얘기를 듣고 그에게 벼슬자리를 마련해 주려고 두 명의 사신을 그에게 보내어 그를 불러오게 하였다. 두 사신이 장자를 찾아가 보니 장자는 마침 물가에서 낚시질을 하고 있었다. 두 사신은 장자에게로 다가가서 초나라 임금이 그를 재상으로 모시려 하고 있다는 뜻을 전하였다. 장자는 낚싯대를 잡은 채 사자들을 거들떠보지도 않고 말하였다.

  "내가 듣건대, 초나라 조정에는 점을 칠 때 쓰려고 큰 거북을 잡아 내장은 다 빼고 껍질만을 말려 비단 보자기에 싸서 잘 모셔두고 있다고 합니다. 만약 당신들이 거북이라면, 저

진흙탕에서 꼬리를 치고 다니는 거북이가 되겠소, 내장은 빼고 껍질만이 비단보에 싸여져 귀중하게 모셔지는 거북이가 되겠소?"

"진흙탕에서 노는 거북이가 되겠습니다."

"그러면 가시오. 나도 진흙탕에서 꼬리 치며 살고 싶소!"[4]

지리소(支離疏)라는 자는 턱이 배꼽에 닿을 지경이고, 어깨는 머리 위로 솟아있고, 머리꼬리는 하늘로 치솟고, 오장이 위쪽에 붙어있고, 두 다리가 옆구리에 달린 꼽추이다. 그러나 바느질을 잘하여 입에 풀칠하기에 넉넉하였고, 키질 같은 일까지 하면 열 식구를 먹여 살리기에 충분하였다. 그런데 나라에서 군인을 징집할 적에도 그는 팔을 휘저으며 자기 동리에서 유유히 놀았고, 나라에 큰 역사(役事)가 있을 적에도 그는 병신이라 하여 부역에 잡혀 나가지 않았다. 나라에서 병신들을 구제할 적에는 그도 몇 말의 쌀과 땔나무를 앉아서 받기만 하였다.[5]

꼽추가 어지러운 세상에서는 오히려 온전한 사람보다도 제 목숨대로 잘 산다는 것이다. 그는 이를 통해서 사람들의 눈에

....

4 『莊子』秋水편.
5 『莊子』人間世편.

보이는 형체란 큰 뜻이 있는 것이 아님을 해학적으로 강조하고 있는 것이다.

『맹자(孟子)』를 보아도 여러 곳에서 그의 주장을 익살스런 얘기로 대신하고 있다. 너무 일을 서두르고 마음이 조급한 세상 사람들을 앞에 놓고 맹자는 이렇게 얘기하고 있다.

송(宋)나라의 어떤 사람이 자기 밭에 심은 곡식의 싹이 빨리 자라지 않는 것이 조바심이 나서, 하루는 밭에 가서 그 곡식 싹들을 하나하나 잡아당겨 주었다. 그리고는 지친 몸으로 집에 돌아와 그의 집사람들에게 "오늘은 곡식이 빨리 자라도록 밭에 나가 하루 종일 도와주고 왔더니 무척 피곤하다."고 말하였다. 다음 날 그의 아들이 그 집 밭으로 나가 보니 곡식 싹이 모두 말라죽어 있었다 한다.[6]

옛날에 어떤 자가 집을 나갔다 돌아와서는 언제나 그의 처와 첩에게 어떤 고관이나 명사에게 음식과 술을 잘 대접받았노라고 자랑하였다. 이런 일이 계속되자, 그의 아내는 남편의 행동을 수상히 여기고 그의 뒤를 밟아보기로 하였다. 그 남편은 집을 나가자 성 밖의 무덤에서 제사지내는 곳으로 가서 음식 찌꺼기를 구걸하여 먹고 마시고, 끝나면 다시 또 다른 장사지내는 곳을 찾아가는 것이었다. 이 사실을 확인한

••••••••••••••••••
6 『孟子』 公孫丑 上편.

처는 집으로 돌아와 첩과 손을 마주잡고, 하늘처럼 우러러보며 모시고 살아야 할 남편이 이 모양이라고 하면서 통곡을 하였다. 그러나 남편은 그날도 으스대며 돌아와 자기 아내와 첩에게 밖에서 음식 얻어먹은 것을 자랑하는 것이었다.[7]

그리고 맹자는 이 얘기 끝에 "군자들이 보기에 세상의 부귀와 출세를 추구하는 자들 중에 그가 집을 나가서 하는 짓을 보고도 그의 처와 첩이 부끄러워 서로 손을 마주잡고 통곡하지 않을 자들이 얼마나 있겠는가?"고 반문하고 있다. 익살이라 하지만 그 속에 비수가 숨겨져 있는 것 같다.

법가(法家)인 『한비자(韓非子)』에서도 해학의 보기를 두 가지만 들어본다.

옛날 정(鄭)나라 무공(武公)이 북쪽 오랑캐를 치려고 하였다. 그는 먼저 자기 딸을 오랑캐 임금에게 시집보내어 환심을 산 뒤, 여러 신하들을 모아놓고 의논하였다.

"나는 전쟁을 하고자 하는데, 누굴 치는 게 좋겠소?"

한 대부가 오랑캐를 치는 것이 좋겠다고 말하자, 무공은 성을 내면서 "오랑캐는 형제의 나라인데 그들을 정벌하라니 말이나 되는가?"고 하면서 그 대부를 죽였다. 오랑캐 임금은 이 말을 전하여 듣고 정나라에 대하여는 아무런 대비도 하지

7 『孟子』離婁 下편.

않았다. 그 뒤에 정나라 무공은 오랑캐를 습격하여 그 나라를 점령하였다.[8]

올바른 말이라 하더라도 그대로 받아들이기 어려웠던 전국(戰國)시대의 경향을 해학적이면서도 웅변적으로 설명해주고 있는 대목이다.

세 마리의 이가 돼지 피를 빨아먹고 지내다가 서로 다투게 되었다. 다른 이가 그들을 보고서 왜 다투고 있는가 물었다. 그들은 살찌고 맛있는 곳을 먼저 서로 뜯어먹으려고 다투고 있노라고 대답하였다. "그대들은 겨울 제사 철이 와서 이 돼지가 띠풀로 쌓여 구워지게 될 것이 걱정되지 않소? 그대들은 그 일 이외에 무엇을 걱정하는 거요?" 이 말을 듣고 나자 세 마리의 이는 모여들어 다정하게 돼지 몸을 뜯어먹었다. 그리하여 돼지 몸이 깡마르게 되자 사람들은 그 돼지를 잡지 않았다.[9]

제자백가들의 글에는 정도의 차이만이 있을 뿐 거의 모든 사람들의 책에 이러한 해학적인 얘기로 가득 차 있다. 심지어 『좌전(左傳)』이나 『국어(國語)』·『전국책(戰國策)』 같은 옛날의

....
8 『韓非子』 說難편.
9 『韓非子』 說林 下편.

역사적인 기록 속에도 이런 종류의 해학적인 글이 흔히 발견된다.

초(楚)나라에 두 명의 아내를 가진 자가 있었다. 어떤 남자가 그 중 나이 많은 아내에게 집적거리자 그 여자는 성을 냈고, 나이 적은 아내에게 집적거리자 그 여자는 아양을 떨었다. 그 뒤 그 여자들의 남편이 죽었는데, 어떤 사람이 그 여자들을 집적거렸던 남자에게 물었다. "당신이라면 두 여자 중 어느 편에게 장가들겠소?" "나이 많은 편이오." "나이 많은 여자는 당신에게 성을 냈고, 나이 적은 여자는 당신에게 아양을 떨었는데, 어째서 성을 낸 편을 택하는 거요?" "남의 아내였을 경우에는 아양을 떨어주는 편이 좋았지만 내 아내가 된 다음에는 집적거리는 남자들에게 성을 내는 편이 더 좋다고 생각되기 때문이오."[10]

어부지리(漁父之利)란 고사도 『전국책』에서 나온 해학적인 얘기이다.

조(趙)나라가 연(燕)나라를 치려 하고 있었는데, 변설가인 소대(蘇代)가 연나라를 위하여 조나라 혜왕(惠王)에게 말하였다.

....
10 『戰國策』秦策.

"오늘 제가 이곳으로 오는 도중 역수(易水)를 건너다 본 일입니다. 한 마리 조개가 물가에 나와 입을 벌리고 햇빛을 쪼이고 있었는데, 마침 황새가 다가가서 조개의 살을 쪼자 조개는 양변 껍질을 오므리어 황새 주둥이를 물어버렸습니다. 황새가 조개에게 오늘도 비가 안오고 내일도 비가 안오면 너는 말라죽을 거라고 말하자, 조개는 황새에게 오늘도 놓아주지 않고 내일도 놓아주지 않는다면 너는 죽어버릴 거라고 하면서 버티었습니다. 한참 뒤 마침 어부가 그곳을 지나가다가 이들을 보고 두 놈을 함께 주워갔습니다. 지금 임금님께서 연나라를 치려 하고 계신데, 연나라와 조나라가 서로 싸워 자기 백성들을 피폐케 한다면 마침 진(秦)나라는 어부가 되지 않겠습니까? 잘 생각해 보십시오."　"정말 그렇게 되겠소." 조나라 혜왕은 연나라 토벌을 중지하였다.[11]

4. 뼈가 있는 해학

　중국인은 이처럼 해학적인 특징이 두드러지는 민족이어서 그들의 최초의 정사(正史)인 사마천(司馬遷, B.C. 145-B.C. 86?)의

---

11 『戰國策』燕策.

『사기(史記)』를 보면 골계열전(滑稽列傳)이 들어있다. '골계' 란 우스갯짓을 뜻한다. 그런데 여기에 나오는 인물들은 익살스런 몸짓이나 말로서 남을 웃기는데 그치지 않고, 우스갯짓을 통하여 사람들의 잘못을 깨우쳐주고 그릇된 일을 바로잡아주고 있다. 그러기에 사마천은 이들의 역할을 위대하게 여기고 역사책에 이들에 대한 열전을 마련하였던 것이다.

옛날 궁중에서 골계를 일삼던 사람들이란 대부분이 우령(優伶)이라 불리던 난쟁이들이었다. 이 골계열전 속에는 춘추(春秋)시대로부터 한무제(漢武帝) 시대에 이르는 기간에 골계로 이름을 날렸던 사람들 여러 명에 관한 얘기들을 모아놓고 있다. 그 중 우맹(優孟)에 관한 얘기를 보기로 한 가지 소개하기로 한다.

우맹은 춘추시대 초(楚)나라 장왕(莊王)을 섬기던 우령으로 뼈있는 말로 사람들을 웃기기를 잘하였다. 초나라 장왕에게는 매우 사랑하는 말이 한 필 있었다. 화려하고 깨끗한 마구간을 지어주고 비단옷을 입힌 위에 맛있고 기름진 음식만을 먹으며 살도록 하였다. 그러자 말은 얼마 못 가 너무 살이 찌고 병이 나서 죽어버렸다.

장왕은 사랑하는 말이 죽자, 여러 신하들에게 명을 내리어 죽은 말을 조상하게 하고, 이웃 나라에도 부고를 보내어 대부(大夫)의 예를 갖추어 장사지내려 하였다. 몇몇 신하가 임금의 처사의 잘못을 간하자, 장왕은 누구든 다시 말의 장례에 관하여 말하는 자가 있으면 사형에 처하겠다는 엄한 명을 내리었다. 그래서 아무도 다시 말 못하고 그 말의 죽음을 조상만 하였다.

그때 우맹이 궁전 안으로 들어가 하늘을 우러르며 크게 통곡을 하였다. 장왕이 놀라며 어째서 그토록 크게 통곡하는가 하고 물으니 우맹이 대답하였다. "말은 임금님께서 무척 사랑하시던 것입니다. 초나라처럼 크고 당당한 나라에서 임금님 뜻대로 못할 일이 무엇이 있습니까? 사랑하던 말을 겨우 대부의 예로 장사지내시겠다니 너무나 박절하십니다. 제발 임금의 예로 장사지내도록 하십시오!" "어떻게 하라는 것이지?" "청컨대, 옥돌을 다듬어 관을 만들고 무늬 있는 재목으로 겉관을 만들며, 군사들을 풀어 무덤을 파도록 하고 백성을 동원하여 봉분을 쌓도록 하십시오. 그리고 즉시 여러 나라 임금들에게도 부고를 보내어 말이 돌아가신 것을 알려 조상하러 오도록 하며, 종묘(宗廟)에서 제사를 지낸 위에 말에게 만호(萬戶)의 고을을 봉해주셔야만 합니다. 그래야 다른 제후들도 모두 대왕께서는 사람은 천대할지언정 말은 소중히 모신다는 것을 알게 될 것입니다." "아무래도 너에게 진짜 할 말이 있는 것 같다! 너만은 용서할 것이니 바른대로 말해 보거라!"

"제발 말은 짐승이니 짐승답게 장사지내십시오. 솥을 겉관으로 삼고 그릇을 관으로 삼은 다음 양념으로 제사지내고 불로서 수의를 입힌 다음 사람들 뱃속에 묻어주도록 하십시오!"

임금은 하는 수없이 죽은 말을 궁중의 음식을 관장하는 태관(太官)에게 내주어 사람들 뱃속에 장사지내도록 하였다 한다.

심지어 제(齊)나라의 순우곤(淳于髡) 같은 우령은 골계를 잘하는 재주를 활용하여 외교면에서도 큰 공로를 세운다.

초나라가 군사를 동원하여 제나라를 치려 하자, 제나라 임금은 순우곤을 조(趙)나라로 보내어 구원을 요청하도록 하였다. 이때 제나라 임금은 순우곤에게 예물로 백 근의 황금과 열 채의 수레와 말을 가져가라고 말하였다. 그러자 순우곤은 앙천대소를 하느라 갓끈이 끊어질 정도였다. 임금이 물었다. "그대는 예물이 적어서 그러오?" "어찌 감히---" "그럼 웃는 까닭을 말하오!"

"오늘 제가 성 밖 길가에서 풍년제를 지내는 사람을 보았는데, 돼지족발 한 개와 술 한 잔을 앞에 놓고서 '온 밭에 가득하도록 오곡이 모두 풍성하게 해주십시오.' 하고 빌고 있었습니다. 저는 제물은 형편없이 차려놓고 바라는 것은 엄청나기에, 그 생각을 하며 웃었습니다."

그러자 제나라 임금은 황금 천 량과 흰 구슬 열 쌍과 일백

채의 수레와 말을 더 보태주었다. 순우곤은 이 예물을 가지고 곧 조나라로 가서 조나라 임금에게 교섭하여 십만의 정예부대와 천 승(乘)의 전차를 동원해주기로 약속을 받았다. 그 얘기를 전해 듣고 초나라는 그날 밤으로 동원했던 군사를 거두어들였다 한다.

정사(正史)의 열전에 이런 사람들의 전기를 모아놓았다는 것은, 중국의 옛날 사람들이 이러한 골계를 얼마나 좋아했는가를 단적으로 말해주는 것이라 보아도 좋을 것이다. 골계란 해학의 범주에 속하는 말이다.

5. 알쏭달쏭한 표현을 즐긴 중국인들

한자로 이루어지는 한문은 본시가 시적인 글이다. 따라서 중국문학은 시를 중심으로 하여 발전해 왔다. 따라서 중국 사람들은 시나 산문을 막론하고 글을 쓰는데 있어서 함축적인 글, 다시 말하면 언외의 뜻(言外之旨)이 풍부한 글을 소중히 여겼다. 시란 본시가 함축적인 글이지만, 앞에 인용한 『시경』의 경우처럼 시의 해석에 있어서도 그 함축적인 성격이 지나치게 활용되었고, 글을 짓는 사람들도 그런 사실을 지나치게 의식

하였던 것 같다. 보기로 청(淸)대 왕사정(王士禎, 1634-1691)의
『가을 버들(秋柳)』이라는 시를 한 수 읽어보자.

가을이 오면 어느 곳이 가장 사람의 혼을 녹이는가?

저녁 햇빛 아래 서풍 부는 백하문이지.

전날엔 봄 제비 그림자 요란했는데

지금은 저녁 안개 흔적 속에 초췌하기만 하네.

밭두둑 길에서 들려오는 황총곡은 시름일게 하고

강남의 오야촌은 꿈을 먼 곳으로 달리게 하네.

바람에 실려오는 삼롱조의 피리 소리는 듣지 말게나,

옥관으로 간 님 그리는 슬픈 원정은 말하기조차 어렵네.

秋來何處最銷魂? 殘照西風白下門.
추 래 하 처 최 소 혼 잔 조 서 풍 백 하 문

他日差繼春燕影, 秖今憔悴晚煙痕.
타 일 차 계 춘 연 영 지 금 초 췌 만 연 흔

愁生陌上黃驄曲, 夢遠江南烏夜村.
수 생 맥 상 황 총 곡 몽 원 강 남 오 야 촌

莫聽臨風三弄笛, 玉關哀怨總難論.
막 청 림 풍 삼 롱 적 옥 관 애 원 총 난 론

정말로 가을 버들을 노래한 시인지 알기 어려운 전고이다.
구절마다 전고를 사용하고 있어 버들과의 연관을 찾기가 쉽지
않다. 둘째 구의 '백하(白下)'는 남경(南京)의 별명인데, 이백

(李白, 701-762)의 시에 "역정(驛亭)의 세 그루 버드나무, 바로 백하문 마주보고 서 있네." 하고 읊은 구절에서 버드나무와의 관계를 찾아야 한다.

그러나 뒤의 황총곡(黃驄曲)은 당(唐)나라 태종(太宗)이 사랑하던 말의 죽음을 슬퍼하여 만들게 한 악곡 이름이며, 오야촌(烏夜村)은 진(晉)나라 목제(穆帝)의 황후가 태어난 마을 이름이라 하니, 그 말뜻도 알기 어렵거니와 버드나무와의 관계는 더욱 알기 어렵다. 끝머리의 삼롱(三弄)은 옛날의 유명한 저곡(笛曲)이고, 옥관(玉關)은 중국 서북쪽에 있는 유명한 관문 이름이지만 이것도 모두 분명한 버드나무와 관계가 있는 전고라 하기는 어렵다.

왕사정의 『가을 버들』 시는 이토록 뜻을 이해하기조차도 어려운 시인데도, 이 시가 발표되자 수많은 사람들이 이에 화작(和作)을 하였고, 곧 장강(長江) 남북 지방에서 널리 애송되었다 한다.[12] 시의 뜻은 알쏭달쏭하지만 표현이 멋지고 아름다운 점을 높이 사서 사람들이 좋아했다고 본다.

뜻이 알쏭달쏭하다는 점은 오히려 독자들로 하여금 멋대로 시의 뜻을 여러 가지로 상상할 수 있게 하기 때문에 더욱 그들의 기호에 들어맞았던 것 같다. 보기를 들면, 이 시를 두고 명

....

12 『茶根堂樂序』.

(明)나라의 멸망을 애도하는 뜻이 담긴 작품이라 한 이가 있는가 하면, 어떤 이는 명나라 복왕(福王)을 섬기던 가기(歌妓)가 제남(濟南)지방에 떠돌아다니고 있는 것을 보고 그를 동정하는 뜻을 담은 작품이라고도 하였다.[13]

난해한 시는 서양시에도 있지만, 시가 난해하게 되는 동기는 양편이 완전히 서로 다르다. 중국에서는 많은 경우 시를 짓는 행위는 지식인들의 일종의 풍류였기 때문에 지식인들의 박식과 해학적인 기분 같은 것이 어우러져 묘한 표현의 시를 추구한 나머지 난해한 시가 생겨나게 된다. 왕사정도 제목을 『가을 버들』이라 붙이기는 하였지만, 시의 버드나무에 대한 관심은 작자의 해학적인 기분에서 크게 벗어나지 않는 범위의 것이었다. 왕사정은 버드나무보다도 시를 지으면서 명나라의 멸망이나 몰락한 왕실의 기생 같은 것들을 더 생각했을 가능성이 많다. 당나라 이상은(李商隱, 812-858)의 시가 난해하기로 유명하지만 그 성격은 모두 이에 유사한 것들이라 할 것이다.

소설이나 희곡 또는 산문에 있어서도 표현의 해학적인 성격은 시에 못지 않다. 보기로 어떤 고을의 탐관오리인 수령을 묘사할 경우 그가 탐욕스러운 자라는 것을 직접 쓰는 일이 드물다. 백성들 사이에 분쟁이 생기어 어떤 이가 한 사람을 고소하

---

13 高丙謀 『秋柳詩釋』.

러 고을 수령에게 찾아왔을 때, 그 수령이 탐관오리라면 쫓아나와 고소하러 온 자에게 넙죽 절을 하도록 만든다. 밑의 관원이 수령에게 "영감님께서는 어찌하여 미천한 백성에게 먼저 절을 하십니까?" 하고 물으면, 그는 "누구든 고소하러 오는 자라면 나를 입혀주고 먹여주는 부모와 같은 사람이 아니냐?"고 대답하여 그의 성격을 드러내도록 만든다.

짧은 산문이라 하더라도 '언외의 뜻'이 많이 담겨있어야 명문이라 여긴다. 명문으로 유명한 당(唐)나라 한유(韓愈, 768-824)의 『잡설(雜說)』이란 글을 보면 그 내용은 이러하다.

"세상에는 천리마(千里馬)가 있으나 이를 알아볼 전문가인 백락(伯樂) 같은 사람이 없다. 그래서 비록 천리마라 하더라도 사람들은 이를 알아보지 못하여 보통 말과 같은 대우를 받고 살다가 보통 말로 죽고 만다. 천리마는 한 끼에 곡식 한 섬을 먹어야 하는데도, 사람들은 이를 모르고 보통 말과 같이 먹이기 때문에 천리마는 굶주리어 힘을 발휘하지 못한다. 그러면서도 사람들은 세상에 천리마가 없다고 한탄하는데, 실은 천리마가 없는게 아니라 천리마를 알아보는 사람이 없는 것이다."

이 글은 실제로는 나라에서 자신에게 높은 벼슬과 많은 봉록(俸祿)으로 대우하지 못하기 때문에 자기가 충분한 능력을 발휘하지 못하고 있음을 뜻하는 글이라는 것이다. 그래서 중국에서는 이 글을 명문이라 하여 거의 모든 문장교본에 싣고 있다.

6. 사랑해도 사랑한다는 표현은 안 해

현대의 문인 위다푸(郁達夫, 1896-1945)가 루신(魯迅, 1881-1936)의 글을 평하여 "작은 쇠붙이가 사람을 죽이고(寸鐵殺人), 한 번의 칼질로 피를 흘리게 한다(一刀見血)."고 했듯이, 중국인들이 존중한 글과 해학은 보통의 말이나 웃음 속에 날카로운 칼이 숨겨져 있는 것이다. 말하자면, 솜으로 싸놓은 비수 같아야 한다는 것이다. 그러한 특징은 현대에 이르기까지 루신 뿐만이 아니라 모든 문인들의 작품을 통해서 증명할 수 있는 것이다.

그들은 사랑하는 사람에게도 직접 사랑한다는 말은 하지 않고 남이 듣기엔 평범한 말 속에 뜨거운 사랑을 담아 상대방에게 전달한다. 반대로 미워하는 경우에도 마찬가지이다. 대체로 좋다 나쁘다든가, 옳다 그르다는 등의 자기 뜻을 곧바로 말해버리는 것은 세련된 방법이 못된다. 그러기에 유가(儒家)에서는 희노애락(喜怒哀樂)의 감정을 드러내는 것은 군자가 아니라 하였고, 도가(道家)에서는 이상적인 인간형인 진인(眞人)은 썩은 나무 등걸 같다고 하였다. 그러면서도 그들은 백성들과 함께 진실로 기뻐하고, 노하고, 슬퍼하고, 즐거워할 줄 알았던 것이다.

　이런 사실을 통해서도 중국 사람들의 해학이 단순한 익살이나 웃음에 그치지 않고, 닦이고 세련되어 무르익은 단계에서 이루어진 생각의 표현임을 알게 된다. 그들은 이 해학을 이용하여 어지러운 세상의 여러 가지 문제를 무난히 처리하면서 큰 나라를 잘 지탱해 왔던 것이다.

1982년 2월 『新東亞』 210호

고희(苦戲)를 읊은 시를 읽고

　　명나라 말엽에서 청나라 초기에 걸쳐 산 두준(杜濬, 1611-1687)에게 「고희를 보면서(看苦戲)」라는 시가 한 수 있다.[1] 특히 '고희'라는 말은 전에 들어보지 못한 표현이라 먼저 관심을 자극하였다. 괴로운 연극? 괴로움을 주는 연극? 괴로움을 느끼게 하는 연극? 어느 쪽의 뜻이든 '고희'란 말은 심상치 않다. 중국에도 일반적으로 '고희'라고 부를 성질의 연극은 있을 것 같지 않다. '고희'가 어떤 성격의 연극인가를 추구해보기 위하여 먼저 그 시를 아래에 옮겨 본다.

....

1 『變雅堂詩集』卷三에 실려 있음.

어느 시대에 전해진 극본인가?

오늘 저녁엔 술맛을 그르치었네.

마음 상하고 정나미가 떨어지는데,

일이 다급해지자 귀신이 나타나는 것 같네.

촛불 눈물 흘리고 있지만 어찌 괴로움을 알겠는가?

닭 울음소리 부질없이 날 밝는 것 재촉 말았으면!

내 삶은 연극만도 못하니

늙었는데도 괴로움의 보답이 없네.

何代傳歌譜? 今宵誤酒杯.
하 대 전 가 보　　금 소 오 주 배

心傷情理絕, 事急鬼神來.
심 상 정 리 절　　사 급 귀 신 래

蠟淚寧知苦? 鷄聲莫漫催!
납 루 녕 지 고　　계 성 막 만 최

吾生不如戲, 垂老未甘回.
오 생 불 여 희　　수 로 미 감 회

　첫 구절의 '가보(歌譜)'는 중국의 옛 연극은 모두 배우들이 춤과 노래로 연출하는 창극 같은 것이었고, 그 중에서도 노래인 창이 가장 중시되었기 때문에 연극의 그 기본을 '가보'라고 한 것이다. 다음 '오주배(誤酒杯)'는 직역하면 '술잔을 그르치었다'는 뜻인데, 연극이 구경하는 사람을 괴롭게 만들어 술맛을 잃게 하였다는 뜻이다. '정리절(情理絕)'은 직역하면 '감정과 사리가 끊어졌다'는 뜻인데, 곧 '정나미가 떨어졌다.'는 말이라고 볼 수 있다. '납루(蠟淚)'는 밤늦게까지 촛불을 밝히어 촛농이 흐른 것을 '초가 눈물을 흘렸다.'고 표현한 것이다. '막만최(莫漫催)'는 '부질없이 날이 밝기를 재촉하지 마라.' 곧 연극을 더 보고 싶은데 아침이 되어 연극 공연이 끝날까 아쉬운 것이다. '미감회(未甘回)'는 고생 끝에는 즐거움이 온다는 '고진감래(苦盡甘來)가 돌아오지 않는다.' 곧 자기는 늙도록 괴로움을 많이 겪어 왔는데도 좋은 일은 전혀 생기지 않고 있다는 뜻이다.

대체로 중국의 옛날 연극에는 비극이 없다. 많은 파란을 겪다가도 끝에 가서는 원만히 대단원(大團圓)을 이루는 것이 일반적인 소설이나 연극 얘기의 공식이다. 이 시를 "내 삶은 연극만도 못하니, 늙었는데도 괴로움의 보답이 없네." 하고 끝맺고 있는 것으로 보아 시인이 구경한 연극도 끝에 가서는 대단원을 이루어 가고 있음이 분명하다. 그래서 이 끝 구절 앞에서는 "닭 울음소리 부질없이 날 밝는 것 재촉 말았으면!" 하고, 밤이 더 이어져서 재미있는 연극이 끝나지 말고 더 계속되기를 바라고 있는 것이다. '괴로움'을 느끼기는 하였지만 이 연극이 무척 재미있는 것만은 사실이다.

다만 시인이 '괴로움'을 말하고 있는 연극이니 이 연극의 앞부분에서는 비극적인 얘기가 연출되었음이 분명하다. 그러나 자기 사정과 절실한 관련이 없는 비극이라면 마시는 술맛까지 달아나도록 자신이 괴롭지는 않을 것이다. 보기를 들어 젊은 두 남녀가 서로 사랑하면서도 주위 사정이 어렵거나 부모가 반대하여 온갖 노력에도 불구하고 결국은 결합하지 못하고 헤어지게 되는 비극이라면 구경하는 사람은 흥분하여 술을 더 마시게 될 수도 있을 것이다. 그리고 스스로 "늙었다"고 말하고 있는 시인이 젊은 아이들 사랑이 잘 이루어지지 않는 것을 보고 동정은 할런지 모르지만 괴로움까지 느끼지는 않을 것이다.

시인의 일생을 훑어보면 한족의 명나라가 망하고 만주족의 청나라가 중국을 지배하게 된 시대를 살고 있다. 그리고 그는 명나라 때에 태학생(太學生)이었으나 명나라가 망하자 벼슬은 하지 않고 난징(南京)에 숨어 살았는데, 가난하여 밥을 굶기가 일쑤였다고 한다. 그러니 이 시인이 "마음 상하고 정나미가 떨어진다."고 할 정도로 연극을 보면서 괴로움을 느낄 일이란 대체로 다음과 같은 두 가지가 아니었을까? 하나는 나라와 관계되는 일이고, 다른 하나는 살아가는 데 필요한 경제적인 문제이다. 곧 연극의 주인공이 자기 가족도 희생시키면서 온갖 고난을 무릅쓰고 망해가는 나라를 위하여 온갖 노력을 다 바치는데도 나랏일은 조금도 나아지지 않고 오히려 더 나빠지고 있는 것이다. 그런 연극을 볼 때 시인은 조국을 생각하며 괴로

울 것이다. 또 어떤 착한 사람이 남을 위해 좋은 일도 많이 하
는데 못된 권세가의 압력으로, 또는 교활한 사기꾼 때문에 자
기 재산을 모두 날리고 가족들을 굶기는 처지가 되는 연극을
본다면 시인은 자기의 어려운 처지 때문에 괴로울 것이다. 그
러니 연극을 보고 괴로움을 느낀다면 연극의 내용 때문이 아
니라 궁극적으로 연극을 보는 사람의 개인적인 실정 때문이라
할 수 있다.

그런데 시에서 "일이 다급해지자 귀신이 나타나는 것 같
네." 하고 읊고 있으니, 귀신이 관련된 일 같다고 여기면서 괴
로워할 정도면 개인의 문제가 아니라 나라와 관련된 일이었을
가능성이 많다. 어떻든 시인이 무엇 때문에 연극을 보고 괴로
움을 느꼈는지는 알 수가 없다. 여하튼 '고희'라는 말은 비극
이나 희극처럼 연극의 한 종류를 뜻하는 일반적인 용어가 될
수 없음은 분명하다. 그리고 우리 주위에는 이 시인처럼 '고
희'라는 말을 쓰는 사람도 없기를 간절히 바란다. 어떻든 이
시인도 끝에 가서는 "닭 울음소리 부질없이 날 밝는 것 재촉
말았으면!" 하고 날이 밝는 일 없이 연극이 계속되어 연극의
대단원을 숨죽여 가면서 보고자 하는 바람을 드러내고 있다.
그렇다면 시인이 연극을 보면서 앞에서 얼마 동안 괴로움 같
은 것을 느꼈는지도 모르지만 이 연극이 정말로 구경하는 사
람을 괴롭게 만드는 '고희'는 아니었음이 분명하다. 곧 '고

희' 라는 말은 따져보면 잘못된 용어이다. 그러나 그 연극이 한 나라의 운명과 관련이 있는 얘기여서 조국을 잃어버린 백성의 심정을 드러내려는 뜻에서 일부러 '고희' 라는 말을 쓴 것인지도 모르겠다.

2012. 9. 16

8
군자(君子)와 거지

    중국에서는 옛날부터 거지가 별로 사회에서 멸시 당하지 않았다. 오히려 많은 경우 존중을 받았다. 따라서 중국의 옛날 기록에는 훌륭한 거지에 관한 기록이 많고 학자나 문인 중에도 거지 노릇을 한 사람들이 있다.

    우선 『열자(列子)』 탕문(湯問)편에는 장타령을 부르면서 구걸을 하던 거지 한아(韓娥)의 얘기가 실려있다. 그가 구걸을 하면서 부른 노래는 그가 떠나간 뒤에도 사흘 동안이나 집 들보에 서려 있어서 곧 요량삼일(繞梁三日)하여 마치 그가 떠나가지 않은 것 같았다 한다. 한 번은 한아가 어느 여관 앞을 지나갈 적에 여관에 묵고 있던 사람들이 그를 거지라 하여 욕을 보였다 한다. 이에 한아는 욕을 당한 뒤 슬픈 노래를 부르며 떠나갔는데, 10리 안 사람들이 사흘 동안 모두 그 노래를 따라 눈물을 흘리면서 슬퍼하였다 한다. 이에 사람을 보내어 다시 한 아를 찾아 모셔다가 다른 노래를 부르게 하니 이번에는 모든 사람들이 기뻐하고 춤을 추며 좋아하였다 한다.

『장자(莊子)』 외물(外物)편에는 처자가 굶주리게 되자 장자가 감하후(監河侯)에게 가서 양식을 구걸하는 얘기가 실려있다. 그리고 대시인 도연명(陶淵明, 365-427)에게는 굶주림을 참다못하여 남의 집에 가서 먹을 것을 구걸하는 「걸식시(乞食詩)」조차 있다. 대학자고, 대시인이고 모두가 한때는 거지노릇을 하고 있는 것이다. 도연명의 「걸식시」를 아래에 번역하여 원문과 함께 인용한다.

굶주림이 나를 내몰았지만
어디로 가야 할지 알 수가 없구나.
가고 또 가다 어느 마을에 이르러
한 집 문을 두드리고 하는 말씨 어색하네.
주인은 내 뜻 알아듣고
음식 내주니 어찌 헛걸음이라 하겠는가?
얘기하다 뜻 맞아 저녁때를 넘기고
술 따라 주는 대로 잔 기울이네.
마음에 새 지기(知己) 얻은 기쁨 넘쳐

이를 마침내 시로 읊게 되었네.

빨래하던 아낙이 한신(韓信)에게 밥 먹여 준 것 같은 당신
　은혜에 감동했지만,

내 자신 한신 같은 은혜 갚을 재주 없는 게 부끄럽네.

후의는 가슴속에 접어두었지만 어떻게 보답해야 할까?

저승에 가서라도 잊지 않고 갚으리라!

飢來驅我去, 不知竟何之.
기 래 구 아 거　부 지 경 하 지

行行至斯里, 叩門拙言辭.
행 행 지 사 리　고 문 졸 언 사

主人解余意, 遺贈豈虛來?
주 인 해 여 의　유 증 기 허 래

談諧終日夕, 觴至輒傾杯.
담 해 종 일 석　상 지 첩 경 배

情欣新知歡, 言詠遂賦詩.
정 흔 신 지 환　언 영 수 부 시

感子漂母惠, 愧我非韓才.
감 자 표 모 혜　괴 아 비 한 재

銜戢知何謝? 冥報以相貽!
함 집 지 하 사　명 보 이 상 이

　이런 분위기의 사회에서는 거지가 멸시 받을 이유가 없다.
더구나 명나라 태조(太祖) 주원장(朱元璋) 같은 거지 출신 황제
까지 나온 나라이다. 최근까지도 주원장의 고향인 안후이(安
徽)성 펑양(鳳陽)은 거지의 명산지로 알려졌고, 그곳 거지들은

자기 몸에 특별한 표시를 하고 다녔다 한다.

중국에서는 옛날부터 불교의 스님은 도를 닦는 방법으로 탁발(托鉢)을 하였고, 도교의 도사들도 구걸하는 생활을 하면서 도를 닦았다. 그 때문에 중국에서는 많은 경우 거지와 스님 또는 도사들이 혼동될 수밖에 없었다. 중국의 여러 유명한 신선의 화상이 영락없는 거지꼴인 경우가 많은 것도 그 때문이다. 그리고 중국의 거지들이 동냥할 때 부르던 대표적인 장타령인 연화락(蓮花落)은 불교에서 나온 것이고, 도정(道情)은 도교에서 나온 것이라는 점도 거지와 불교, 도교의 관계를 설명해준다. 이러한 사회적인 분위기 때문에 중국에서는 밥이나 옷을 동냥하는 거지도 그다지 천하게 보지 않았던 것 같다. 구걸을 하는 것도 도를 닦거나 수양을 하는 방법이 될 수 있다고 믿었기 때문이다. 게다가 중국의 야사에는 문학이나 예능에 뛰어난 거지들의 얘기도 무수히 전해지고 있다.

청(淸) 대의 정섭(鄭燮, 1691-1764)에게는 그때에 유행하던 민요의 일종인 「도정(道情)」의 형식을 따른 10수의 시를 짓고 있다. 그 중 여섯 번째의 시는 거지의 모습을 노래한 시인데, 그 시를 아래에 소개한다.

　　무척 멋지기만 한 젊은 거지가
　　연화락(蓮花落)을 부르고 죽지사(竹枝詞)를 창하면서

북 두드리며 여러 집 찾아다니려고 시가를 돌아다니네.

다리 가에 해 솟아도 여전히 단잠을 자고,

산 위로 해가 기울면 바로 돌아와서는

빌어 온 잔 술과 식은 고기를 맛있게 먹고는,

취한 채 낡은 묘당(廟堂) 복도에 쓰러져

멋대로 비바람 맞으며 지낸다네.

儘風流, 小乞兒, 數蓮花, 唱竹枝,
진 풍 류   소 걸 아   수 련 화   창 죽 지

千門打鼓沿街市.
천 문 타 고 연 가 시

橋邊日出猶酣睡, 山外斜陽已早歸,
교 변 일 출 유 감 수   산 외 사 양 이 조 귀

殘杯冷炙饒滋味, 醉倒在迴廊古廟,
잔 배 랭 자 요 자 미   취 도 재 회 랑 고 묘

任憑他雨打風吹.
임 빙 타 우 타 풍 취

　이 시는 늙은 고기잡이 · 늙은 나무꾼 · 늙은 행각(行脚) 스님 · 늙은 도사 · 늙은 선비에 대하여 각각 같은 「도정」 곡조로 노래한 다음 여섯 번째로 젊은 거지에 대하여 읊은 것이니, 이 시인은 거지를 상당히 고상한 사람으로 본 것임이 분명하다.

　당(唐) 대의 시인 원결(元結, 719-772)에게는 「거지론(丐論)」이라는 글이 있다. 원결에게는 가깝게 사귀는 거지 친구가 한 명

있었는데, 많은 사람들이 사대부가 거지와 벗하고 있는 것을
흉보자, 그는 거지 친구를 사귀게 된 연유를 설명하기 위하여
이 글을 쓴 것이다. 그는 먼저 사람이란 군자를 벗하여야 하는
데, 자기가 거지와 벗하고 있는 것은 그가 군자이기 때문이라
고 다음과 같이 말하고 있다.

"옛날 사람들은 자기 고을에 군자가 없다면 곧 구름과 산
을 벗하였고, 자기 동리에 군자가 없다면 소나무나 대나무를
벗하였으며, 앉아있는 자리에 군자가 없다면 곧 금(琴)과 술
로 벗을 삼았다. 그리고 외국으로 가서는 군자를 만나면 곧
그와 벗하였다. 거지는 지금 사회에 있어서의 군자이기 때문
에, 나는 애써 그와 벗하고 있는 것이다."

그리고는 뒤이어 거지가 "지금 사회에 있어서의 군자"인 까
닭을 그는 다시 다음과 같은 요지로 설명하고 있다.

"지금 세상을 보면 옷과 밥을 구걸하는 거지들보다도 더
치사한 진짜 거지들이 수두룩하다. 세상에는 남의 밑에 붙어
일하게 해달라고 구걸하는 거지들이 있고, 남에게 혼인을 해
달라고 구걸하는 거지들도 있으며, 남에게 명예와 높은 벼슬
자리를 얻으려고 구걸하는 거지들도 있고, 남의 눈치를 따라
잘 보이기를 구걸하는 거지들도 있다. 심지어는 권력자의 하
인의 입을 구걸하여 그릇된 욕심을 채우려는 자들도 있고,

권력자의 하녀의 얼굴을 구걸하여 아첨을 해보려는 자들도 있다. 자기는 부유한데도 가난한 사람들에게 구걸하는 자들도 있고, 자기는 높은 자리에 있으면서 낮은 자리의 사람에게 구걸하는 자들도 있다. 형벌을 당하게 되어 목숨을 구걸하는 자가 있고, 목숨을 부지하기 어렵게 되어 죽는 시간을 구걸하고, 죽을 때가 되자 얼마간의 숨쉬기를 구걸하는 자가 있으며, 죽기 직전에는 육체나 온전하기를 구걸하는데도 끝내 그것을 얻어내지 못하는 자도 있다.----내 친구의 구걸은 남이 버리려는 옷을 구걸하고, 남이 버리려는 음식을 구걸하는 것이다. 바가지를 들고 지팡이에 의지하여 길가에서 지내는 것은 세상 사람들과 같은 종류의 사람이 되고자 하기 때문이다.----옷과 음식을 구걸하는 것은 가난하기 때문이다. 가난해서 구걸하는지라 마음에 부끄러울 것이 없고, 하는 행동은 남들과 같아서 다른 바가 없음을 보여주고 있다. 이것은 군자의 도(道)인 것이다.”

그는 이 글에서 더 많은 그때 사회의 치사한 거지들의 보기를 들고 있다. 그와 같이 따지고 보면 이 세상에는 밥을 빌어먹는 거지보다도 더 치사한 거지들이 많은 것도 사실이다.

『맹자(孟子)』 이루(離婁) 하(下)편에는 또 이런 얘기가 실려있다. 제(齊)나라에 마누라에 첩까지 거느리고 사는 친구가 있었다. 그는 날마다 밖에 나갔다가 집으로 돌아와서는 늘 마누라

와 첩에게 "오늘도 높은 관리와 한 부자를 만나 술과 고기 대
접을 잘 받고 왔노라."고 뽐내었다. 그의 마누라가 남편의 행
동을 수상하게 여기고 하루는 몰래 남편의 뒤를 밟아본다. 남
편은 아침 일찍 집을 나가 무덤에서 제사를 지내거나 장사를
지내는 곳에 찾아가 나머지 음식과 술을 구걸하여 얻어먹고
다니는 것이었다. 그의 마누라는 집으로 돌아와 그 사실을 첩
에게 알려주면서 "우리는 이런 남편을 믿고 살아왔다."고 하
면서 마당에 서서 둘이 부여잡고 통곡을 하였다. 남편은 그것
도 모르고 그날 저녁에도 돌아와서는 고관들에게 대접을 잘
받았다고 거짓말을 하더라는 것이다. 이 얘기 끝머리에 맹자
는 이렇게 반문하고 있다.

　"군자의 입장에서 본다면, 세상의 부귀와 출세를 추구하는
　사람들의 행동이 실제로 그의 마누라와 첩이 알면 부끄러워
　통곡치 않을 몸가짐을 갖는 자가 몇 명이나 되겠느냐?"

　지금도 남 보기에는 출세한 듯이 목에 힘을 주고 다니지만
실제로는 그의 몸가짐을 처자들이 알면 통곡할 짓을 하는 자
들이 많을 것 같다. 옛날부터 사람들이 사는 이 세상에는 이런
치사하고 파렴치한 거지들이 많았던 것이 사실이다. 세상에는
옛날에도 밥과 옷을 동냥하는 거지보다도 더 치사한 구걸을
하는 자들이 많았기 때문에 맹자와 원결은 그러한 글을 썼을

것이다.

이러한 우리 사회에 허다한 치사하고 야비한 거지들에 비하면 밥이나 옷을 구걸하는 거지는 '군자'라고 할 수 있을지도 모른다. 그렇다고 그런 거지를 두고 바로 군자라고 부르는 것은 지나친 대우임이 분명하다. 밥이나 옷을 동냥하는 거지는 남이 버릴 것을 달라는 것이니 다른 사람들에게 아무런 폐해도 주지 않는다고 볼 수도 있다. 그리고 바가지를 들고 지팡이를 짚었을망정 길거리를 돌아다니면서 살아가고 있으니 우리나 같은 종류의 사람임에도 틀림은 없다. 그러나 남에게 아무런 폐해를 끼치지 않고, 또 우리와 같은 종류의 사람이라는 조건만으로 그를 바로 군자라고 하는 것은 아무래도 지나친 것 같다.

'군자'를 가장 먼저 크게 내세운 사상가는 공자(孔子)일 것이다. 『논어(論語)』의 공자의 가르침을 두고 흔히 '군자의 학문'이라 일컫는다. 공자가 강조한 군자란 무엇보다도 어짊(仁)의 실천에 노력하는 사람이다. 공자는 『논어』에서 군자에 대하여 이렇게 말하고 있다.

군자로서 어짊을 버리면 어찌 명성을 이룩하겠느냐? 군자는 밥 먹는 동안일지라도 어짊을 어기지 말고, 다급한 순간일지라도 반드시 어짊에 의거하고, 넘어지는 순간일지라도 반드시 어짊을 바탕으로 해야 한다.

君子去仁, 惡乎成名? 君子無終食之間違仁, 造次必於
군 자 거 인　오 호 성 명　군 자 무 종 식 지 간 위 인　조 차 필 어

是, 顚沛必於是. － 里仁(이인)
시　전 패 필 어 시

심지어 '어짊'은 군자에게 있어서는 목숨보다도 더 소중한 것이라 생각하였던 것 같다.

　　뜻있는 사람(志士)이나 어진 사람(仁人)은 살기 위하여 어짊을 해치는 일은 없으며, 자신을 죽여서라도 어짊을 이룩한다.

志士仁人, 無求生以害仁, 有殺身以成仁.
지 사 인 인　무 구 생 이 해 인　유 살 신 이 성 인

－ 衛靈公(위령공)

　　여기의 '뜻있는 사람'이나 '어진 사람'은 바로 군자를 가리킨다. 공자는 또 "군자란 말은 더듬거릴지 모르지만 행동에는 민첩하다(里仁)." 하였고, "군자는 그의 말이 행동보다 앞서는 것을 부끄러이 여긴다(憲問)."고도 하였다. 곧 군자란 그 자신이 소중히 여기고 늘 그것을 입으로 말하고 있는 어짊(仁)의 덕목을 말하기에 앞서 그것을 실천하고 있는 사람이다. 남을 사랑하고 이 세상을 위하여 공헌하는 것이 '어짊'이라고 간단히 정의할 수 있을 것이다.

본시 공자의 어짊의 사상 가운데에는 '의로움(義)'의 개념도 포함되어 있었다. 그러나 전국(戰國)시대의 맹자(孟子)에 이르러는 어지러운 세상을 바로잡기 위하여 각별히 '의로움'의 사상을 따로 떼어내어 '어짊'과 함께 군자들이 반드시 지켜야 할 덕목으로 내세웠다. 맹자는

"어짊이란 사람이 지녀야 할 마음이며, 의로움이란 사람이
따라가야 할 길이다."

仁, 人心也; 義, 人路也. – 告子 上(고자 상)
인   인심야   의   인로야

"어짊이란 사람들이 편안히 처신할 수 있는 근거이고, 의
로움이란 사람들이 따라야 할 올바른 길이다."

仁, 人之安宅也; 義, 人之安路也. – 離婁 上(이루 상)
인   인지안택야   의   인지안로야

맹자는 이러한 어짊과 의로움의 개념을 바탕으로 그의 사상을 발전시켰다. 따라서 사람이 지녀야 할 착한 마음을 지니지 않고 사람이 따라야 할 올바른 길을 가지 않는 사람은 군자가 될 수 없다. 곧 올바르게 살면서 남을 위하여 또는 사회를 위하여 일하지 않는 사람은 군자라고 할 수가 없다. 단지 남에게 폐해를 끼치지 않는다는 조건만으로 그를 군자라고 할 수는

없다.

따라서 밥을 빌어먹는 거지는 남을 해치거나 사회에 큰 불편을 끼치는 것은 아니지만 군자라고까지 말할 수는 없다. 남을 위해 또 이 세상을 위해 아무런 도움도 못되고 어떻든 옷과 밥을 구걸하며 남의 덕에 살아나가고만 있다면 결국 거지일 수밖에 없는 것이다. 이 세상에 거추장스러운 존재라 할 수는 있어도, 사람들에게 도움이 되는 존재는 못되는 것이다. 심지어는 있는 것보다 없는 편이 낫다고까지도 할 수 있는 존재인 것이다.

물론 이 세상에는 오웅진 신부님으로 하여금 꽃동네를 건설케 하였다는 위대한 거지도 있기는 있다. 그러나 자신도 구걸하는 이외엔 달리 살아갈 방법이 없는 몸인데도, 다른 구걸하는 거지들을 도와준다는 것은 보통 사람으로서는 상상하기조차도 어려운 일이다. 그런 거지는 만 년에 한 사람 나올까 말까 한 사람일 것이다. 그러기에 우리 사회에서는 "거지같다"는 말은 욕이 되고 있다.

그러나 옛날 중국사회에 있어서의 거지에 대한 개념은 우리와는 차이가 있었다. 그 위에 중국 사람들은 유학자나 도교 신자들을 막론하고, 모두 나라가 어지러울 적에는 복잡한 세상을 떠나 산속 같은 곳에 숨어 사는 것을 깨끗하고 고상한 처신 방법이라 믿어왔다. 세상이 지저분할 적에는 깨끗한 산속에 숨어서 자신의 한 몸만이라도 깨끗이 간수해야 한다는 것이다. 공자도 『논어』를 보면 "천하에 올바른 도가 행해지면 나타나 일하고, 올바른 도가 행해지지 않을 적엔 숨는다.(天下有道則進, 天下無道則隱. -泰伯.)"고 하였다. 그런데 세상에 올바른 도가 행해지는 경우란 극히 드물다. 게다가 대개의 경우 순수하게 숨어서 홀로 사는 생활이란 결국 무의미한 삶이 될 수밖에 없는 것이다. 사람은 남들과 어울려 살아야 한다. 남을 위하고 세상을 위해 살아야 한다. 결코 거지는 군자일 수가 없다. 우리는 우리 사회에 맞는 올바른 군자가 되어야 한다.

9

은둔사상에 대하여

　은둔이란 이 세상을 버리고 사람들을 떠나 으슥한 곳에 혼자 숨어 사는 것을 말한다. 중국에서는 옛날부터 숨어 사는 것을 훌륭한 사람의 깨끗한 행동이라 여겨왔다. 태곳적 요순(堯舜)시대에도 숨어 사는 허유(許由)와 소보(巢父)라는 사람이 있었다 한다. 요임금은 허유를 만나 자신이 다스리는 천하를 당신에게 물려주겠다고 하자, 허유는 더러운 말을 들었다고 개울로 나가 자기 귀를 씻었다 한다. 개울 아래쪽에서 소에게 물을 먹이려던 소보는 더러운 귀를 씻은 물을 소에게 먹일 수 없다고 소를 끌고 개울 위쪽으로 옮겨갔다고 한다. 허유와 소보는 요순보다도 훌륭하고 깨끗했던 사람으로 이 얘기가 지금까지도 전해지고 있다.

은(殷)나라를 세운(B.C. 16세기 무렵) 탕(湯)임금의 재상이었던 이윤(伊尹)은 탕임금의 부름을 받기 전에는 시골에서 농사를 짓고 있었다고도 하고 식당의 요리사 노릇을 하고 있었다고도 한다.[1] 은나

상나라 탕임금 초상

라 고종(高宗)은 길을 닦고 있는 노동자 중에서 부열(傅說)이란 사람을 찾아내어 그를 재상에 임명함으로서 상나라를 중흥시킨다.[2] 주(周)나라 문왕(文王, B.C. 1100년 무렵)은 낚시를 하고 있는 강태공(姜太公)을 발견하여 그에게 나랏일을 맡김으로서 주나라가 천명(天命)을 받게 만든다.[3] 이윤과 부열 및 강태공 모두 숨어 살던 무척 현명한 사람들로 알려져 있다. 주나라 무왕(武王)이 은나라를 쳐부수자 두 임금을 섬길 수 없다고 수양산(首陽山)으로 들어가 숨어서 고비만 뜯어먹고 지내다가 굶어 죽은 백이(伯夷)와 숙제(叔齊)도 훌륭한 사람으로 알려져 있다. 『삼국지』에 나오는 촉(蜀)의 제갈량(諸葛亮)도 숨어 살던 사람이다. 그 밖에 후세에도 세상을 버리고 숨어 산 훌륭한 사람은

....

1 『孟子』萬章 上 등의 기록 참조.
2 『書經』說命「書序」참조.
3 司馬遷『史記』齊世家 참조.

헤아릴 수 없을 정도로 많다.

특히 불교와 도교에서는 올바른 신자가 되어 수도를 하려면 세상뿐만이 아니라 가족도 버리고 도를 닦으러 산속으로 들어갔다. 불교의 공적(空寂)이며 도교의 무위(無爲)라는 사상이 모두 세상을 버리는 데서 이루어지는 것들이다. 유교에서도 『논어』를 보면, 공자가 "현명한 사람은 세상을 피하고, 그 다음의 사람은 지역을 피한다.(賢者避世, 其次避地. -憲問)"고 말하고 있다. 또 "천하에 올바른 도가 행해지고 있을 적엔 나가서 일하고, 도가 행해지고 있지 않으면 숨는 것이다.(天下有道則見, 無道則隱. -泰伯)"고도 가르치고 있다. 그런데 실상 도가 제대로 행해지고 있는 세상은 없음으로, 유교에서도 세상에 나가 일하는 것보다는 숨어 사는 것이 올바른 길이라고 가르치고 있는 셈이다. 그것은 모두 이 세상은 속된 곳이고 세상 사람들은 모두 속된 인간들이어서, 이 세상에서 사람들과 어울리고 있으면 올바로 도를 닦을 수도 없거니와 더러워지지 않을 수도 없다고 생각하기 때문이다.

따라서 중국시가 고도로 발전했던 당(唐)대로 가면은 세상으로부터 숨는 '은(隱)'의 사상도 무척 복잡해진다. 산속으로 들어가지 않고 속세에 있으면서 심지어는 벼슬을 하면서도 '은'의 경지에 처신할 수 있다고 생각하는 경우까지 생겨났다. 당시를 보면, 대은(大隱)·이은(吏隱)·진은(眞隱)·소은(小

隱) 등의 말이 보인다. 보기를 든다.

'대은'을 한다는 것은 산림 속으로 되돌아가는 것이 아님을 비로소 알았네.

> 方知從大隱, 非復在山林.
> 방 지 종 대 은　　비 부 재 산 림
>
> — 儲光羲(저광희)「同張侍御鼎和京兆蕭兵曹歲晚南園
> (동장시어정화경조소병조세만남원)」

벼슬을 하는 것은 '이은'이 아니니, 심사가 궁벽하여지기만 하는 듯하네.

> 宦遊非吏隱, 心事如幽偏.
> 환 유 비 리 은　　심 사 여 유 편
>
> — 宋之問(송지문)「藍田山莊(남전산장)」

강 밖에 '진은'이 있으니, 적적히 살아가는 중에 해가 저물고 있네.

> 江外有眞隱, 寂居歲已侵.
> 강 외 유 진 은　　적 거 세 이 침
>
> — 包融(포융)「酬忠公林亭(수충공림정)」

위대한 윤리를 어기지 않는 일은 '소은'함으로써 가능하다.

不廢大倫, 存乎小隱.
불 폐 대 륜　존 호 소 은

－ 王維(왕유) 「暮春太師左右丞相諸公於韋氏逍遙谷讌集序
(모춘태사좌우승상제공어위씨소요곡연집서)」

　'대은'과 '소은'의 구별도 명확치 않지만 숨어 사는 '은둔'의 사상이 무척 발전하고 있음을 알 수 있다. 따라서 당대의 시인들은 거의 모두 별장 또는 별서(別墅)를 가졌었는데 그것도 속세와 거리를 두고자 하는 '은둔'의 경향을 나타내는 것이다. 보기를 들면, 이기(李頎, 690-761?)의 동천별장(東川別莊), 맹호연(孟浩然, 698-740)의 간남원(澗南園), 왕유(王維, 701-761)의 남전(藍田) 망천별장(輞川別莊), 고적(高適, 702?-765)의 기상별장(淇上別莊), 잠참(岑參, 715-770)의 두릉(杜陵) 종남산별장(終南山別莊) 등이 있는데, 특히 '망천'에는 왕유 이외에도 여러 사람들의 별장이 있었다.

　어떻든 당대 사람들은 숨어 사는 것을 고상히 여겼다. 보기로 「도를 닦는 사람을 찾아갔다 만나지 못하고서(訪道者不遇)」라는 가도(賈島, 779-843)의 시 한 수를 아래에 든다.

　　소나무 아래서 아이에게 물어보니
　　스승은 약초 캐러 갔다고 한다.
　　틀림없이 이 산속에 있을 것이지만

구름 짙어 있는 곳을 알 수가 없네.

松下問童子, 言師採藥去.
송 하 문 동 자　　언 사 채 약 거

只在此山中, 雲深不知處.
지 재 차 산 중　　운 심 부 지 처

　불승과 도사들은 세상을 버리고 집을 나가 수도를 할 때 탁
발(托鉢)을 하는데, 탁발이란 실제로 거지의 생활이다. 중국에
서 옛날부터 거지는 상당히 존중을 받아 왔는데, 아마도 이들
은 속인이 아니고 불승이나 도사들과 비슷한 생활을 하기 때
문이었을 것이다. 그 때문에 중국 거지들의 장타령은 불교에
서 나온 연화락(蓮花落)과 도교에서 나온 도정(道情)의 두 가지
가 있는데, 명(明)대 이전부터 전문 연예인들도 장타령을 공연
할 때 불렀을 정도로 예술적으로도 상당히 세련되어 있다. 그
리고 당 대의 시인 원결(元結, 723-772)은 「개론(丐論)」을 지어
자기는 거지들을 벗하고 있는데, 거지야말로 세상에 아무런
폐도 끼치지 않는 진짜 군자라는 이론을 펴고 있다.
　그러나 거지는 세상을 위하여 또는 남을 위하여 아무런 일
도 하는 것이 없다. 숨어 산다는 것은 원칙적으로는 모두 거지
가 되는 것이다. 무위(無爲)를 주장하던 장자(莊子)는 결국 그
자신의 집에 양식이 떨어져 처자가 굶주리자 위문후(魏文侯)에

게 양식을 구걸하러 갔던 일을 기록하고 있다.[4] 팽택(彭澤)이란 고을의 수령노릇을 하다가 더 높은 사람에게 허리 굽히기 싫다고 벼슬을 내던지고 「귀거래사(歸去來辭)」를 읊으며 전원 속

도연명 초상

에 숨었던 우리의 시인 도연명(陶淵明, 365-427)도 결국은 "굶주림이 나를 내몰았지만, 어디로 가야할지 알 수 없구나!(飢來驅我去, 不知竟何之!)"하고 「걸식시(乞食詩)」를 읊고 있다. 제갈량도 유비(劉備)가 삼고초려(三顧草廬)하여 세상에 불러내었지만, 풀로 엮은 움막인 '초려'에 살고 있을 적은 거지에 가까운 생활이었을 것이다.

세상이나 속되다는 것은 더러운 것인가? 잘못된 것인가? 사람이 속되다는 것은 지저분한 것인가? 나쁜 것인가? 실은 속된 세상이 진실한 사람들이 사는 세상이고, 속된 사람이 참으로 인간다운 사람이다. 다른 사람들과 함께 있으면 속된 사람이 홀로 숨으면 속되지 않은 사람으로 바뀌는가? 속된 자는 여러 사람들과 함께 있어도 속되고, 홀로 사람들로부터 떨어져 있어도 속되다. 깨끗한 사람은 여러 사람들 속에 있어도 깨

· · · · · · · · · · · · · · · · · · · ·
4 『莊子』外物.

끗하고 홀로 떨어져 있어도 깨끗하다.

더구나 사람이란 남들과 어울려 있을 적에 그의 가치가 발휘된다. 홀로 숨어있다면 아무리 깨끗하고, 고상하고, 돈이 많고, 학식이 많고, 능력이 많아도 아무런 소용이 없다. 그것들은 모두 남과 어울릴 때 그 가치를 발휘하게 된다. 그뿐만이 아니라 사람의 가치는 같은 일을 한다 하더라도 그가 활동하는 장소나 활동하는 목적에 따라 그 가치에 큰 차이가 난다. 물건도 놓여있는 자리에 따라 그 가치에 큰 차이가 생긴다. 공자는 그의 수제자였던 안회(顔回)에 대하여 다음과 같은 칭찬을 하고 있다.

"현명하다, 안회여! 한 그릇 밥을 먹고 한 쪽박 물을 마시며 누추한 거리에 산다면, 남들은 그 괴로움을 감당치 못할 터인데, 안회는 그의 즐거움이 바뀌지 않는다. 현명하다, 안회여!"

賢哉回也! 一簞食, 一瓢飲, 在陋巷, 人不堪其憂, 回
현 재 회 야   일 단 식   일 표 음   재 루 항   인 불 감 기 우   회

也不改其樂. 賢哉回也!
야 불 개 기 락   현 재 회 야

－『論語(논어)』 雍也(옹야)

속세, 속인 생활을 피하려는 몸가짐이 분명하다. 이런 소극

적인 혼자만의 즐거움이나 깨끗함은 아무런 가치도 없는 것이다. 속세를 버리고 숨거나 속인들을 피하여 홀로 지내지 말고 남들과 어울리어 여러 사람들과 함께 열심히 적극적으로 살아가야 한다. 숨지 말고 나서서 모든 일을 자기 일처럼 책임지며 남과 함께 살아야 한다.

속되고, 더럽고, 어지러운 곳일수록 일할 것이 많은 곳이다. 자신의 능력을 발휘하고 자신의 가치를 인정받을 수 있는 곳이다. 세상이 어떻든, 세상 사람들이 어떻든 우리는 자신에게 주어진 여건을 적극적으로 받아들여야 한다. 세상을 자기에게 맞추려 하지 말고 자기가 세상을 따라 적극적으로 세상에 나가 활동해야 한다.

한국인들은 주어진 여건에 만족하지 않는 경우가 많다고들 한다. 자기의 나라 · 부모 · 집안 · 몸 · 얼굴 등에 대한 태도이다. 주어진 여건을 받아들이고 모든 일에 도전하여야 한다. 이 세상은 속되다 할지라도 살만한 곳이고, 세상 사람들은 속되다 하더라도 사랑할만한 대상들이다. 그리고 우리에게 주어진 여건은 일할 만한 여건이다. 여건이 불리할수록 일의 값은 더욱 빛을 발한다. 옛날 중국인들처럼 세상으로부터 숨어 일을 피하려 들지 말자.

2006. 8. 28

10
풍자성(諷刺性)이 강한
중국의 유머

1. 골계(滑稽)와 유머

　중국말에서 유머에 가장 가까운 말을 골라보면 골계(滑稽)가 될 것이다. 골계는 익살스런 말이나 몸짓으로서 남을 웃기는 행동을 뜻하는데, 엄격히 따지면 유머러스한 행동과 개념의 차이는 있지만 중국의 유머는 곧 골계라 하여도 일상적인 의미에서 큰 잘못은 되지 않을 것이다.

　옛날부터 중국에서는 골계가 대단히 발달하여 왕실에는 골계를 전문으로 하는 우령(優伶)이 있어 언제나 임금을 좌우에 모시면서 임금을 웃기고 즐겁게 해 주었다. 우령이란 직업은 사회에서 가장 천대를 받는 직업 중의 하나였지만, 우령 중에는 단순한 우스운 말을 잘할 뿐만이 아니라 임금의 잘못이나 사회의 모순 등을 재미있는 말로 잘 풍간(諷諫)하던 자들도 있었다.

한나라 사마천 초상

그 때문에 한(漢)나라 때의 사마천(司馬遷, B.C. 145-B.C. 16?)이 쓴 유명한 역사서 『사기(史記)』에는 특별히 골계열전(滑稽列傳)이 들어있다. 골계열전에는 한 대 이전에 중국에서 골계를 잘 했던 일곱 사람의 행적이 기록되어 있는데, 그중에서 보기로 우맹(優孟)에 관한 얘기를 한 가지 소개하기로 한다.

우맹은 춘추(春秋)시대 초(楚)나라 장왕(莊王, B.C. 613-B.C. 591 재위)을 섬기는 우령이었는데, 말을 잘 하기로 이름이 나 있었다. 초나라 장왕에게는 사랑하는 말이 한 필 있었다. 장왕은 그 말을 무척이나 아끼어 그 말에게 수놓은 비단옷을 입히고 언제나 화려한 집의 깨끗한 자리 위에서 살게 하면서 사람도 먹기 힘든 귀한 음식만을 먹이었다. 그러자 얼마 못 가 그 말은 너무 살이 쪄서 병이 들어 죽어버렸다.

말이 죽자 장왕은 여러 신하들에게 죽은 말을 조상하도록 하고, 관곽(棺槨)을 갖추어 말을 대부(大夫)의 예로서 장사를 지내기로 결정하였다. 몇몇 신하들이 임금의 그릇된 처사를 간하려 하자, 장왕은 누구든 다시 말을 장사지내는 일로 다른 의견을 말하는 자가 있다면 사형에 처하겠노라고 공표하였다. 그래서 신하들은 아무 말도 못하고 임금의 뜻을 따르는 수밖에 없었다.

이때 우맹이 큰 소리로 통곡을 하면서 장왕이 있는 궁전으로 들어왔다. 임금이 놀라 어찌된 일이냐고 물으니, 우맹이 대답하였다.

"임금님께서 그토록 사랑하시던 말이 돌아가셨는데, 초나라처럼 당당하고 큰 나라에서 겨우 말을 대부의 예로서 장사를 지내시겠다니 될 법이나 한 일입니까? 청컨대, 임금의 예로서 말을 장사지내십시오. 옥돌을 다듬어 관을 만들고, 또 좋은 재목으로 겉관을 만들며, 군사들을 동원하여 무덤 구멍을 파도록 하고, 백성들을 동원하여 봉분(封墳)을 만들도록 하십시오. 그리고 한편으로 여러 제후(諸侯)들에게 부고를 내어 다른 나라 임금들이 조상을 하러 오도록 하며, 사직(社稷)에도 제사를 지내시고 말에게는 만호(萬戶)의 고을을 내려주도록 하십시오. 그러면 다른 제후들도 모두 대왕께서는 사람은 천히 여기지만 말만은 귀하게 여긴다는 것을 잘 알게 될 것입니다."

그러자 장왕은 "아무래도 네가 내 처사를 못마땅하게 여기는 모양이구나. 너만은 용서할 것이니 말을 어떻게 장사지내

는 게 가장 좋은 방법인가 말해보거라." 하고 말하였다. 그제
서야 우맹이 대답하였다.

"청컨대 말은 짐승으로써 장사지내십시오. 솥을 겉관으로
하고 그릇을 관으로 써서 양념으로 제사지내고 불꽃으로 옷
을 입힌 다음 사람들 뱃속에다 장사지내십시오."

장왕은 하는 수없이 그 말의 시체를 궁중의 음식을 관리하
는 태관(太官)에게 내주고 말았다 한다.

2. 문학작품 속의 유머

위와 같은 우령에 관한 얘기는 『사기』이외에도 중국의 옛
날 문헌 여러 곳에 보인다. 그리고 우령의 이와 같은 골계적인
행동은 후세에 가서는 두 사람 이상이 함께 연출하는 이른바
골계희(滑稽戲)라는 간단한 연극에 가까운 놀이를 이룩하여 크
게 유행시키게 된다. 골계의 얘기가 연극으로 발전하는 것은
이 우령들은 바로 후세의 연극 배우(俳優)의 전신임을 뜻하게
된다. 그리고 이 골계희는 여러 가지 가무희(歌舞戲)와 함께 중
국의 전통적인 연극으로서 오랫동안 발전해 온다.

그러다가 몽고족의 원(元)나라가 이룩되면서 중국에는 처음

으로 보다 규모가 크고 잘 짜여져서 근대적인 관점에서 본격적인 연극이라 할 수 있는 잡극(雜劇)이 생겨나 발전하게 된다. 이후 명대에는 전기(傳奇), 청대에는 경희(京戱)를 비롯한 여러 지방희(地方戱)가 발전한다.

문학에 있어서는 서양에서도 유머문학이 정착된 것은 근대의 일이다. 중국에서는 본격적인 유머문학이라 할만한 것은 없다고 할 수 있다. 그러나 골계희는 후세 중국의 연극발전의 중요한 바탕이 되었기 때문에, 후세의 원 잡극(雜劇)이나 명 전기(傳奇) 또는 청 경희(京戱) 중에는 그대로 골계적인 성분이 남아있게 되었다.

보기로 원초의 극작가 관한경(關漢卿, 1222?-1298?)의 『구풍진(救風塵)』이란 작품을 검토해보기로 하자.

『구풍진』의 주요 등장인물은 송인장(宋引章)과 조반아(趙盼兒)라는 자매의 의를 맺은 두 기생과, 안수실(安秀實)이란 가난한 선비 및 부잣집 아들 주사(周舍)의 네 사람이다.

송인장은 본시 안수실과는 사랑하는 연인 사이로 여기에 주사라는 건달이 나타나 돈을 뿌리며 송인장을 감언이설로 꾀어 자기에게 시집오도록 보챈다. 일년 사철 중 여름이면 당신이 낮잠 자는 곁에 앉아 부채질을 해줄 것이고, 겨울이면 자기 전에 이불을 자기 몸으로 미리 따스하게 덥혀줄 터이고, 외출할 때면 옷 입고 치장하는 것까지도 도와주겠노라고 맹세한다.

결국 송인장은 언니 조반아의 만류에도 불구하고, 안수실 같은 선비 믿고 살다가는 쪽박 차기 십상이라 하면서 돈 많고 인정 많은 주사에게 시집가기로 결정한다. 이상이 제1막이다.

주사는 송인장을 자기 집으로 데려오자마자 태도가 표변하여 첫날에 신부를 끌어내어 무조건 우선 위세를 죽이기 위한 몽둥이인 살위봉(殺威棒) 오십 대의 매를 친다. 여편네는 몽둥이로 다듬이질을 해 놓아야만 집구석에 고분고분 처박혀 있게된다는 것이다. 그리고 다음날부터 자기는 여전히 밖으로 나다니며 주색을 즐기고, 집으로 돌아와서는 심심하면 송인장에게 손찌검이다.

때릴 핑계가 없을 적에는 억지라도 쓴다. "너 가마 타고 시집올 때, 네 가마가 하도 뒤뚱거리기에 가마꾼들을 야단쳤더니, 가마꾼들 말이 자기들이 가마를 뒤흔드는 것이 아니라 하더라. 이상해서 네 가마 속을 들여다 보았더니 너는 가마 안에서 벌거벗고 재주를 넘고 있었다."는 식의 생트집이다. 이쯤되면 변명하는 수도 없다.

송인장은 견디다 못하여 자신의 실정을 자세히 쓴 편지를 몰래 언니 조반아에게 보내어 구원을 요청한다. 조반아는 송인장의 편지를 받고 동생의 불우에 동정하여 그를 구해주기로 결심한다. 이상이 제2막이다.

조반아는 곧 자기 몸을 한껏 단장하고 주사가 살고 있는 고을로 가서 여관에 머물면서 주사를 유혹한다. 본시 여자라면 맥을 못 추는 주사라서 간단히 조반아의 유혹에 그는 넘어간다. 한편 조반아는 송인장에게 연락하여 자기가 머물고 있는 여관으로 오도록 한다. 송인장은 곧 달려와 조반아와 주사가 수작을 하고 있는 꼴을 보고는 욕을 퍼붓는다. 주사는 곧 몽둥이를 찾아들고 와 송인장을 때려죽이겠다고 날뛴다. 이때 조반아는 주사에게 매달리며 저런 여자와 살 것 없이 이혼하고 자기와 살자고 유혹한다. 주사는 다시 조반아의 새로운 미모에 혹하여 그 자리에서 송인장에게 이혼증명서를 써준다. 여기에서 3막이 끝난다.

이혼증명서를 손에 넣은 송인장은 그날 밤으로 조반아와 연락을 취하여 함께 자기들이 살던 집으로 도망친다. 뒤늦게 이 사실을 안 주사는 곧 달려가서 두 여인을 끌고 관가로 간다. 그러나 관가에서는 오히려 주사의 방탕과 포악한 행동을 꾸짖고 그에게 벌을 준다. 결국 주사의 손으로부터 놓여난 송인장은 다시 옛날의 애인 안수실을 만나 그와 결혼하여 잘 살게 된다는 것이다.

이 『구풍진』이란 잡극은 틀림없는 유머 작품이다. 전체적인 구성도 그렇지만 한마디 한마디의 대화 속에 웃음과 함께 아이러니를 느낄 수 있다. 보기로 그 속의 대화를 한 토막 인용해본다. 조반아가 송인장을 구해내려고 주사를 불러내어 처음 만나는 장면이다.

    [주 사] 당신이 조반아라. 잘 됐다! 그전에 당신이 내 결혼
        을 반대했었지? 얘야! 여관 문을 채워라! 이 꼬마
        놈부터 우선 맞아봐라!
    [아 이] 아저씨 때리지 마세요! 아주머니는 비단옷가지와
        이부자리를 꾸려가지고 아저씨께 시집가겠다고
        오셨는데 저를 때려요?
    [조반아] 주사씨! 좀 앉아서 제 말 좀 들으세요! 저는 집에
        있을 때 전부터 이미 주사라는 이름은 사람들의
        입을 통하여 많이 들었었지요. 그 뒤로 한 번 뵌
        후로는 밥맛조차 잃고 그저 주사씨만 생각해 왔어
        요! 그런데 주사씨는 엉뚱하게도 송인장과 결혼을
        하겠다니 제가 어찌 괴롭지 않았겠어요? 주사씨!
        내가 주사씨에게 시집가고 싶은데 그 결혼을 밀겠
        어요?

    이렇게 하여 주사는 조반아에게 떨어지고 만다. 이 작품은
우습고 재미있을 뿐만이 아니라 당시 중국의 그릇된 남녀관계
또는 남성들의 대여성관에 대한 신랄한 풍자가 깃들여있는 것
이다.

3. 중국 유머의 특징

원대 잡극 속에서 유머러스한 장면을 하나 더 보기로 들어
보자. 맹한경(孟漢卿)이란 작가에게 『마합라(魔合羅)』라는 재판
극이 있는데, 그 연극의 재판하는 모양을 살펴보자. 이문도(李
文道)란 녀석은 자기 사촌형의 재물과 형수가 탐이 나서 그 형
을 죽이고는, 형수가 끝내 말을 듣지 않자 살인죄를 형수에게
뒤집어 씌워 관가에 고소한다. 이 자가 자기 형수를 끌고 그
고을의 현령(縣令) 앞에 나타나 형수를 고발한다.

이문도가 관청으로 들어가면서 "억울한 일입니다!" 하고 소
리치자, 현령은 앉았던 자리에서 일어나 아래로 내려와서 이
들에게 넙적 엎드려 절을 한다. 관청의 아전들이 깜작 놀라 현
령에게 말한다. "어째서 영감님께서 고소하러 온 자들에게 절
을 하십니까?" 이 말에 대한 탐관오리인 현령의 대답이 그럴
싸하다.

"너희들은 모르느냐? 누구든 고소하러 오는 자는 나를 입혀
주고 먹여주는 부모나 같은 사람들이다!"

그리고 재판이 시작되어 이문도가 자기 형수를 무고(誣告)하
면서 "이것을 바치겠습니다." 하고 손가락을 세 개 펴 보인다.
그러자 현령의 불호령이 떨어진다. "네 나머지 두 손가락은
병신이냐?" 이문도는 하는 수없이 손가락 두 개를 마저 펴 보

이고, 오십 냥의 돈을 뇌물로 바친 덕에 형수를 살인죄로 몰아붙이게 된다.

이처럼 중국의 유머에는 약간의 과장과 함께 강한 풍자가 실려 있다. 풍자를 강하게 하려다 보면 자연 표현에는 약간의 과장이 없을 수가 없는 것이다. 서양 사람들처럼 자연스럽게 웃기는 것은 별로 가치가 없다고 생각했기 때문이다. 그것은 자연과 똑같은 것이라면 일부러 사람들이 다시 만들 필요가 없다고 하는 중국인의 예술관과도 일맥 상통하는 것이다. 자연을 완전히 무시하고 그 위에 다시 작가의 체험을 통하여 터득한 뜻을 다시 인공적으로 구성하는 것이 그들의 예술이다.

주위의 환경이나 다른 것들과의 조화는 아랑곳도 하지 않고 건물에 칠하는 단청과 같은 것이다. 뜻의 강한 표현을 위하여는 색깔이나 언어의 표현에 과장이 없을 수가 없게 되는 것이다. 유머에 있어서도 마찬가지이다. 아무리 탐관오리라 하더라도 고소하러 온 백성들에게 절을 하지 않는다는 것은 삼척동자라도 다 아는 사실이다. 그러나 그런 표현을 통하여 탐관오리를 놓고 웃으면서 꾸짖어줄 수가 있는 것이다.

웃음 속에 풍자가 번뜩이는 것이 중국의 유머다. 중국의 유머는 그 속에 비수가 들어있는 솜방망이와 같은 것이다. 웃으면서 풍자의 대상을 여지없이 짓밟아주고 있는 것이다.

현대 중국인들의 유머도 아직 그런 경향에서 크게 벗어나지 못하고 있다. 보기로 오래 전에 대만에서 유학하고 있을 적의 경험을 한 가지 소개한다.

한 외국인 친구가 애인이 있는 중국여학생을 몇 일 데리고 다니며 데이트를 하였다. 약이 바싹 오른 여학생의 애인이 마침내 여학생에게 편지를 보내왔는데, 그 내용은 단지 다음과 같은 열 글자였다. "有朋自遠方來, 不亦樂乎!(유붕자원방래, 불역낙호!)." 이것은 『논어(論語)』의 첫머리에 나오는 글귀임을 모두가 알 것이다. "벗이 있어 멀리서부터 찾아왔으니 매우 즐겁지 않겠는가?"고 하는 뜻이다. 그 편지를 본 외국인 친구는 크게 웃었지만, 실은 한편 "너 외국놈하고 잘도 놀아나는구나!"라고 하는 신랄한 풍자도 동시에 느꼈던 것이다.

이처럼 재미있어서 웃게 되면서도 마음 한켠으로는 시큼한 맛을 느끼게 되는 것이 중국의 유머이다.

11

중화사상(中華思想)

　중화사상이란 거대한 영토와 찬란했던 문화를 지닌 중국 사람들의 자존심과 우월감을 반영하는 사상이다. 더 쉽게 말하면, 중국 사람들이 자기 나라, 자기들의 문화야말로 이 세계와 인류문화의 중심을 이루고 있다는 생각에서 발전한 것이다. 사람에 따라 정도의 차이 및 성격의 차이는 있지만 중국 사람이라면 누구나 이 사상을 갖고 있기 때문에, 중화사상은 중국과 중국인을 이해하는 데에 있어 빼놓을 수가 없는 요건이라 할 수 있다.

　'중화' 라는 말은 중국(中國) · 중원(中原) · 중토(中土) · 제하(諸夏) · 화하(華夏) · 중하(中夏) 등의 말과도 같은 뜻으로, 모두 이 세계의 중심지역을 뜻한다. '중' 은 말할 것도 없이 중앙의 뜻이 있고, '하'에는 크다는 뜻이 있으며, '화'는 찬란한 고도의 문화를 가리킨다. 그 밖의 '원'과 '토'는 광대한 영토를 뜻하며, '제'는 천자 밑의 여러 제후(諸侯)들의 나라가 있음을 뜻한다. 많은 경우 천하(天下)라는 말과도 같은 뜻으로 썼다.

지금은 흔히 쓰고 있지만 '중화'라는 말이 처음 쓰인 것은 서기 429년에 완성된 『삼국지(三國志)』 제갈량전(諸葛亮傳)의 배송지(裵松之)의 주(注)인 것 같고, '중화사상'이란 말은 훨씬 더 후세에 만들어진 말이다. 그러나 중화사상의 형성은 그보다도 훨씬 옛날로 거슬러 올라가야만 한다. 왜냐하면 중국 사람들은 상당히 옛날부터 자기의 나라가 바로 천하(天下)라고 생각하였기 때문이다. 따라서 그 중국을 다스리는 임금은 천자(天子)라 불렀다. 천하 밖의 지역이란 무시해도 좋은 곳이고, 그런 변두리에 사는 사람들이란 올바로 사람노릇도 못하는 오랑캐들이라 생각하였다.

중국 사람들은 사방의 오랑캐들은 사람노릇을 하는 원리가 되는 윤리(倫理)도 전혀 모르는 새나 짐승과 같은 자들이라 여겼다. 북쪽의 오랑캐를 적(狄), 남쪽의 오랑캐는 만(蠻), 서쪽 오랑캐는 융(戎), 동쪽 오랑캐는 이(夷)라 불렀다. '적'은 본시 개의 일종을 이르는 말이어서 개 견(犬) 변이 붙어있고, 또 독음은 벽(辟, 또는 僻)과 같아 음벽(淫辟) 또는 편벽(偏僻)하다는 뜻도 지니고 있다. '만'은 본시 뱀의 일종을 뜻하는 글자였다.

중국의 옛사람들은 뱀을 벌레의 종류라 보았기 때문에 뱀 사(蛇)자에도 충(虫)자가 옆에 붙어있게 된 것이다. 그뿐 아니라 만횡(蠻橫)·야만(野蠻) 같은 말처럼 형편없는 짓을 하는 인간이라는 뜻도 지니고 있다. '융' 자는 창 과(戈)자와 갑옷 갑(甲)자가 합쳐져 이루어진 글자로 전쟁이나 싸움을 뜻한다. 서쪽의 유목민들은 옛날부터 기회만 있으면 중국으로 쳐들어와 살인과 약탈을 일삼았음으로 그렇게 부르게 되었을 것이다.

동쪽 오랑캐인 '이' 자 만은 큰 대(大) 자와 활 궁(弓) 자가 합쳐져 이루어진 것이라 다른 방향의 오랑캐들 호칭처럼 나쁘지는 않다. 『설문해자(說文解字)』의 단옥재(段玉裁)의 주에는 "동쪽 오랑캐(東夷)의 습속은 어진데, 어진 사람은 오래 살게 되어 거기에는 죽지 않고 사는 군자(君子)의 나라도 있다."고 하면서 자기네 "중하(中夏)와도 다른 점이 없다."고도 말하고 있다. 그러니 동쪽 오랑캐들에 대하여는 특별한 대우를 한 셈이다. 그러나 '이' 자도 뒤에는 '죽인다', '무너뜨린다', '뽑아버린다', '손상시킨다' 는 등의 나쁜 뜻으로 쓰이게 되었으니, 역시 오랑캐를 무시하려는 마음가짐에는 변함이 없었다.

그밖에 남쪽 오랑캐로 민(閩), 동북쪽 오랑캐로 맥(貉, 貊으로도 씀), 서북쪽 오랑캐로 강(羌) 등이 있으나, 이것도 모두 뱀의 일종(虫)이나 기어 다니는 벌레(豸) 또는 양의 일종(羊)을 뜻하는 말에서 나온 것이다. 곧 이러한 중화사상의 바탕에는 독선

(獨善)과 배타적(排他的)인 생각이 깔려있는 것이다. 그 경향은 현대까지도 이어져 중국 사람들의 외국 사람들에 대한 호칭만 보더라도 서양 사람들은 양꾸이쯔(洋鬼子), 일본 사람들은 뚱 양꾸이쯔(東洋鬼子)라 부르고, 러시아 사람들은 마오쯔(毛子)라 흔히 부르고 있다. '꾸이쯔'는 도깨비 또는 귀신의 뜻이지만, 중국어에 있어서의 꾸이(鬼)자는 보다 훨씬 나쁜 뜻으로 많이 쓰인다. '마오쯔'는 짐승처럼 몸에 털이 많이 났고, 하는 짓도 짐승 같다는 뜻에서 그렇게 불렀을 것이다.

본시 중원(中原) 또는 '중화' 지방이란 주(周)나라(B.C. 1027-B.C. 256)가 서면서 이루어진다. 주나라 이전의 상(商)나라(B.C. 16세기-B.C. 1027)는 지금의 허난성(河南省)과 샨둥성(山東省)의 서부지역 및 허베이성(河北省)의 일부를 중심으로 하는 황하 유역의 동부지역을 중심으로 하는 나라였다. 그리고 그때 각지에는 수많은 부족국가(部族國家)들이 있었는데, 상나라는 뒤에 은(殷)이라 나라 이름을 바꾸기도 하지만 그중에서도 문화가 가장 발전하고 세력도 가장 강한 황하 유역의 중심세력을 이루던 나라였던 것 같다. 그러나 황하의 상류이며 중국의 서북쪽, 지금의 션시(陝西) 지방에 문화 수준이 야만적인 주(周)나라가 세워져서 갑자기 세력을 키워간다. 결국 주나라 무왕(武王)이 무력으로 은나라 주왕(紂王)을 쳐서 황하를 중심으로 한 동서 지역을 통일한다. 특히 주나라에는 주공(周公)이라는

주공 단 초상

뛰어난 인물이 나와 은나라의 한자(漢字)를 비롯하여 발전한 문화와 정치, 사회, 제도 등을 받아들이어 새로운 주나라의 제도를 이룩한다. 여기에 비로소 '중원'이 이룩되고 새로운 한족(漢族)이 형성되어 중국의 전통문화가 발전하기 시작하는 것이다.

주나라는 서주(西周, 1027-771)와 동주(東周, 770-256)로 나누어지는데, 동주는 춘추(春秋)시대와 전국(戰國)시대라 부르는 혼란이 이어진다. 이 시기에는 중앙의 천자의 통치력이 약해지고 그 밑의 여러 제후(諸侯)들의 세력이 커지며, 제후의 나라들이 서로 자기의 이익을 위하여 멋대로 싸우는 혼란이 이어진다. 이 틈에 장강(長江) 유역 오랑캐 지방에 오(吳) · 월(越) · 초(楚) 등의 나라가 세워져서 날로 그 세력이 커진다. 그런 중에 서쪽의 진(秦)나라 시황제(始皇帝, B.C. 246-B.C. 210 재위)가 나와 천하를 통일하게 된다(B.C. 221). 이에 중국 땅은 황하 유역에 장강 유역까지 합쳐진 본격적인 중원 땅, 곧 '중화' 땅과 그곳의 주인인 더 커진 한족이 이룩되는 것이다. 여기에서 이루어진 중화 땅은 한(漢) 제국(B.C. 206-A.D. 220) · 당(唐) 제국(618-907)

등이 이어받아 나라의 위세를 온 세계에 떨침으로써 완전히 그 자리가 확정된다. 이때 '중화'를 바탕을 중화사상도 확호한 제자리를 잡게 되는 것이다.

그러나 북송(北宋, 960-1127) 대 말엽에 여진족(女眞族) 금(金)나라(1115-1234)에 밀리어 남쪽 변두리로 도망 와 겨우 명맥을 유지하며 남송(南宋)을 세운 뒤로는 중화사상에도 굴절이 생긴다. 먼저 몽고족의 원(元)나라(1206-1368) 오랑캐들이 중원 땅을 지배하게 되면서 '중화'의 성격이 변화하고 한족의 위상도 달라지면서 일어난 당연한 추세라 할 것이다. 그 뒤를 한족의 명(明)나라(1368-1661)가 계승한 뒤 다시 여진족의 청(淸)나라가 '중화'의 지배자가 되면서 중화사상의 변화는 확정된다.

중화사상이 처음 이루어졌다고 한 서주(西周) 때만 하더라도 중국은 바로 천하이고, 그 천하는 하늘의 명(命)을 받은 천자가 다스린다고 여겼다. 천자는 윤리적인 면에 있어서는 성인(聖人)이기 때문에 천하의 태평을 위해서도 모든 백성들은 말할 것도 없고 새와 짐승이나 다름없는 사방의 오랑캐들까지도 모두 천자에게 복종해야만 한다는 것이다. 『예기(禮記)』의 예운(禮運)편에서 논하고 있는 대동(大同)의 세계란 바로 그러한 천하 통치의 질서가 제대로 유지되는 사회를 말한다.

세상이 어지러워져서 여러 나라들이 서로 싸우는 춘추전국(春秋戰國)시대로 들어와서도 이 중화사상은 나라의 질서를 지탱하기 위한 구실로 활용된다. 보기를 들면, 춘추(春秋) 시대에 힘으로 세상을 지배하던 이른바 제(齊)나라 환공(桓公)같은 오패(五覇)들은 모두 '존왕양이(尊王攘夷)'의 명분을 내세웠는데, 천자를 정점으로 모시며 자신이 여러 제후들을 이끌고 사방 오랑캐들을 물리쳐 온 세상의 평화를 보전하겠다는 것이다. 중원의 정치가 어지러워진 틈을 타 주변 오랑캐들의 세력이 날로 강해지고 있던 형세였기 때문이다. 힘으로 세상을 다스리는 패도(覇道)로서 덕으로 세상을 다스리는 왕도(王道)를 지켜주겠다는 모순된 이론이지만 중화사상을 지닌 중국 백성들에게는 그래도 잘 먹혀 들어가는 이론이 될 수가 있었던 것이다.

진시황(秦始皇)은 천하를 통일하고 나서 다시 온 천하의 법률·화폐·도량형·문자·수레바퀴 폭·학술·사상 등도 통일하여 대중국의 확고한 터전을 이룩한다. 그리고는 진나라가 바로 천하임을 의심치 않게 되자, 임금의 칭호도 나라의 박사(博士)들이 "옛날에 천황(天皇)이 있었고, 지황(地皇)이 있었고, 태황(泰皇)이 있었는데, 태황이 가장 존귀했습니다. 임금님은 태황이라 부르기로 하십시다." 하고 건의한 말을 근거로 태황과 옛 제왕(帝王)의 칭호를 합쳐 '황제(皇帝)'라 부르기로 한다. '황제'는 하늘의 아들인 천자가 아니라 하늘보다도 오히려 존귀한 지위의 사람이 되는 것이다.

바로 뒤의 한(漢)나라는 진나라의 통일을 계승하면서 자기나라가 바로 천하이며, 천하는 하나일 수밖에 없다는 이론을 바탕으로 대제국을 발전시킨다. 특히 무제(武帝) 때의 동중서(董仲舒, B.C. 179-B.C. 104)는 하늘과 임금은 같다거나 온 천하는 임금을 중심으로 대일통(大一統)을 이루어야 한다는 이론을 내세워 무제의 전제(專制)와 원정(遠征)을 옹호하여 주었다. 이에 거대한 한제국(漢帝國)이 발전한다. 한나라 뒤로는 위(魏)·진(晉)·남북조(南北朝)의 혼란이 이어지다가 다시 수(隋)나라에 이어 당제국(唐帝國)이 이룩되어 그 위세를 온 세계에 떨치게 된다. 중화사상을 내세운 사람은 없었지만 실제로 중화사상은 중국정치의 기반이 되고, 중국민족의 막대한 국력에 대한 자부와 찬란한 문화에 대한 자존심의 바탕으로 발전하였던 것이다.

그러나 송(宋)대에 이르러 한족이 여진족 금(金)나라에 밀리어 남쪽 변두리로 도망 와 겨우 명맥을 유지하며 남송(南宋)을 세운 뒤로는 중화사상에도 굴절이 생긴다. 오랑캐들의 힘을 당해낼 수가 없게 되면서 생겨난 당연한 추세라 할 것이다.

천하에 있어서 사방의 오랑캐들이란 본시 삼강오륜(三綱五倫)도 모르는 짐승이나 새와 다름없는 자들이었다. 그러나 남송 때에 와서는 중원의 주인인 한민족이 오랑캐들의 세력에 밀리기 시작한다. 그리고 그들 사회윤리를 지탱해온 유학(儒

學)이 도학(道學) 또는 성리학(性理學)이라고도 부르는 이른바 신유학(新儒學)으로 발전한다. 신유학의 목표는 누구나 수양을 하여 성인(聖人)의 경지를 추구하는 것이다. 여기에서 중요한 것은 성인의 경지에 도달하느냐, 하지 못하느냐이지, 그가 한족인가 또는 오랑캐 종족인가는 문제가 되지 않는다. 오랑캐라 하더라도 제대로 공부를 하고 수양을 하면 군자가 되고 성인도 되지만, 한족이라 하더라도 공부를 하지 않으면 소인(小人)의 경지에 머물러 있을 수밖에 없다는 것이다.

정치적으로 오랑캐가 지금 천자 자리에 올라 있다는 것은 오랑캐가 이미 성인이 되었음을 인정하는 것이다. 따라서 그 지배자에 복종하고 따라야 한다는 이론이 자연스럽게 받아들여진다. 이에 중화사상은 크게 달라지지 않을 수가 없게 된 것이다. '중화'의 개념에 변화가 생긴 것이다. 이제는 중원으로 들어온 강한 오랑캐들도 '중화' 속에 포함되게 된 것이다.

원(元)나라가 천하를 다스리면서 『황천일통지(皇天一統志)』를 낸 것은 비록 그것이 지리서(地理書)라고는 하지만 몽고족인 천자가 천하의 지배자임을 천명하려는 뜻도 있었다. 그 뒤로 명(明)나라와 청(淸)나라도 이어서 『일통지(一統志)』를 각각 냈는데, 모두 같은 뜻이 담기어 있다고 보아야 할 것이다. 어떻든 몽고족과 만주족이 세운 원과 청에 『일통지』가 있다는 것은 옛날의 중화사상으로서는 이해할 수가 없는 것이다.

더구나 이들 이민족이 지배하는 중국은 그 나라의 위세를 이전의 한·당 같은 대제국보다도 더 크게 전 세계에 떨친다. 원나라는 온 유럽까지도 유린하였고, 청나라도 그 위세를 밖으로 크게 떨쳐 결국은 멍구(蒙古)·신장(新疆)·시상(西藏)·칭하이(青海)·간수(甘肅)·닝샤(寧夏)·만주(滿洲) 등의 지역까지도 다 포함하는 광대한 중국의 영토를 가리키는 말로 발전하였다. 중원을 지배한 몽고족과 만주족은 지배가 끝난 뒤에는 결국 한족으로 합쳐지고 그들의 옛 땅도 자연히 모두 중국이 되었다. 이에 '중화'는 그 민족에 있어서나 그 나라의 강역에 있어서 무척이나 크게 확장된 것이다. 따라서 중화사상 자체도 시대의 흐름에 따라 성격상에 많은 변화를 가져올 수밖에 없다.

근세에 이르러는 제국주의 열강의 침략을 받고 나서는 중화사상에 또 다른 굴절이 일어날 수밖에 없었을 것이다. 대국으로서의 자존심도 무참히 짓밟히고 뛰어난 문화민족으로서의 우월감도 유지할 수가 없게 되었기 때문이다. 결국 외국 민족의 압제 아래 중화사상을 바탕으로 도도했던 자존심이나 독선적인 사고에는 많은 경우 비열함과 간교함까지도 끼어들기 시작했다는 것이다.

그러나 문제는 현대이다. 현대에 있어서도 중화사상은 존속되고 있는가? 중화사상이 존속되고 있다면 그것은 무엇을 뜻하는 것인가? 중화인민공화국이 성립된 뒤 중국 사람들의 중화사상은 굴절을 멈추고 다시 새 시대에 맞는 제자리를 찾아가고 있는 것 같다. 우선 중화민족의 정의를 한족을 중심으로 하여 56개 소수민족이 어울리어 이루어진 민족이라 하고 있다. 몽고족이나 만주족은 말할 것도 없고 조선족도 중화민족에 포함되게 된 것이다. 흔히 독립을 얘기하게 되는 티베트족이나 위구르족도 중화민족이다. 이것은 중화사상의 일대 변화를 뜻하는 것이다. 이러한 새로운 거대한 '중화'가 확고한 자리를 잡고 안정된 것은 아니다. 지금은 새로운 '중화'가 이루어져 가고 있는 과정이다. 우리는 현대 중국의 중화사상에 대하여 속단을 하지 말고 한동안 조용히 추이를 지켜보아야만 할 것이다. 그래야만 올바로 그 중화사상이 무엇을 뜻하는 것이고, 어떤 성격의 것인가 제대로 알 수 있게 될 것이다.

12
하늘도 두려워하지 마라
(天不要怕)

"하늘(天)을 두려워하지 말라"는 말은 1919년 마오쩌둥(毛澤東, 1893-1976)이 고향인 후난(湖南) 창샤(長沙)에서 낸 『상강평론(湘江評論)』 창간호의 첫머리 글에 보이는 말이다. 하늘은 중국 사람들에게 단순한 물리적인 하늘이 아니라 만물을 창조하고 지배하는 조물주이며 모든 존재를 지배하는 절대자이기도 하다. 그리고 그 밑에 신(神)이라는 초월적인 존재도 있다. 그런데 중국 사람들은 그러한 하늘이나 신을 가볍게 생각하는 경향이 옛날부터 있어왔다. "하늘을 두려워하지 않는다"는 것은 "하나님도 두려워하지 않는다"는 말이며, 하늘도 두려워하지 않는다면 이 세상에 두려워할 것이란 하나도 없게 된다. 이는 무엇을 뜻하게 되는 것인가 우리로서는 따져볼 필요가 있는 중요한 말이다.

　그러나 중국에는 서기 기원전 15세기 이전의 상(商)나라(B.C. 16세기-B.C. 1027)와 그 뒤를 이은 주(周)나라(B.C. 1027-B.C. 221) 때부터 하늘에 대한 신앙이 있어왔다. 그것은 중국 최초의 책인 『삼경(三經)』만 보더라도 바로 알 수 있는 일이다. 거기에는 이시대 사람들의 '하늘의 도(天道)'와 '하늘의 명(天命)'에 관한 사상을 논한 곳이 무수히 보인다. 우선 덕이 많은 사람에게 하늘로부터 내려지는 '하늘의 명'을 받아 천하(天下)를 다스리는 사람이 이 세상의 임금인 천자(天子)이다. 『역경(易經)』을 보면, 첫머리 건괘(乾卦)의 괘사(卦辭)만 보더라도 초구(初九)에 "나는 용이 하늘에 있으니, 큰 인물이 나타나 이로울 것이다.(飛龍在天, 利見大人.)"고 하였는데, 단전(彖傳)에서는 "그때에는 여섯 마리 용을 타고 하늘을 달린다.(時乘六龍, 而御天.)"라고 하였다. 문언(文言)에서는 '큰 인물(大人)'을 풀이하여 "하늘과 땅과 그의 덕이 합치된다.(與天地合其德.)"고 하였다. 그러니 '큰 인물'이란 천자나 같은 사람이다. 『서경(書經)』을 보면, 순(舜) 임금 때(B.C. 2255?-B.C. 2208?)의 기록이라는 우서(虞書) 고요모(皐陶謨)를 보아도 "하늘의 질서에 법이 있어, 우리에게 다섯 가지 법도를 지키게 하셨고,(天敍有典, 勅我五典,)--- 하늘은 덕이 있는 분에게 명을 내리신다.(天命有德.)"는 등의 기록이 보이고, 상서(商書) 중훼지고(仲虺之誥)에도 "하나라 임금이 죄가 있게 되자,---하나님은 이를 옳지 않게 여기시고 상나라 가 명을 받도록 하셨다.(夏王有罪,---帝用不臧, 式商受命.)"등 수많은 하늘에 관한 기록이 보이며, 주서(周書) 홍범(洪範)에는 "하늘이 우에게 '홍범구주'를 내려주었다.(天乃錫禹洪範九疇.)" 는 기록 등이 있다. 『시경(詩經)』에서도 주송(周頌) 호천유성명 (昊天有成命) 시에서 "넓은 하늘의 밝은 명을, 문왕과 무왕께서 받으셨네.(昊天有成命, 二后受之.)"등 여러 곳에서 '하늘의 명' 과 '하늘의 도'에 대하여 읊고 있다. '하늘(天)'이란 글자가 나 오는 횟수를 보면 대략 『역경』은 89회, 『서경』은 106회, 『시 경』은 70회에 달한다.

주(周)나라에 와서도 '하늘'은 절대적이고 지극히 높은 존재 이기는 하지만 이미 사람과 상당히 가까워지기 시작한다. 『시 경』 대아(大雅) 문왕(文王) 시에서 "문왕께서는 높은 곳에 계시 어, 아아! 하늘에 뚜렷하시네.(文王在上, 於昭于天.)"하고 읊고 있다. 문왕은 덕이 많은 임금이기는 하지만 죽은 뒤 하늘에 올 라가 계시다는 것이다. 하늘의 개념에 변화를 느끼게 한다.

주나라에 와서 이후 중국의 정치사상과 사회 윤리를 지배한 공자(孔子)가 나온다. 공자의 사상은 윤리문제가 그 중심을 이 룬다. 그런데 그의 윤리를 이루는 도덕이나 예악(禮樂)은 바로 '하늘의 도'에 통하는 것이다. 『예기(禮記)』 악기(樂記)를 보면, "위대한 음악은 하늘과 땅과 같은 조화를 이루고, 위대한 예의는 하늘과 땅과 같은 절조를 이룬다.(大樂與天地同和, 大禮與天地同節.)"고 말하고 있다. 그런데 윤리는 사람의 이성을 바탕으로 한 종교와는 성격이 정반대가 되는 것이다. 그래서 량수밍(梁漱溟)은 "공자는 종교를 배척하거나 비판하지는 않았지만 실상 종교에게는 가장 유력한 적이 되고 있다."고 말하였다.[1]

다시 공자의 제자인 순자(荀子, B.C. 323?-B.C. 238?)에 이르러서는 '하늘'을 완전히 물리적인 면에서 파악한다. 따라서 하늘은 사람의 행동이나 생활과는 직접 관계가 없는 것이 된다. 그는 「천론(天論)」편에서 이렇게 말하고 있다.

"하늘의 운행에는 일정한 법도가 있다. 요임금 때문에 존재하는 것도 아니고 걸왕 때문에 없어지는 것도 아니다. --- 사람이 근본적인 농사에 힘쓰고 쓰는 것을 절약하면 하늘도 가난하게 할 수 없고, 잘 보양하고 제때에 움직이면 하늘도 병이 들게 할 수 없고, 올바른 도를 닦아 도리에 어긋나지 않으면 하늘도 재난을 당하게 할 수가 없다. --- 농사 같은 근본적인 일은 팽개치고 사치스러운 낭비를 하면 하늘도 그를 부유하게 할 수가 없고, 잘 보양하지 않고 잘 움직이지 않으면 하늘도 그를 온전하게 할 수가 없으며, 올바른 도를 어기고 함부로 행동하면 하늘도 그를 행복하게 할 수가 없다."

1 梁漱溟『中國文化要義』第6章 以道德代宗敎.

彊本而節用, 則天不能貧; 養備而動時, 則天不能病;
강 본 이 절 용　　즉 천 불 능 빈　　양 비 이 동 시　　즉 천 불 능 병

修道而不貳, 則天不能禍.---本荒而用侈, 則天不能使
수 도 이 불 이　　즉 천 불 능 화　　본 황 이 용 치　　즉 천 불 능 사

之富; 養略而動罕, 則天不能使之全; 倍道而妄行, 則天
지 부　　양 략 이 동 한　　즉 천 불 능 사 지 전　　배 도 이 망 행　　즉 천

不能使之吉.
불 능 사 지 길

순자에게서 하늘은 신앙의 대상이 아니라 하나의 물건이 되고 만다. 이 때문에 중국 사람들은 이후로 하늘이나 신을 대단치 않은 것으로 보는 경향이 생긴 것이다.

지금 중국 사람들은 일상생활 속에서도 "조금도 겁이 안 난다."는 뜻의 말을 할 때 "하늘도 겁 안나고 땅도 겁 안나! 아무것도 겁나지 않아!(天不怕, 地不怕! 甚麼都不怕!)"라 말하고, 또 "하늘은 높고 황제는 멀리 있다.(天高皇帝遠.)"고 하면서 자기들과는 먼 곳에 있는 것이 하늘이라 여겼다. 그것은 이미 오래전부터 중국 사람들의 생각이 그렇게 변했기 때문이다. 주나라 때의 기록인 『일주서(逸周書)』에도 "무기가 강하면 사람을 이기고, 사람이 강하면 하늘을 이긴다.(兵强勝人, 人强勝天.)"는 말이 보인다.

주나라 이후로 하늘과 신에 대한 사람들의 경외심이 더욱 줄어든다. 진시황(秦始皇, B.C. 246-B.C. 210 재위)은 천하를 통일하고는 임금인 자기 자신을 황제(皇帝)라 부르도록 하는데, 이

는 삼황(三皇)과 오제(五帝)의 칭호를 합친 가장 존귀한 것을 이르는 말이다. '삼황'은 복희(伏羲)·신농(神農)·황제(黃帝)를 가리키기도 하지만 천황(天皇)·지황(地皇)·인황(人皇)을 가리키기도 하고, '제'는 천제(天帝) 곧 하나님을 뜻한다고 볼 수도 있다. 그는 자기 스스로를 하나님과 같은 자리에 놓은 것이다. 그런 사람에게 귀신 같은 것은 문제도 되지 않는다. 진시황이 남쪽지방을 시찰하러 다니다가 호남(湖南)의 상강(湘江)에 다다랐을 적에 마침 장마가 져서 강을 건널 수가 없었다. 황제는 밑의 사람들에게 "여기에도 수신(水神)이 있느냐?"고 물었다. 신하가 "옛날 순(舜) 임금의 부인인 아황(娥皇)과 여영(女英)이 이곳의 수신인데, 저쪽 산 위에 사당이 있습니다."고 대답하자, 황제는 크게 노하여 "어찌 그들이 내 갈 길을 막느냐? 사람을 동원하여 사당이 있는 저 산의 나무 한 그루, 풀 한 포기 남기지 말고 싹 깎아버려라!"는 명령을 내리었다. 이에 수신의 사당이 있는 산이 민둥산이 되었다 한다. 신도 그의 권력 앞에 우습게 보이는 것이다.

사마천(司馬遷, B.C. 145-B.C. 86?)의 『사기(史記)』 본기(本紀)를 보면, 한(漢) 나라 고조(高祖) 유방(劉邦, B.C. 209-B.C. 195 재위)도 처음 뜻을 이루고자 길을 나서는데 중도에 앞서 가던 사람이 되돌아와 "앞에 큰 뱀이 길을 가로막고 있으니 되돌아가자."고 하였다. 그러나 유방은 칼을 빼어들고 달려가 길을 가로막고 있는 큰 뱀을 쳐서 두 동강이를 내고 그대로 길을 갔다. 뒤에 따라오던 사람이 뱀이 있던 자리에 오니 한 할머니가 길가에 앉아 울고 있어 우는 까닭을 물었다. 할머니는 "내 아들은 백제(白帝)의 아들로 뱀이 되어 이 길 위에 누워 쉬고 있었는데 적제(赤帝)의 아들이 지나가다가 우리 아들을 칼로 쳐서 죽이고 갔다."고 대답하더라는 것이다. '백제'와 '적제'는 각각 오방(五方)의 천제(天帝)이니, 이쯤 되면 사람과 천제의 차이가 별로 없는 것이다.

후세에는 민간의 전설이나 소설 중에 사람이 신과 다투어 이기는 얘기가 더 흔해진다. 당(唐)나라 배형(裴鉶, 878 전후)의 『전기(傳奇)』 중의 「진란봉(陳鸞鳳)」에는 이런 얘기가 실려 있다.

"마침 큰 가뭄이 들어 백성들은 뇌공묘(雷公廟)에 찾아가 비를 내려주기를 비는 제사를 지냈으되 아무런 효험이 없었다. 진란봉(陳鸞鳳)은 화가 나서 뇌공묘를 불태우고, 그 지방에서 제사를 지낼 적의 금기로 여기는 조기와 돼지고기를 한꺼번에 먹어 뇌공(雷公)을 성나게 한 다음 뇌공과 싸워 이겨 큰비를 내리게 하였다. 그 뒤로 20년 동안 가뭄이 들기만 하면 늘 진란봉이 뇌공을 찾아가 싸워 이겨 비를 내리게 하였다."

이쯤 되면 사람이 신과 싸워서 이기고 있으니 신이 별것이 아닌 게 되고 있다. 따라서 중국의 민간신앙 가운데에는 사람이 죽어서 신이 되어 받들어지는 경우가 매우 많다. 『삼국지』에 나오는 관우(關羽)는 거의 중국 모든 지방에서 나라를 지켜주는 군신(軍神) 또는 자기들의 생활을 보살펴주는 보호신으로 받들어 모셔지고 있다. 진시황이 만리장성을 쌓을 때 끌려 나가 일하다 죽은 전설적인 범기량(范杞良)과 그의 처 맹강녀(孟姜女)도 여러 지방에서 신으로 변하여 받들어 모셔진다. 후난(湖南) 다오조우(道州)에서는 한(漢) 무제(武帝) 때에 그곳 자사(刺史)였던 양성(楊成)이 그 지방에 많았던 난쟁이들을 보호해주어 복신(福神)으로 모셔지고 있다. 쓰촨(四川)에서는 전국시대 촉(蜀)의 군수(郡守)를 지낸 이빙(李氷)이 그곳 보호신인 이랑신(二郞神)으로 모셔지고 있다. 이빙은 청두(成都) 근처의 강을 막아 도강언(都江堰)을 만들어 쓰촨의 넓은 평야에 물을 대어 농사를 잘 지어 잘 살도록 해주었기 때문이다. 그 이외에도 중국 각지에는 자기 지역에 큰 은혜를 끼친 사람을 그가 죽은 뒤 신으로 모시는 경우가 헤아릴 수 없을 정도로 많다.

특히 문신(門神)으로는 신도(神荼)와 울뢰(鬱壘) 및 종규(鍾馗) 이외에도 당(唐) 태종(太宗) 때의 장군 진숙보(秦叔寶)와 울지경덕(尉遲敬德) 등이 모두 전신은 성실한 사람이거나 충성된 장군들인데 신으로 모셔지고 있다. 때에 따라 『삼국지』와 『수호

전」등 소설에 등장하는 영웅들도 모두 문신이나 보호신으로 모셔지고 있다.

현대에 와서도 북경대학 총장과 교육부 장관을 지낸 장멍린 (蔣夢麟, 1866-1964)의 자서전인 『서조(西潮)』 제2장 향촌생활(鄉村生活)을 보면 중국 일반 백성들의 사생관에 대하여 다음과 같은 애기를 하고 있다.

"시골 사람들은 이 세상은 상당히 좋아서 다시 더 발전할 것을 추구할 필요가 없다고 생각하고 있다. 사람의 목숨은 비록 매우 짧을지도 모르지만 다른 사람의 뱃속으로 들어가 다른 세상에 태어나서 더욱 많은 행복을 누릴 수도 있다는 것이다. 사람이 죽으면 영혼은 육체에서 떨어져 나와 처음 태어나는 아이에게로 다시 들어가 태어나게 된다는 것이다."

鄉下人覺得這個世界已經很不錯, 不必再求進步. 生命
향 하 인 각 득 저 개 세 계 이 경 흔 불 착　　불 필 재 구 진 보　 생 명

許很短暫, 但可能投胎轉世, 可能更多幸福. 人死, 靈魂
허 흔 단 잠　 단 가 능 투 태 전 세　 가 능 갱 다 행 복　 인 사　 영 혼

離開身體, 轉投初生嬰兒上.
리 개 신 체　 전 투 초 생 영 아 상

"내가 직접 보았는데, 사형장으로 끌려가는 사형수가 그를 둘러쌓고 구경하고 있는 관중들에게 큰 소리로 소리쳤다.

'십팔 년 뒤에는 또 다른 멋진 젊은이가 나타날겁니다!' 이건 대단한 달관(達觀)이다."

我親眼看, 赴刑場的死刑囚, 對圍觀觀衆高喊. '十八
아 친 안 간   부 형 장 적 사 형 수   대 위 관 관 중 고 함   십 팔

年後, 又是一條好漢!' 這是何等的達觀!
년 후   우 시 일 조 호 한   저 시 하 등 적 달 관

앞머리에 이미 애기한 것처럼 현대에 와서는 마오쩌둥(毛澤東)이 1919년 베이징에서 활동하다가 고향인 후난(湖南) 창샤(長沙)로 돌아와 잡지 『상강평론(湘江評論)』을 냈는데, 그 창간호 첫머리 글에 이런 대목이 들어 있다.

"하늘도 두려워하지 마라, 귀신도 두려워하지 마라, 죽은 사람도 두려워하지 마라, 관료들도 두려워하지 마라, 군벌도 두려워하지 마라, 자본가도 두려워하지 마라!"

天不要怕, 鬼不要怕, 死人不要怕, 官僚不要怕, 軍閥
천 불 요 파   귀 불 요 파   사 인 불 요 파   관 료 불 요 파   군 벌

不要怕, 資本家不要怕.
불 요 파   자 본 가 불 요 파

하늘도 두려워하지 않는다면 이 세상에는 더 이상 두려워할 것이 없게 될 것이다. 1970년 중국통으로 유명했던 미국의 신문기자 Edgar Snow가 중국을 다시 방문하여 마오쩌둥 주석을

면담한 뒤 귀국 인사를 마오 주석에게 하면서 "지금의 심경을 한마디로 간단히 말해 달라."고 요구하자, 마오 주석은 "스님이 우산을 들고 있다(和尙提傘)."고 대답했다 한다. "스님이 우산을 들고 있다"는 것은 Xiehouyu(歇後語)라고 하는 중국 속담의 일종이다. 스님(和尙)은 '머리털이 없다'는 뜻의 중국 말 발음은 Wufa(無髮)라서 Wufa(無法)와 음과 뜻이 통하고, '우산을 들면(提傘)' '하늘이 보이지 않음'으로 '하늘이 없는(無天)' 셈이다. 그래서 "스님이 우산을 들고 있다(和尙提傘)."는 속담은 "법도 없고 하늘도 없는 것(無法無天)"을 뜻하게 된다. 하나님의 권능이고 사람이 만든 법이나 권력 같은 것 모두 자기에게는 없는 것이나 같은 거라는 것이다. 곧 이 세상에는 더 이상 아무것도 두려울 것이 없다는 것이다. Edgar Snow는 1930년대 초 샨시(陝西) 바오안(保安)으로 가서 마오쩌둥을 면담한 뒤 그가 쓴 책 Red Star over China에서 마오쩌둥은 종교적인 성향은 없는 사람이라 평하고 있다.

베이징에는 1980년대까지 Laosanjie(老三屆)라는 홍위병(紅衛兵) 출신 전용의 친목식당이 있었다. 나는 다행히 몇 번 그곳의 단골들과 어울리어 그 독특한 식당에 가본 일이 있다. 그 식당 방안 벽에는 홍위병 출신들이 와서 자유롭게 써 붙인 낙서가 여러 장 붙어 있었다. 그들의 낙서가 인상 깊어서 아직도 내 머릿속에는 다음과 같은 그들의 낙서가 몇 가지 남아있다.

"나야말로 바로 나의 신(神)이다."

"나는 효손(孝孫) 효자(孝子)는 되고 싶지 않다. 나는 반역아(反逆兒)이다."

"당(黨)의 필요야말로 바로 나의 지원(志願)이다."

"우리는 인간의 모든 극단적인 어려움을 경험하고 극복하여 중국을 건설하였다. 이젠 못할 일, 두려워 할 일이란 전혀 없다!"

마난춘(馬南邨)의 『연산야화(燕山夜話)』 제3집에는 1962년 전후 중국 인민 군중에 유행했던 다음과 같은 신 가요의 가사가 실려 있다.

하늘 위에는 옥황이란 없고,

땅 위에는 용왕이란 없네.

내가 바로 옥황이고

내가 바로 용왕일세!

삼산 오악에 호통쳐서 길을 내게 하여라!

내가 간다!

天上沒有玉皇, 地上沒有龍王.
천 상 몰 유 옥 황   지 상 몰 유 용 왕

我就是玉皇, 我就是龍王!
아 취 시 옥 황   아 취 시 용 왕

喝令三山五嶽開道, 我來了!
갈 령 삼 산 오 악 개 도   아 래 료

중국 사람들에게는 신이 무척 많다. 그러나 그 신들 중에는
사람이 죽어서 된 것도 많아서 신은 사람과 무척 가까운 거리
에 있다. 그 때문일까? 가장 높은 하늘이나 절대적인 권능을
지닌 하나님도 그다지 두려운 존재가 아니다. 많은 철학자들
이 중국에는 종교가 없다고 주장한다. 보기를 들면, 영국의 철
학자 Bertrand Russell(Problems of China), 미국의 H.G. Creel
(Confucious; The Men and the Myth, 1951) 같은 이들이다. 그러나
"하늘도 두려워하지 않는" 중국 사람들의 문제는 종교가 없다
는 것만으로는 충분한 설명이 되지 않을 것 같다. 그러면 이것
은 무얼 뜻하는 것일까?

Ⅲ.
강과 바다

1
강과 바다

    나는 바다가 없는 도(道) 출신이다. 나의 고향은 충청북도 충주의 남한강이 굽이치며 흐르는 강 언덕 위의 마을이다. 때문에 나는 어릴 적부터 강가에서 자랐다고 말해도 좋을 만큼 강물과 친숙하였다. 뜀박질을 배울 무렵에는 이미 개구리헤엄을 칠 줄 알았고, 조금 자라서는 벌거숭이 알몸을 맑은 강물에 던지면 어머니 품속 같은 안온함과 무한한 자유를 얻은 것 같은 기쁨을 느꼈다. 그 때문에 언제나 봄이 되기 바쁘게 쌀쌀한 기운을 무릅쓰고 친구들을 꾀어내어 함께 강가로 달려 나가 가장 성미 급한 하동(河童)이 되었고, 여름이 지나 가을이 깊어 강가에 인적이 드물어질 때까지도 하동노릇을 계속했다. 겨울이 되어도 강가로 달려나가는 빈도는 상당히 잦았다. 강물이 얼어붙으면 썰매를 타기도 하였고, 할 일도 없이 맑은 얼음 아래 움직이고 있는 물고기들을 뒤쫓기도 하였다. 이처럼 강물을 좋아하는 버릇은 철이 든 뒤까지도 그대로 계속되어, 뒤에 고향을 떠나 학교를 다니게 된 뒤에도 마을을 찾아가면 여름, 겨울을 막론하고 집에 들르기가 무섭게 가장 먼저 찾아가는 곳이 거의 언제나 강가였다. 그러니 나는 강가에서 태어나 강가에서 자랐다고 말할 수 있을 정도이다.

그럼에도 불구하고 마음 한 구석에는 말로만 듣고 그림으로만 보아온 바다에 대한 그리움이 깊숙이 자리 잡고 있었다. 한없이 넓고 한없이 깊은 바다를 생각할 때 우리 고향의 강물은 너무나 하잘 것 없는 물줄기에 불과했다. 강물이 착함이라면 바다는 진리, 강물이 나와 같은 한 개체라면 바다는 온 세계와 같은 비중의 것으로 여겨졌다. 심지어 물고기까지도 강물고기와 바다고기는 차원이 다를 것으로 여겨졌다. 그래서 사람이 강물 아닌 푸른 바닷속에서 헤엄만 친다 하더라도 그의 사람됨이 좀 더 커지고 위대해질 수 있을 것만 같았다. 그래서 내 스스로 내 이름을 다시 지을 기회가 생기거나 별호를 갖게 된다면 꼭 바다 해(海)자를 넣어야만 한다고 일찍부터 마음먹어 왔다. 심지어 나는 우리 고향사람들의 보수적이고 착하기만한 성격도 바다가 없는 탓으로 돌리고 있었다. 자기 고향마을을 떠나서는 살 수 없는 것으로 생각하는 옹졸함과 선악의 구별

없이 누구에게나 착하고 유순하기만한 성격을 벗어나자면 바다를 배워야만 할 것으로 생각하였다. 바다는 나의 동경의 대상인 동시에 나의 포부의 상징이기도 하였다.

그러나 바다를 실제로 보게 된 것은 열일곱 살 무렵이었고, 바다에서 처음으로 헤엄을 쳐본 것은 그보다도 일이 년 더 뒤의 일이다. 처음 마음속에 그려오던 바닷물에 뛰어들었을 적에, 새로운 경지를 발견한 희열 같은 것을 느끼면서 함께 갔던 친구들이 걱정할 정도로 단숨에 사람들이 없는 깊은 곳으로 헤엄쳐 나갔던 일을 지금도 기억하고 있다. 하늘도 강 위의 것보다 더 높고 맑았고, 물도 강물보다 훨씬 넓고 짙푸르렀다. 사람들이 이 세상에서 얽매어 살고 있는 모든 속박으로부터 벗어나는 것 같은 해방감으로 가슴이 뿌듯하였다. 바닷물은 물론 하늘이며 햇빛 모두가 하나님의 축복으로 가슴에 와 닿았다. 그리고 나의 팔다리에는 어느새 그에 어울리는 무한한 자신과 힘이 넘치고 있었다.

그러다가 몸을 물속에 잠그면서 문득 깊은 바닷속을 들여다보는 순간 알 수 없는 두려움 같은 것이 온몸에 번졌다. 바닷물 속은 들여다볼수록 전혀 알 수 없는 세계, 심지어는 어둠이나 죽음에 가까운 저세상 같은 세계처럼 느껴졌다. 바다는 떨어져서 보면 동경과 이상을 상징하는 아름답고 무한한 세계인데, 막상 가까이 접하고 속을 들여다보니 어둡고 두려운 알 수

없는 세계였다. 그 뒤로 많은 날들을 바닷가에서 보냈지만 바다는 아무래도 내게는 친근한 존재가 못되었다. 두고 볼수록 바다는 그 속뿐만이 아니라 저녁의 세찬 파도며 바람 부는 날의 거친 모습은 모두가 나를 완전히 위압하는 것이었다. 아무리 애써 보아도 바다는 더 이상 내가 가까이 할 수가 없는 상대였다.

그럴수록 강물은 더욱 정답게 마음속으로 다가왔다. 대학에 들어가 중국문학을 공부하게 된 것도 바다를 버리고 강물을 애호하는 경향을 더욱 굳혀줬는지도 모른다. 중국의 문인들은 산이 있는 강물이나 시냇물을 시로 노래하였고, 화가들은 산과 조화를 이루는 강물을 화폭에 담기를 좋아하였다. 당시 중에도 바다를 노래한 작품은 극히 드물다. 따라서 중국문인들이 〈물(水)〉이라 하면 그것은 대개 강물이나 호수를 뜻하는 말이었다. 바다는 장자(莊子)의 황당한 우언(寓言)이나 『산해경(山海經)』 같이 저 세상일을 기록한 것 같은 책에나 보인다. 중국 사람들에게도 바다는 내가 느끼는 것처럼 불가사의한 두려움의 대상이었던 것 같다.

　나는 강과 인연이 깊은 탓인지 지금도 앉아서 강물이 내다보이는 아파트에 살고 있다. 그러나 강물에 대한 정은 크게 변하여져 있다. 몇 년 전, 새로 큰 공장이 들어선 우리 고향마을을 찾아가 강가를 나가보았을 때 받은 충격이 감정변화의 단초이다. 강 언덕 바로 아래의 넓은 잔디밭과 초원은 무참히 뒤죽박죽 파헤쳐져 있었고, 풀밭 저편의 자갈밭은 자갈을 채취하고 난 구덩이와 흙더미로 폐허처럼 황량하였다. 그리고 물가의 모래밭은 검은 찌꺼기가 뒤섞이어 추하기 짝이 없었고, 옛날에는 직접 마시기까지도 했던 맑은 강물도 더러워져 있었다. 내가 어릴 적에는 맨손으로도 몇 마리의 잔물고기를 움켜잡을 수 있을 정도로 강에는 물고기가 많았는데, 이제는 씨가 말라 버린 듯 피라미새끼 한 마리도 눈에 띄지 않는다. 형언하기 어려운 슬픔과 주체하기 어려운 한 같은 것을 가슴에 안고 강가에서 발길을 돌려야 했다.

　이로부터 고향의 강물뿐만이 아니라 모든 강물이 별로 깨끗하지 않은 것으로 여겨지기 시작한 것이다. 심지어 단양이나 춘천 같은 산골짜기 도시의 강물을 찾아가 보아도 이제는 강물이 탁하게 느껴진다. 강물은 의연한데 강물에 대한 나의 정만이 가벼이 변한 것일까? 실은 분별 모르는 인간들이 이 강물을 더럽히고 있기 때문인 것 같아서 몸에 소름이 끼친다.

지금도 나는 책상 앞에 앉아 머리를 돌리기만 하면 저 멀리 한 토막의 강물이 눈에 들어온다. 그러나 강가로 나가보면 강가에는 강변도로가 나 있는데, 거기에는 건널목이 한군데도 없어서 강물은 나뿐만이 아니라 모든 사람들과 격리되어 있다. 강물이 좋다고 해도 서울의 강물은 좀 떨어져 서서 바라보기나 해야지 가까이 하기는 어려운 존재로 내 앞에 놓여있는 것이다. 강변도로는 마치 사람들이 이룩해놓은 나와 강물사이의 감정의 격리를 상징이라도 하고 있는 것 같다. 차라리 가까이 가지는 못하고 멀리서 바라보기만 하는 것이 더 잘된 것인지도 모른다.

그러니 이제는 너무나 거세고, 너무나 위대하여 다정하지 않게 느껴진다 하더라도 바다를 찾아가는 수밖에 없게 되었다. 다행히도 바다는 사람들이 못되게 굴어도 여전히 한없이 넓고 한없이 푸르기 때문이다. 공자도 강물이 지금과 같은 세상에 태어났더라면 "흘러가는 것은 이와 같으니, 밤낮을 가리지 않는다.(逝者如斯夫, 不舍晝夜.)"는 "자재천상(子在川上)" 대목의 교훈을 남기지 않았을 것이다.

내 마음속으로부터 강물만이 아니라 그 강물이 흐르는 고향까지도 날로 멀어져 가고 있는 것만 같아 안타깝다.

1977. 5.

2
고향의 강가에서

　남한강 상류, 지금은 거대한 댐 공사가 한창인 깊은 산골짜기 사이를 빠져 나온 강물이 충주시를 멀리 끼고 굽이져 흐르는 언덕 위에 자리 잡은 마을이 내가 태어나서 자란 고향이다. 강물이 우리 마을 건너편으로 굽이져 흐르기 때문에, 우리 마을 뒤편의 강가는 어느 곳보다도 넓다. 바로 이 넓고 아름다운 강가는 내가 어릴 적에 마음껏 뛰어놀던 낙원이었다. 지금도 눈을 감으면 그 강가의 곳곳 풍경이 그림보다도 아름답게 머릿속에 펼쳐진다. 여름이면 그곳에 나가 거의 벌거숭이로 살다시피 했으니 말할 것도 없거니와, 봄이면 노고지리 알을 찾으려고 풀밭, 돌밭 사이를 뒤지며 헤맸고, 가을이면 들국화로 뒤덮인 강가 잔디밭 위를 멋대로 뛰어다녔고, 겨울이면 내 손으로 판때기에 철사를 대어 만든 썰매를 메고 강으로 썰매를 타러 다녔다.

이런 고향을 떠나 온 지 이제는 삼십 년이 되었지만, 지금도 가끔 고향마을을 찾아가면 아침저녁으로 시간여유가 있을 적마다 강가를 찾고 있다. 그런데 이 고향마을의 강이 지난 삼십년 사이에 알아보기도 어려울 정도로 심하게 변하고 있다. 어른 키보다도 길게 뻗어 하늘만이 보이던 호밀밭과 담배밭으로 덮여 있던 언덕 위의 작은 벌판에는 비료공장이 들어섰고, 그옆에 긴 다리가 놓이면서 강 언덕 가를 따라 포장된 국도가 뻗었다. 그 통에 마을을 뒤덮다시피 많던 살구나무, 밤나무 따위는 자취도 없이 사라지고, 강 언덕 비탈을 따라 늘어섰던 참나무·밤나무·낙엽송 숲도 깨끗이 없어졌다. 그리고 마을에는 낯선 사람들과 새로 지은 볼품없는 집들이 옛 주인들을 밀어내고 있다.

나라의 산업발전에 따른 현상이니 어찌하는 수가 없다. 강물에 흔하던 크고 작은 여러 가지 조개와 민물 게와 자라 따위가 완전히 자취조차도 찾을 수 없을 정도로 사라지고, 어릴 적에 맨손으로도 잡을 수 있을 정도로 많던 여러 가지 물고기들이 이제는 피라미 새끼 조차도 보기 힘들 정도로 줄어들었다. 이것도 이제는 전국적인 현상이니 속이 언짢아도 참는 수밖에 없다. 옛날엔 산채로 회를 쳐 고추장에 찍어먹던 물고기에는 디스토마균이 옮겨 붙었고, 물가 동리 사람들이 식수로 쓰기까지 했던 강물은 눈에 띄게 더러워졌지만, 이것도 인구 증가와 산업발전에 따른 불가피한 결과인 것 같으니 어찌하는 수가 없다. 그러나 강가에 나가 볼 적마다 속이 언짢아지다 못해 두려움마저 느끼게 하는 것은 강가의 자연이 망가지다 못해 이제는 사람들에 의하여 땅속까지도 송두리째 황폐해가고 있다는 것이다.

옛날에는 동리를 벗어나 뒤편의 호밀과 메밀·콩·담배가 작물의 주종을 이루고 있던 작은 들판을 지나 나무숲이 우거진 강 언덕을 내려가면, 몇 떼기의 밭이 있은 다음 점점이 돌이 박힌 잡초밭이 나오는데, 그 사이에는 가꿔놓은 골프장 못지않은 넓은 잔디밭도 몇 군데 있었다. 이 잡초밭을 지나면 돌밭이 펼쳐지는데, 그 돌들은 수백 리 강물 줄기에 따라 씻기며 굴리어 내려온 것들이라 크고 작은 것을 막론하고 모두가 둥글게 닳아 형형색색으로 옥돌 못 하지 않게 윤이 나는 예쁜 모양의 것들이다. 다시 강물에 가까워지면 잔돌 밭과 눈부시게 희고 깨끗한 백사장이 흐르는 물결을 따라 여러 가지 형태로 벌여져 있었다. 그리고 그 잔돌 밭과 백사장들 중간에는 띄엄띄엄 다락바위라 부르던 큰 덩치의 바위와 마당바위라 부르던 넓다란 바위, 마귀할미 집이라 부르던 작은 동굴처럼 생긴 바위 등등 여러 가지 모양의 화강암 바위와 얕고 깊은 맑은 물

웅덩이들이 흐르는 강물 가에 흩어져 있었다.

지금은 언덕 너머의 밭뙈기를 비롯하여 잡초밭과 돌밭이나 백사장 따위가 마구 파헤쳐져서 뒤범벅이 되어있고, 심지어 바위덩어리조차도 옛날 모습대로 있는 것이란 하나도 없다. 강가가 이처럼 황폐해진 것은 국토건설을 위한 자갈 채취와 모래 채취 및 화강암 채취 때문으로만 생각하고, 기분은 언짢아도 건설을 위해서는 크게 쓸모도 없는 강가 풍경 정도는 달라진다 해도 어쩔 수 없는 일이라 치부하고 있었다. 그런데 근년에 와서 강가 위아래가 전혀 자갈이나 모래를 채취할 수 없는 곳조차도 빈틈없이 파헤쳐져 있는 것을 발견하고 매우 놀랐다. 그리고 곧 그것은 수석(壽石)이란 돌을 수집하는 사람들의 짓이라는 것도 바로 확인하게 되었다.

수석이란 고상하고 예술적인 취미가 여러 해 두고 크게 유행하다 보니, 이제는 땅 위에 보이는 돌은 주워갈만 한 게 없어져서 강바닥을 모조리 파헤치거나 물속에 자맥질까지 하면서 돌을 찾고 있는 것이다. 강가의 동리마다 농사일을 하는 것보다는 돌을 줍는 게 수입이 더 많다 하여 생업을 팽개치고 날마다 강가를 파 헤집고 다니는 사람이 두세 명씩은 있고, 또 집집마다 어른, 아이 할 것 없이 틈이 나는 대로 그럴싸한 돌을 찾아 주워다 놓아 수십 개의 돌덩어리가 쌓여있지 않은 집이 거의 없을 정도이다. 동리마다 누구는 어디에서 어떤 돌을 주워다가 서울 사람에게 몇 십만 원을 받고 팔았고, 심지어 어떤 이는 돌 하나에 몇 백만 원을 받았다고 하더라는 등 돌을 통한 횡재 얘기가 만발하고 있으니 그렇게 되지 않을 수가 없는 일이다.

거기에다 주말이나 휴일이 되면 가까운 고을은 말할 것도 없고, 멀리 서울에서도 관광버스를 대절하여 수십 명씩 떼를 지어 강가로 값진 돌을 캐러 몰려들고 있는 것이다. 이처럼 많은 사람들이 날마다 강가는 물론 강물 속까지 파헤치며 돌을 찾고 있으니, 강가의 땅이 제 모습을 그대로 간직하는 수가 없다.

수석을 수집하고 그것을 완상한다는 것은 정말 고상한 취미임에 틀림없다. 거리의 전시장이나 친지들이 갖고 있는 돌들을 구경하면서 수석도 예술의 일종이라 감탄하고 있었다. 그러기에 고향에 내려갈 적마다 강가에서 우연히 발견한 그럴싸한 돌들을 주워다 놓은 것들이 우리 집에도 여러 개가 있고, 주위 사람들로부터 선물로 받은 돌도 서너 개나 있다. 시간이 나면 그 돌들을 정리하고 남들처럼 받침대도 만들어 세운 다음 응접실에 전시해 놓을 작정이었다.

그러나 사람들이 이처럼 극성스럽게 수석을 수집하고 있고 또 그것이 자연을 크게 파괴하고 있다는 사실을 안 다음부터는 돌에 손을 대고자 하던 마음이 싹 가셔버렸다. 혹 어디에 가서 수석을 진열해놓은 것을 보는 경우가 생기면 그 아름다움을 찬탄하던 마음은 다시는 떠오르지 않고, 오히려 이 주인도 자연을 파괴하거나 파괴하도록 만든 속악한 취미의 소유자라는 생각이 들게 된다. 주인에겐 죄송스럽기 이를 데 없는 일이나 나 스스로도 이런 마음가짐의 변화를 어찌하는 수가 없다.

아무리 고상한 예술이나 훌륭한 취미라 하더라도 그것이 자연을 파괴한다거나 그것을 추구하는 방법이 극성스럽게 되면 저열하게 느껴지기 마련이다. 많은 사람들이 자연을 망치고 있지만 아직도 자연은 여전히 아름답고 여유가 있다. 지금부터라도 사람들이 정신을 차리어 지금 자라나고 있는 아이들이 훗날 자기 머릿속에 그리는 강가보다도 더 아름다운 강가를 볼 수 있게 하였으면 좋겠다. 조금만 신경을 더 쓰면 머지 않아 강가에 다시 아름다운 잡초밭과 잔디밭이 생기고, 어느 수석전시장의 돌들보다도 아름다운 돌들로 뒤덮인 돌밭이 생길 것이다. 그런 아름다운 자연이 있은 연후라야 수석이란 취미도 다시 더욱 고상하고 아름다운 예술이 될 것이다. 다시는 고향의 강가에서 실향민처럼 서글픈 마음을 되씹게 되는 일이 없게 되기를 간절히 빈다.

2007. 9.

3

나무를 바라보며

정년퇴직을 하고 교외로 이사한 뒤로는 눈만 뜨면 나무숲을 바라보는 셈이다. 내가 사는 작은 아파트 앞쪽으로는 공원과 산이 바라보이고, 뒤쪽으로는 넓고 큰 공원이 내다보인다. 그리고 하루도 빠지는 날 없이 잠자리에서 일어나자마자 매일 한 시간 못되는 정도의 시간을 공원이나 산으로 나가 산책을 한다. 그러니 나의 하루는 나무숲을 바라보고 나무를 옆에 끼고 나무 밑을 걷는 것으로 일과가 시작되는 것이다.

때문에 나는 무엇보다도 나무를 친근히 여긴다. 나무는 바라보기만 하여도 시원하고 상쾌해진다. 나무는 한 그루 한 그루 따로 보아도 좋고 많은 나무들이 어울리어 자라고 있는 나무숲을 바라보아도 좋다. 심지어 자동차와 인파로 시끄러운 서울 시내를 나가보아도 어디에나 가로수가 있어 풍경이 덜 삭막하게 느껴지고, 매연으로 말미암은 공해에도 신경을 덜 쓰게 되는 것 같다.

나무는 신록도 아름답지만 녹음이 우거지면 더욱 시원하고, 단풍이 물들 적에는 더욱 아름답다가, 잎새가 다 떨어진 다음 추위와 눈서리 속에 서 있는 나무들도 보는 이에게 변함없이 생기를 느끼게 한다. 큰 교목(喬木)은 교목대로 멋있고, 떨기나무는 떨기나무대로 아름답다. 활엽수는 활엽수대로 좋고, 침엽수는 침엽수대로 좋다. 어린 나무는 싱싱해서 아름답고, 늙은 나무는 오랫동안 비바람과 추위와 더위를 이겨낸 몸통과 가지가 존경스러움까지 느끼게 한다.

산에는 소나무 · 잣나무를 비롯하여 도토리나무 · 갈참나무 · 밤나무 · 사시나무 등의 교목과 진달래 · 싸리나무 등의 관목(灌木)이 주종을 이루는데, 어느 나무건 잘못된 곳에 잘못 자라고 있다고 생각되는 경우는 거의 없다. 오히려 이곳에도 나무를 한 포기 심었으면 하고 아쉽게 느껴지는 빈자리는 많다. 그리고 공원에는 느티나무 · 은행나무 · 벗나무 · 무궁화 등이 보태어져 있다.

그리고 산의 나무들은 어린 묘목 상태를 겨우 벗어난 나무에서 시작하여 줄기가 사람의 손가락 굵기에서 팔뚝 굵기 · 다리 허벅지 굵기 · 몸통 굵기 등 갖가지 연령의 것들이 있다. 이

런 나무들이 어울리어 가는 곳마다 서로 다른 숲을 이루고 있
다. 그런데 자세히 살펴보면 산의 나무도 분명히 사람들이 공
들여 심고 가꾸어 기르고 있다고 여겨지는 곳들이 있다. 늘 이
렇게 산과 공원의 나무를 가꾸어 놓은 사람들의 노고가 고맙
기 짝이 없게 여겨진다.

   얼마 전에 잡지에 백향목이란 나무에 대하여 쓴 글을 읽은
적이 있다. 나는 백향목이란 나무를 본적도 없거니와 이전에
들어본 적도 없다. 그러나 그분 글에 의하면 그 나무는 사막지
대에서도 잘 자라고, 꾸준히 줄기차게 자라며, 끊임없이 움직
이어 엄청나게 크고 장대하게 자란다고 하였다. 나무의 둘레

가 9미터에서 12미터 굵기가 되고, 높이는 36미터나 되게 자라며, 줄기에 옹이도 없이 자란다는 것이다. 그래서 그 글을 쓴 분은 백향나무야말로 나무 중의 왕이라 하였다. 그리고 "우리도 이러한 백향목 같은 삶이 되도록 노력을 해야겠습니다."고 하는 말로 글을 끝맺고 있다.

백향목은 틀림없이 좋은 나무인 것 같다. 그러나 내가 좋아하는 것은 백향목 같은 나무만이 아니다. 아무리 잘 자라도 재목이 될 수 없는 작은 나무들, 우리나라 산에 흔해빠진 떡갈나무 · 싸리나무 · 철쭉 따위를 비롯하여 이름 모를 잡목들 어느 것이건 모두가 멋지게 느껴진다.

심지어는 위로 제대로 자라지도 못하고 가시조차 달린 찔레나무 같은 것도 마음을 끌지 않는 것이란 없다. 그리고 아무 재목으로 쓸데가 없도록 꾸불꾸불 자란 나무는 꾸불꾸불 자란 대로 좋고, 옹이가 여기저기 박혀있어도 그 옹이가 멋있게 보이는 것들이 대부분이다.

더구나 나이 많은 나로서는 나이가 많으면 많을수록 더 멋지게 자라는 나무가 무척 존경스럽다. 나무는 나이가 쌓이는 대로 그 나이만큼 더 자라서 어린 나무와는 다른 모습을 보여주고 있다. 조금이라도 가지를 더 뻗어 밑에 시원한 그늘을 만들어주고, 그만큼 주변의 공기도 더 많은 양을 정화시켜 주고 있는 것이다. 그리고 몸에는 숱한 비바람과 사람들 손에 의하여 입은 상처를 극복하여 이루어진 흠집과 옹이와 부러진 가지 같은 것들을 지니고 있다. 그 흠집이나 옹이와 부러진 가지는 마치 위대한 일을 이룩한 뒤에 얻어진 훈장 같이 느껴지기도 한다.

그래서 사람들은 나무가 백 년 정도를 넘어 고목이 되면 함부로 다루지 않고 보호하기 시작한다. 그건 과거에 우리가 너무나 나무를 보호하고 가꾸지 않아 우리 주변에 고목이 별로 많지 않다는 이유도 있을 것이다. 어떻든 이것은 오래 자란 나무에 대하여 경외하는 마음에서 생겨난 결과일 것이다.

나무는 죽어서도 우리 생활을 위하여 크게 쓰인다. 사람들이 사는 집과 쓰는 연장을 비롯하여 집안의 가구들의 많은 부분이 나무로 만들어지고 있다. 지금은 나무 대신 금속류와 합성수지 제품이 많이 개발되어 있지만 아무래도 나무를 능가하는 가구 재료는 없다. 보기에도 나무가 다른 어떤 재료보다도 좋고 자연스럽지만, 더욱이 피부에 닿는 감촉은 나무를 따를 것이 없다. 철제나 합성수지 제품의 책상이나 의자에 앉아보았지만 아무래도 나무 책상이나 의자 같은 자연스런 촉감은 없다. 집의 문짝이나 바닥의 마루 재료도 지금은 나무 이외의 여러 가지 물건으로 만든 제품이 나와 있지만 아직도 나무 제품의 촉감을 따를 것은 없다.

얼마 전 강원도 태백지역을 여행하다 휴게소에서 우연히 나무로 만든 머리빗을 발견하고 대추나무를 깎아 만든 것이라는 가게주인의 설명에 끌려서 그것을 사왔다. 나는 이미 십 년 넘도록 집에서는 합성수지로 만든 빗을 써오고 있었는데, 그 빗을 사온 이후로는 십여 년을 쓴 빗은 푸대접을 받고 있다. 머리에 닿는 감촉이 십여 년이나 써온 것보다 나무빗이 월등 좋았기 때문이다. 옛날 빗으로는 머리를 빗을 따름이었는데, 이 나무빗은 살에 닿는 감촉이 좋아 머리를 맛사지 하듯 빗는 습관까지 생겼다.

나무는 살아있는 것들뿐만이 아니라 죽은 것까지도 내 삶에 윤기를 더해주고 있다. 나무는 내 스승일 뿐만이 아니라 나를 보호해주고 길러주는 이이며, 나를 도와주고 힘을 실어주는 이이기도 한 것이다. 우리는 자연을 사랑하는 첫째 단계로 보다 더 나무를 사랑하고 위할 줄 알아야만 할 것이다.

4

한 봄의 꽃보다도 더 붉은 단풍

올해의 단풍은 다른 어느 해보다도 각별히 더 아름답다. 올 가을 날씨가 좋았기 때문이리라. 여러 가지 곡식이 모두 풍년이라 하지 않는가? 게다가 나는 집에서나 직장에 나가서나 앞 뒤로 언제나 단풍의 바다 같은 나무숲을 내다보며 생활하고 있다. 큰 축복이다. 올해엔 "서리 철 단풍잎은 한 봄의 꽃보다도 더 붉다"고 노래한 당(唐)나라 시인 두목(杜牧, 803-852)의 시 구절이 더욱 가슴에 와 닿는다. 창밖엔 붉은 단풍보다도 노란 빛깔의 것들이 훨씬 더 많지만, 노란 빛깔도 붉은 것이나 마찬가지로 꽃보다도 더 짙은 감동을 일게 한다. 「산행(山行)」이란 제목의 두목의 시를 다음에 소개한다.

멀리 추운 산 위로 올라가니 돌길 비끼어 있는데

흰 구름이 솟아나고 있는 곳에 인가가 있네.

수레 세워놓고 앉아 단풍 숲을 저무는 해 속에 즐기노라니

서리 내린 나뭇잎은 한 봄의 꽃보다도 붉네.

遠上寒山石徑斜, 白雲生處有人家.
원 상 한 산 석 경 사   백 운 생 처 유 인 가

停車坐愛楓林晚, 霜葉紅於二月花.
정 거 좌 애 풍 림 만   상 엽 홍 어 이 월 화

지금 내 주변에는 동리건, 직장이건 드나드는 길바닥엔 인도뿐만이 아니라 차도 위에까지도 낙엽이 잔뜩 떨어져 뒹굴고 있다. 청소하는 사람들도 단풍이 든 낙엽이 아까워서 제대로 쓸어내지 않고 있는 것 같다. 느티나무 밑 같은 곳엔 낙엽이 쌓여있다고 할 수 있을 정도로 많이 떨어져 있다. 이 낙엽을 밟으면서 걷다보면 아름다운 감동뿐만이 아니라 문득문득 이들 나무 잎새에서 자기 자신의 모습을 발견하고 쓸쓸한 감상에 젖게도 된다. 낙엽 져서 뒹굴고 있는 단풍잎이 육십을 넘어 정년을 바라보고 있는 자신의 형편과도 흡사하다고 여겨지는 때문이다.

옛날 송옥(宋玉, B.C.290?-B.C.223?)이란 초(楚)나라의 시인은 "하늘 높고 기운 맑은" 가을의 정경을 통곡하듯 처절하고 적

막하게 노래하여 '송옥비추(宋玉悲秋)'란 말이 생겨나게 하였다. 송옥이 아니라 하더라도 가을은 맑고 상쾌하기만 한 계절은 아니다. 나이가 많은 사람일수록 가을의 단풍잎에서 늙음뿐만이 아니라 심지어 죽음까지도 흔히 연상하게 될 것이기 때문이다. 자신의 삶이 단풍이 된 나뭇잎처럼 노년기에 와 있고, 머지않아 곧 그 나뭇잎이 떨어져 말라버리듯 자신의 일생도 끝나버릴 것이라는 처절한 감상에 젖게 되는 것이다.

그렇지만 단풍잎들은 아무렇지도 않은 듯하다. 파란 잎은 빨갛게 또는 노랗게 물들어도 더욱 고운 빛을 드러낼 뿐 그대로이다. 바람에 불리어 떨어져 이리저리 굴러다니다가 말라 부서져버린다 하더라도 단풍잎은 모양만 바뀔 뿐 그대로 의연하다. 아름다운 단풍을 사람들이 접하고는 오직 사람들 쪽만이 여러 가지 감상에 젖고 있는 것이다. 단풍은 말없이 다만 고운 빛깔을 여러 가지로 드러내면서, 그 빛깔로 우리에게 여러 가지 말을 해주려고 하는 것도 같다. 그러나 아름다운 단풍에는 본시 사람들이 느끼는 것 같은 "쓸쓸함"이나 "처절함", "절박함", "슬픔" 같은 뜻을 나타내는 색깔은 전혀 갖고 있지 않다. 그것은 사람들이 자기 처지를 잘못 받아들이는 데서 오는 감상이다. 오히려 "한 봄의 꽃보다 더 붉은" 빛깔은 기쁨과 열정을 드러내 보이고 있고, "한 봄의 꽃보다 더 노란" 빛깔은 즐거움과 밝음을 드러내 보이고 있다. 단풍잎은 지난 한 해를 통하여 이루어놓은 성과에 대한 기쁨과 열심히 일해오던 열정으로 붉게 물들고 있는 것이다. 봄, 여름, 가을을 지내온 즐거움과 계절의 변화를 그대로 받아들이는 밝은 마음이 단풍잎을 노랗게 물들이고 있는 것이다. 그들이 드러내는 빛깔은 순수하고 참되기 때문에 "한 봄의 꽃보다도" 더 아름다운 감동을 사람들에게 안겨주고 있는 것이다.

송(宋)나라 때의 성리학자(性理學者)인 장재(張載, 1020-1077)는 그의 「서명(西銘)」이란 글에서 "모든 사람이 나와 형제이고, 모든 물건이 나와 동류(同類)이다."고 하는 유명한 말을 남겼다. 이 세상 모든 사람들이 기본적으로 평등하고, 동물, 식물뿐만이 아니라 돌이나 흙 같은 것들까지도 사람과 똑같은 하나님의 피조물이라는 선언이다. 자기만을 알고 자연환경을 가벼이 여기며 아웅다웅 살아가는 요새 사람들에게는 큰 교훈이 될만한 말이다. 그러나 장재의 생각도 실상은 사람이야말로 "만물의 영장(靈長)"이라는 오만을 바탕으로 한 말임이 분명하다. "모든 물건이 우리와 같은 종류의 것"인지는 몰라도, 여러 가지 물건 중에는 여러 가지 면에서 사람들보다 위대한 것들이 많기 때문이다.

단풍이 든 나뭇잎만 해도 그러하다. 사람들은 단풍 들고 낙엽 지는 나뭇잎을 바라보며, 오만한 자세로 자신을 나뭇잎에 비추어보며 감상에 젖는다. 그러나 자신의 몸가짐이 단풍잎에 비할 적에 거기에 견주어볼 수도 없을 정도로 의젓하지 못하다는 점을 잘 깨닫지 못하는 것이다.

단풍잎은 지난 봄에 솟아나와 신록을 자랑하며 나무에 꽃을 피게 하였고, 여름에는 녹음을 이루어 탄소동화작용을 하면서 자신의 나무를 자라게 하고 열매를 키웠다. 가을이 되자 나무 열매를 익혀놓고 붉고 노란 빛깔로 변한 뒤에 마침내 낙엽 지게 되는 것이다. 단풍잎은 자신의 나무를 자라게 하였고 열매 맺도록 하였을 뿐만이 아니라 탄소동화작용을 통하여 우리 지구 위의 대기를 정화하는 역할까지 수행하였다. 단풍잎이 아니었다면 이 지구의 풍경은 살벌할 것이고 지구 전체가 생물이 살 수 없는 형편 없는 곳으로 변하여 있을 것이다.

단풍잎은 봄, 여름, 가을을 통하여 시종 위대한 일을 하고 있지만, 하나하나를 떼어놓고 보면 별것이 아니다. 한 나무에서 몇 개의 잎새는 벌레가 갉아먹어도 괜찮고 심지어 여러 개 정도는 떼어버려도 상관없다. 단풍잎은 다른 많은 잎새들과 어우러져 일을 해내기 때문에, 한 잎 한 잎은 자기의 공로를 내세우지 않을뿐더러 숫제 개체의 존재나 역할은 무시해도 좋은 정도이다. 단풍잎은 다른 잎새들과 어우러져 일하고 다른 잎새들을 통하여 자기를 드러낸다. 봄의 신록도 한 개의 잎새가 아니라 수많은 새 잎새들이 어우러져야 이루어지는 것이고, 여름의 녹음 역시 그러하다.

가을의 단풍도 한 개의 잎새는 별것이 아니다. 온 숲의 단풍잎들이 여러 가지 빛깔로 물들면서 어우러지기 때문에 아름다운 것이다. 개중에는 곱지 않은 색깔로 변하면서 시들어 떨어지는 잎새도 있고, 벌레 먹고 형편없는 모양이 되어 말라 떨어져 부서지는 것도 있다. 그러나 이런 잎새들까지도 다른 곱게 물든 단풍잎과 어우러지기 때문에, 사람들에게 온 단풍이 "한 봄의 꽃보다 더 붉은" 감동을 안겨주게 되는 것이다.

단풍잎은 바람에 불리어 땅에 떨어지면서도 가볍기만 하다. 내년에 다시 돋아날 잎눈을 남기고 떨어지기 때문에 그처럼 가벼울 수 있는 것인가? 어떻든 사람들은 단풍잎을 보며 처절한 감상까지도 느끼고 있지만, 사람들 중에 단풍처럼 아름답고 깨끗하게 일생을 끝맺는 이, 얼마나 될까? 단풍잎은 묵묵히 자기 할 일을 완성했기 때문에 기쁨과 열정의 빛깔로 아름답게 물들고 있을 것이다. 단풍잎은 큰일을 하고도 자신을 내세우지 않기 때문에 즐거움과 밝음의 빛깔로 아름답게 변하고 있을 것이다. 그래서 단풍은 "한 봄의 꽃보다도 더 붉다"고 노래할 수밖에 없는 감동을 우리에게 안겨주는 것이다.

1997. 3.

5
비

오늘 아침까지도 비가 내리고, 하늘은 여전히 구름에 덮여 있어 언제 다시 비가 내릴지 모를 형세이다. 올 여름 내내 갠 날보다도 비오는 날이 더 많았던 것 같다. 그래서 폭풍이 불어오지 않았는데도 여기저기서 적지 않은 비 피해를 입고 있다. 비가 너무 온다고 푸념하는 말도 여러 번 들었다. 특히 국한된 지역에 느닷없이 퍼붓듯 내리는 게릴라성 폭우는 지구 온난화로 말미암은 기상이변인 것 같이 느껴져 더욱 속이 편치 않다.

그러나 비는 하나님이 사람들에게 내려주는 축복이다. 비가 많이 온 덕분에 올해엔 풀과 나무가 보다 많이 우거지도록 자랐고, 먼지와 공해로 더럽혀진 세상이 보다 깨끗해졌다. 산이 더 푸르고 거리가 깨끗하고 공기조차 더 맑아진 것도 같다. 사람들이 더럽히고 오염시켜놓은 이 세상을 대청소해주는 것이 바로 비이다. 우리 집 뒤편 공원의 호숫물이 넘칠 듯이 불어났고, 그 옆에 아파트들 사이를 흘러내리는 개천 물이 훨씬 맑아지고 풍부해졌다.

비가 내리지 않는 경우를 생각해 보자. 비가 아니라면 이 세상을 지탱할 물이 유지될 수가 없다. 물은 이 세상과 동물이나 식물 모두의 생명의 근원이다. 물이 없다면 이 세상도 전체가 황량한 사막이 될 것이며, 사람은커녕 어떤 종류의 생명도 부지할 수가 없게 될 것이다.

이 지구 위의 지리환경을 대체로 살펴보더라도, 비가 많이 내리는 지역일수록 물산이 풍부하고 사람들이 살아가기에 편하며, 비가 적게 내리는 지역은 그 정도에 따라 동·식물이 생명을 부지하기에 힘들어져 사람들이 살아가기에 불편한 사막이나 준 사막의 상태가 된다. 그러니 비는 동·식물이 생명을 잘 부지할 수 있는 가장 중요한 바탕이다.

다만 수해를 입은 사람들이 있어, 비를 하나님의 축복이라고 말하는 우리의 마음을 불편하게 한다. 그러나 텔레비전에서 전해주는 수재 현장을 보면 대부분 사람들이 잘못하여 일어나게 된 인재(人災)인 듯이 보이는 곳이 많다. 잘못 계획된 개발이나 대비의 소홀 또는 부주의 등이 원인이 대부분인 것 같다. 심지어 게릴라성 호우라는 것도 알고 보면 사람들이 지구의 자연환경을 파괴했기 때문에 일어나고 있는 기상이변의 한 가지이다.

비오는 날은 음울한 날씨 탓으로 사람들은 기분까지도 어둡게 지니기 쉽다. 그래서 사람들 중에는 여러 날 이어지는 비를 싫어하는 이들이 많다. 그러나 날씨에는 사람들 스스로가 거기에 적응토록 노력해야 한다. 비가 내리면 출입도 불편하다. 따라서 찾아오는 사람도 적고, 걸려 오는 전화조차도 훨씬 줄어든다. 혼자 조용히 앉아 일 처리하기에 좋은 상황이다. 잡된 생각 털어 버리고 차분하게 일을 대하면 맑은 날보다도 훨씬 많은 일을 할 수가 있을 것이다. 저녁이 되면 일을 끝내고 자기와 뜻이 통하는 사람들을 불러모아 길가 음식점에 앉아 담소하며 소주잔이라도 주고받아보라!

뜻이 통하는 사람들과의 우정의 교감이 행복하기 짝이 없을 것이다. 자신은 소주잔을 기울이며 편히 앉아서 창밖의 빗속을 왕래하는 사람들을 바라보는 기분도 나쁘지 않을 것이다. 사실 수해를 당한 사람들에게 얼마간의 구호의 손을 뻗치게 되는 것도 사실은 수재를 당한 상대를 위한다기보다는 자신을 위한 행동일지도 모른다. 남이 받는 구호의 양보다도 자신이 얻는 마음의 위안이나 행복이 훨씬 더 크다고 생각되기 때문이다.

비가 많이 내리기 때문에 비가 개이기를 바라게 된다. 그리고 비가 오다가 날이 개이기 때문에 햇빛이 더욱 밝고, 공기가 더욱 맑고, 풀과 나무가 더욱 싱싱하다. 비 오고 흐린 날이 없다면 이처럼 개인 날의 눈부신 아름다움을 느끼지 못할 것이다.

물은 바로 우리의 생명인데, 비는 그 생명을 우리에게 내려주는 것이다. 비는 좋은 사람, 나쁜 사람 가리지 않고, 좋은 나라, 나쁜 나라도 가리지 않고 모든 사람에게 어디에나 골고루 내린다. 비는 하나님이 내려주는 축복이다. 이 말을 하면서도 수재를 당하고 생활의 어려움을 겪고 있을 분들을 생각하면 송구스럽기 짝이 없다. 그러나 재해는 분명히 하나님의 뜻은 아니다. 그것은 사람들 스스로의 탓이다.

이 비 내리는 축복을 제대로 축복으로 받아들이면서 감사하는 마음을 지닐 수 있어야만 할 것이다.

2003. 8. 13

6
산책 중의 참담한 느낌

　풀잎과 나뭇잎에 단풍 빛깔이 완연해진 얼마 전 가을 날 오후, 나는 높푸른 하늘 아래 펼쳐져 있는 아름다운 관악의 자연과 맑은 공기를 즐기며 산기슭의 잡초가 뒤섞인 잔디밭을 걷고 있었다. 이처럼 산뜻하고 맑고 깨끗한 하늘과 땅과 공기는 마치 여기에만 있는 듯이 즐기며 걷고 있으려니 몸과 마음이 날아갈 듯이 가벼웠다. 숨을 한 번 크게 들여마셨다가 내뿜을 적마다 이제껏 쌓여있던 몸속의 노폐물과 마음속의 지저분한 생각들이 모두 함께 뿜어져 나가 몸과 마음이 가볍고 청신해지는 것만 같았다. 발 밑에 구겨지는 풀잎의 감촉은 융단보다도 더 상쾌하였다.

　그러다가 어릴 적에 뛰어 놀던 고향의 풀밭을 머릿속에 떠올리던 중에 문득 지금의 풀밭은 옛날 시골의 풀밭과는 판이 하다는 것을 깨닫게 되었다. 그리고 그러한 차이를 느끼는 순간 내 등줄기에 일종의 전율 같은 것이 스쳐가는 것을 느끼게 되었다. 좀 더 길에서 멀리 떨어진 사람들의 발길이 잘 닿지 않는 풀밭으로 일부러 걸어 들어가 보았지만 한 번 이상해진 느낌은 갈수록 심각하여졌다. 청신하고 상쾌하기만 하던 마음 속에 참담한 느낌이 차 올라왔다.

산책은 더 이상 즐겁지 않았다. 하늘과 땅과 풀과 나무는 옛 우리 시골 못지않게 아름다운데, 이곳 풀밭에는 벌레도 한 마리 눈에 띄지 않는다는 것을 발견한 것이다. 옛날에는 그토록 버글거리듯 많던 메뚜기나 방아깨비 종류의 벌레들은 말할 것도 없고 일부러 찾아보아도 개미 한 마리도 눈에 띄지 않고 썰렁하다.

옛날 시골의 풀밭이라면 지금쯤 얼마나 많은 메뚜기와 풀벌레들이 들끓고 벌과 나비들이 꽃을 찾아 날고 있을 것인가? 이곳처럼 가까운 곳에 물까지 흐르고 있다면 개구리와 뱀도 득실거리고 있을 것이다. 그런데 지금 이곳의 풀밭은 일부러 발을 끌며 걸어보아도 간혹 이름 모를 작은 검은 벌레들이 어쩌다가 튀어나올 뿐이다. 어째서 풀밭이 이 지경이 되었는가?

그리고 다시 생각해 보니 풀밭만이 달라진 게 아니다. 앞에 솟아있는 관악산도 보기에는 아름답고 웅장하지만 옛날 우리 시골의 산에 비하면 죽어가고 있는 것 같은 소름끼치는 느낌을 일게 하는 상태이다.

내가 어릴 적에 살던 마을은 작은 도시 변두리에 자리잡고 있었다. 마을 앞쪽에는 자동차도 다니는 신작로가 나 있었고, 그 신작로 건너편이 바로 나지막한 야산으로 멀리 보다 높은 산으로 이어져 있다. 그리고 마을 뒤쪽으로는 큰 강물이 마을을 감싸며 흐르고 있었다.

앞의 야산은 우리 집 방문만 열어도 바라보이고, 봄이면 아이들도 올라가 진달래도 꺾고 개암도 따먹으며 뛰어 놀던 곳이다. 그러나 거기에도 산토끼들이 뛰어 놀았고, 가끔 노루며 여우나 너구리 따위의 짐승들도 모습을 드러내어 동리의 개들을 흥분시켰다. 그리고 철 따라 수많은 종류의 새들이 그곳에서 지저귀며 놀았다. 아침이면 꿩들이 떼를 지어 우리 집 텃밭 가까이 날아왔고, 저녁이면 앞산 기슭에서 늑대와 부엉이 따위가 우는 소리가 들렸다.

마을의 나뭇가지 사이에는 수를 헤아릴 수도 없을 정도의 많은 참새 떼가 거의 언제나 어울리어 재잘거렸고, 까마귀와 까치도 무리를 지어 여기저기 날아다녔다. 봄이면 산기슭 풀섶에서 아이들도 꿩 알과 노고지리 알 등을 찾아낼 수 있었고, 가을이면 높은 하늘 위를 기러기 떼가 줄지어 날아갔다. 그리고 학이나 황새 같은 철새들의 나는 모습이 흔히 눈에 띄었다.

마을 뒤쪽으로 굽이쳐 흐르는 넓은 강가로 나가서 물가 모래밭에 촘촘히 뚫린 작은 구멍을 파헤쳐 보면 그 속에는 작은 조개가 한 개씩 박혀 있었고, 물속에는 수많은 물고기뿐만이 아니라 또 여러 가지 모양의 조개들이 자갈 사이에 붙어 있었다. 작은 바위 굴 앞에는 흔히 게가 자기 집 문 앞임을 과시라도 하려는 듯 자기 껍질을 벗어놓고 있어 그 속을 뒤져보면 영락없이 게가 두어 마리 들어앉아 있었다. 그리고 물속 바위 위에는 일광욕을 하고 있는 커다란 자라가 눈에 띄기 일쑤였다. 이런 것들 모두 지금은 거의 다 사라져 버리지 않았는가?

물고기만 해도 옛날과 지금의 상황은 크게 달라졌다. 전에는 낮은 물에도 갖가지 물고기가 놀고 있어서 손재주가 있는 아이들은 돌 밑으로 들어가는 고기를 맨손으로 움켜잡기도 하였다. 약간 깊은 물에는 팔뚝만한 고기 떼가 수십 마리씩 무리 지어 헤엄치는 것을 쉽게 볼 수가 있었고, 가끔은 아이들이 놀고 있는 근처에까지 어른 팔뚝 크기의 고기들이 유유히 헤엄쳐 접근하기도 하였다. 그리고 장마가 한 번 지면 평소에는 물도 제대로 흐르지 않던 마을 앞의 개울에도 커다란 잉어·붕어·가물치 등이 올라왔다가 물이 빠질 때 제대로 강물로 돌아가지 못하여 작은 웅덩이에 이들이 갇히어 아이들 맨손에 수십 마리씩 잡히기도 하였다.

상쾌한 산책길에 등골이 오싹해지는 것 같은 소름끼치는 참담한 느낌을 느낀 것은 이상과 같던 내가 어릴 적에 보던 시골의 풀밭과 자연의 모습을 떠올리며 지금의 풀밭과 자연 모습에 비겨본 때문이다. 지금의 풀밭과 자연은 죽어가고 있는 것이 아닌가? 벌레가 살지 못하는 풀밭이나 산에서는 새나 짐승도 살지 못할 것이고 결국은 사람도 살지 못하게 될 것이 아닌가?

그렇다. 벌레 없는 풀밭이란 죽어가는 풀밭이다. 조개나 물고기가 없는 강이라면 그것은 죽어가는 강이다. 저 산도 죽어가고 있고, 이 대지가 죽어가고 있는 게 아닌가! 사람들이 살수 없는 땅으로 이 대지가 조금씩 변해가고 있는 것은 아닌가?

이처럼 자연이 망가져 버린 것은 사람들이 극성스러워졌기 때문이다. 아무리 사람들이 극성스러워도 하나님의 조화까지 무너뜨릴 수야 있을까 하는 생각이 지금의 유일한 구원의 희망이다. 그러나 앞으로 이곳의 풀밭에 다시 메뚜기 떼가 뛰어놀고, 저 산에 산토끼와 노루가 서성대고, 골짜기 냇물에는 물고기 떼가 헤엄치는 시절로 되돌아갈 수가 있을까?

사람들의 자연을 대하는 태도에 크게 변화가 일지 않는 이상 지금의 상태로는 그것은 바랄 수도 없는 일이다. 죽어가는 대지, 형편없어진 자연 모습에 대한 경각심을 지녀야만 할 때이다. 이 이상 자연을 더 망쳐서는 안 될 것이다. 매번 바닷가에 가면 아침에 바닷가를 산책하다가 아름다운 그곳에 멋대로 버려진 오물들 때문에 불쾌했던 느낌도 기억에서 되살아난다. 이런 것은 나 하나만의 경험이 결코 아닐 것이다.

어쩌다가 우리는 아름다운 바닷가나 넓은 풀밭 위를 거닐면서도 늘 불쾌감이나 심지어는 소름이 끼치는 참담한 느낌을 느끼게 되었는가!

1979. 10.

7

공원을 산책하면서

　나는 가끔 우리 집 앞의 공원을 산책한다. 분당 우리 집 가까이 비교적 크고 잘 가꾸어진 중앙공원이 있어서 자주 공원을 거닐게 된다. 요새 공원에 나가 새삼 발견하게 된 것은 우리 사회는 어지러운 중에도 우리가 잘 느끼지도 못하는 사이에 우리 행동이 조금씩 성숙해 가고 있다는 것이다. 5, 6년 전만 하더라도 공원에 나가보면 길가에 버려진 쓰레기나 종이조각이 상당히 많이 눈에 띄었다. 특히 많은 사람들이 가족과 함께 와서 놀고 간 주말을 지낸 월요일에는 더욱 지저분하였다. 가끔 비닐 봉투를 들고 산책하며 주워보지만 버려진 쓰레기를 깨끗이 다 주울 수는 없었다.

　그런데 지금 와서는 산책을 나가도 주머니 속에 비닐 주머니를 넣고 나갈 필요도 없고 나가 다녀 보아야 별로 주울 쓰레기도 없다. 전에 지나가던 사람이 쓰레기 줍는 나를 보고 '안녕하세요?' 하고 인사를 해줄 때와, 나 이외에 또 다른 쓰레기 줍는 산책 나온 사람을 발견했을 때에 느끼던 상쾌한 기분을 즐길 기회는 없어진 것이다. 이제는 길가에 종이쪽지 한두 개가 떨어져 있어도 저런 정도는 괜찮다고 여기고 산책만을 즐기고 있다.

우리가 살고 있는 아파트로 여러 해 전에 집사람의 중학교 동창 부부가 이사를 왔다. 그들은 상업에 종사하던 사람들이라 나와는 취향이 다르리라 짐작하고 처음에는 인사만 건네면서 지냈다. 그러나 공원을 산책하면서 곧 처의 동창 남편이 공원에 나와 언제나 쓰레기를 줍고 있는 것을 발견하였다. 나는 쓰

레기를 장갑 낀 손으로 건성건성 큰 것만을 줍는데 비하여 그는 비닐 봉투뿐만이 아니라 집게까지도 들고 나와 철저히 쓰레기를 줍고 있었다. 하루는 비가 좀 많이 오는 날 우산을 쓰고 공원을 나갔는데, 우산을 쓰고 몸을 굽혀 쓰레기를 열심히 줍고 있는 사람을 발견하였다. 그날은 월요일이었던 듯 쓰레기가 상당히 많이 널려 있었으나 나는 주울 엄두도 못 내고 비 내리는 경치를 즐기고만 있었다. 가까이 가보니 바로 그 처의 동창 남편이었다. 나는 인사도 못하고 돌아서서 집으로 돌아왔다.

나는 며칠 뒤 처를 졸라 그 친구 두 부부를 음식점에 초대하였다. 나는 말로 표현하지는 않았지만 그에게 존경심을 가졌기 때문에 성의를 다하여 대접하였다. 곧 그들 부부가 반례라 하여 우리를 초청해 주어 그 뒤로 여러 번 어울리는 사이에 우리는 상당히 가까운 관계로 발전하였다. 그 뒤 우연히 만난 그의 친구로부터 들은 얘기이다. 옛날 서울 시내의 네거리에서 교통신호가 잘못되어 지나가던 차들이 뒤엉켰을 때, 교통순경이 나타나기도 전에 이 처의 동창 남편은 자기의 차를 길가에 세워놓고 네거리 한복판으로 나가 입에 호르라기를 물고 자동차의 통행을 정리하여 교통을 소통케 하더라는 것이다.

자주 우리의 성숙사회 가꾸기 운동이 이렇게 해가지고 무슨 효과가 있겠느냐는 말을 듣는다. 그러나 어떻게 하든 우리가 사는 사회는 우리 눈에 뜨이고 우리가 느낄 수 있는 속도로 성숙해지는 수는 없는 것이다. 우리 회원들이 꾸준히 우리가 정한 여섯 가지 실천 강령을 실천하고 회원을 늘이기에 힘쓰면서 우리 사회에 적지 않은 내 처의 동창 남편 같은 사람들과 손잡고 함께 살아가면 될 것이다. 나는 성숙사회를 생각하는 모임이 있고, 말없이 성숙한 삶을 가꾸고 있는 많은 사람들이 있기에 우리 사회는 조금씩 성숙한 방향으로 발전하고 있다고 믿고 있다.

– 〈성숙한 사회 가꾸기 운동〉을 위해 쓴 글임 –

2009. 2. 19

8
이 세상과 산속

우리 사회에는 지금도 어지러운 도시 생활을 청산하고 시골로 또는 산속으로 집안 식구들을 거느리고 들어가 사는 것을 깨끗하고 멋있는 행위라고 보는 경향이 많다. 잡지나 텔레비전에도 도시에서 일하다가 집어치고 산속에 들어가 사는 사람들의 고상하다고 생각되는 생활 모습이 가끔 소개되고 있다. 때문에 내 주위의 정년퇴직을 앞둔 분들 중에는 직장을 그만두게 되면 산속으로 들어가 살려고 작정하고 있는 이들이 적지 않다.

이는 불교나 도교 같은 동양종교에서 불도나 신선의 도를 닦으려고 처자조차도 버리고 출가하여 이 세상을 등지고 홀로 산속으로 들어가 도를 닦던 습성의 영향도 있는 듯하다. 중국의 도교에는 숨어서 도를 닦기에 알맞은 이상적인 곳으로 전국에 10곳의 대동천(大洞天)과 36곳의 소동천(小洞天)이 알려져 있다. 병들지 않고 오래오래 살고 싶은 사람들은 모두 처자나 친구도 버리고 이런 동천을 찾아들어가 신선이 되어 홀로 오래 사는 길을 추구하였다.

이 세상은 더럽고 지저분한 속세이고 그 속에 사는 사람들은 모두가 더러운 속인들이라는 생각이 깔려있기 때문이다. 따라서 이 세상을 피하여 산속 오지로 숨어들어가는 사람은 훌륭하고 깨끗한 이들이 된다. 요임금과 순임금 때에는 천자 자리를 맡아 달라는 요임금의 제의를 듣고 자기 귀가 더러워졌다고 개울로 내려가 귀를 씻은 허유(許由)가 있었고, 소에게 물을 먹이다가 그가 귀를 씻어 개울물이 더러워졌다고 상류로 소를 끌고 올라가 물을 먹인 소부(巢父)가 있다. 주나라 무왕(武王)이 은나라를 쳐부수자 두 임금은 섬기지 않겠노라고 수양산 속으로 숨어들어가 풀만 뜯어먹고 살다가 굶어 죽은 백이(伯夷)와 숙제(叔齊)도 있다. 중국에는 역대로 세상을 등지고 오지에 숨어 살던 명인들이 무척 많다.

정말 사람들이 사는 세상은 더럽고 산속은 깨끗한가? 오히려 시골이나 산속으로 가면 야생 동물이나 독한 벌레와 독사를 비롯한 이상한 것들이 많다. 가시덩굴도 많고 독한 버섯이나 독초도 많다. 인적이 드문 자연 속은 공기도 맑고 풍경도 아름다운 것은 사실이다. 그러나 사람들이 많은 곳은 더럽고 사람들이 없어야만 깨끗하다는 생각은 잘못이다. 실지로 이 세상에는 도교에서 말하는 동천은 존재하지 아니한다.

이 세상은 속세이고 그 속에 사는 사람들은 속인이라 생각하는 것은 잘못이 아니다. 그러나 이 세상 모습이 어지럽고 속되다 하더라도 그것이 더러운 것은 아니다. 사람들 하는 짓에 잘못이 많고 사람들이 옳지 못한 행동을 많이 한다 하더라도 그들이 더러운 것은 아니다. 사람이란 본시 부족하고 불완전한 동물이다. 완전하다면 사람이 아니다. 사람들은 본시부터 성격이 속되어 그들이 사는 세상은 속될 수밖에 없고 사람들은 속인일 수밖에 없는 것이다. 그것이 자연스러운 사람이고 사람들이 사는 세상이다.

우리는 모두가 속세에 사는 속인이다. 우리는 속세에 살면서 속세를 위하여 일하고 속인을 사랑해야 한다. 팽택(彭澤)이란 고을의 수령이 되어서도 자기 할 일은 하지 않고 술이나 마시면서 지내다가 마침내는 귀거래사(歸去來辭)를 읊조리며 전원으로 숨어들었던 중국의 대시인 도연명(陶淵明, 365~427)을 칭송이나 하고 있어서는 안 된다. 도연명이 살던 동진(東晉)이란 시대는 세상이 지극히 어지러웠고 세상에는 나쁜 자들이 득실거리고 있었다. 그 시대에 제대로 공부한 사람이면 도연명처럼 전원으로 숨어들어 술이나 마시면서 세월을 보낼 수밖에 없었을 것이다. 그러나 지금 시대는 다르다. 이제는 팽택이란 고을을 위해 일하고 그 고을 사람들을 사랑해야 한다. 사람이 혼자 있다면 아무리 깨끗하고, 아무리 훌륭하고, 아무리 능력이 많다 하더라도 모두 아무런 가치도 없는 것이다. 술도 속세에서 속인들과 함께 마셔야 술맛이 제대로 난다. 시나 그림 같은 속에도 아름다운 자연 뿐만이 아니라 속인들이 함께 있는 속세를 대변하는 내용이 담겨있어야 한다.

정말로 자연을 사랑한다면 산속으로 홀로 숨어들어가 살 생각은 버려야 한다. 한 가족이 산속으로 들어가 자급자족하면서 홀로 살아가려면 얼마나 많은 자연을 파괴하게 되는지 모른다. 이 세상은 속세지만 그 속에 속인으로써 속인들을 사랑하며 함께 살아가야 한다.

2008. 12. 6

9

여산진면목(廬山眞面目)

내가 사는 분당에서 강남 도곡동 쪽으로 가는 자동차도로를 따라 서울 시내로 나가다 보면 첫 번째로 내곡터널을 거치게 되어있다. 자동차를 몰고 내곡터널을 향하여 오르막길을 오르다 보면 앞쪽으로 높게 최근에 건설한 고속 고가도로가 가로질러 지나가고 있다. 그 고가도로 밑을 지나가면서 멀리 바라보면 길 정면으로 작지만 예쁘게 생긴 산봉우리가 길 양옆 언덕에 자란 나무 숲 사이로 보인다. 나는 늘 사철 따라 인상을 달리하는 정면의 아름다운 작은 산봉우리를 바라보면서 오르막길의 드라이브를 즐긴다. 그러나 그 고갯길을 거의 다 올라가 그 산봉우리 가까이에 닿을 무렵에는 길이 오른쪽으로 구부러지면서 내곡터널이 보이게 되는데 그 산봉우리는 터널 위의 산으로 이어지는 밋밋한 산줄기로 변한다. 같은 산인데도 아래쪽에서 올라오면서 바라본 예쁜 산봉우리 모습은 온데간 데도 없다.

여기에서 나는 늘 북송 시대의 문호 소식(蘇軾, 1036-1101)의 「서림사의 벽에 씀(題西林壁)」이라는 유명한 시를 머리에 떠올 린다. 며칠 전 이전에 낸 본인의 『송시선(宋詩選)』을 들추어 보 다가 소식의 시 중에 이 시의 번역이 빠져있는 것을 발견하고 뒤에 기회가 생기면 이 시를 집어넣으려고 다시 주석을 붙이 면서 번역하였다. 그 때문에 전부터도 좋아하던 시였지만 이 시가 더욱 깊숙이 내 머릿속에 박혀있다. 먼저 이 시를 소개한 다.

옆에서 보면 고개이지만 곁에 가 보면 봉우리가 되니,
멀고 가까운 거며 높고 낮은 것이 하나도 같게 보이지 않네.
여산의 참된 모습을 알지 못하는 것은
오직 내 몸이 이 산속에 있기 때문일세.

橫看成嶺側成峯, 遠近高低總不同.
횡 간 성 령 측 성 봉   원 근 고 저 총 부 동

不知廬山眞面目, 只緣身在此山中.
부 지 려 산 진 면 목   지 연 신 재 차 산 중

이 시의 '여산진면목'이란 말은 '이 세상의 어떤 일이나 물건은 보통 보는 안목으로는 그 참된 내용이나 모습을 알기 어렵다'는 뜻의 고사성어로 많이 쓰고 있는 말이다. 아름다운 주변 경치를 즐기며 이 좋은 시를 되씹노라면 서울로 나가는 자동차 운전이 매우 즐거워진다.

분당에서 멀지 않은 일원터널 옆에 있는 이 작은 산은 큰 여산과는 달리 '정면에서 볼 적에는 봉우리였는데 곁에 가 보면 산줄기가 된다.' 그러나 그런 차이는 시의 뜻을 이해하는 데 아무런 방해도 되지 않는다. 양편 모두 같은 뜻을 가르쳐 주고 있기 때문이다. 그 뜻을 요약하면 이 세상의 모든 사람들과 모든 것들이 다 그런 거라는 것이다.

사실 사람도 그렇다. 사람이란 누구나 약점을 갖고 있기 때문에 보는 각도에 따라서는 훌륭한 사람도 시원찮게 보일 수가 있다. 반대로 나쁜 사람일지라도 남다른 장점도 갖고 있다. 그를 대하는 입장에 따라서는 착한 사람으로 보일 수가 있다. 그러니 우리는 이 세상을 살아가면서 남들의 단점보다는 장점을 찾기에 힘써야 한다. 공자도 "세 사람이 함께 길을 가게 되면 반드시 그 중에 내 스승이 있다."고 하였다. 평범한 사람이라 할지라도 어떤 면에 있어서는 성인보다도 잘하는 일이나 뛰어난 재주를 갖고 있게 마련인 것이다. 사람도 "옆에서 보면 고개이지만 곁에서 보면 봉우리"가 되는 것이다.

때문에 우리는 각별히 자기와 다른 생각, 자기와 다른 취향 같은 것을 지닌 자기와 다른 사람을 존중할 줄 알아야 한다. 자기와 다른 사람이 자기에게 보다 도움이 된다. 나는 늘 제자들에게 전공이 다른 친구들을 많이 사귀라고 권고한다. 남자 친구나 여자 친구를 사귀는 경우도 마찬가지이다. 전공뿐만이 아니라 취미나 생각도 다른 사람들을 소중히 여기고 가까이 하기에 힘쓰기를 권한다. 만약 취미가 같은 친구만을 가까이 한다면 그는 평생을 두고 똑같은 짓만을 되풀이하며 살게 될 것이다. 곧 산을 좋아하는 사람만을 사귄다면 계속 산만을 찾아가게 될 것이다. 물을 좋아하는 사람도 곁에 있어야 강이나 바다에도 놀러가게 되고 강과 바다에서 노는 즐거움도 맛보게 되는 것이다. 실상 건전한 민주주의 사회는 자기와 다른 것, 자기와 다른 생각을 존중할 줄 알아야 이루어진다.

또 하나 이 시가 우리에게 주는 큰 교훈은 "여산의 참된 모습을 알지 못하는 것은, 오직 내 몸이 이 산속에 있기 때문"이라는 것이다. 우리는 자신이 몸담고 있는 세상의 실상을 가벼이 여기기 일쑤이다. 오히려 자기에게 주어진 훌륭한 여건은 생각지도 않고 자기에게 주어진 좋지 못한 일들만을 되새기며 스스로를 불행하게 만드는 경향이 많다. 우선 우리가 이 세상에 사람으로 태어난 것부터가 축복임을 알아야 한다. 그리고 특히 한국에 한국사람으로 태어난 것과 우리 집안에 태어난 것도 축복이다. 우리가 사는 이 세상처럼 뜻있고 재미있는 세계가 또 어디에 있는가? 사람으로 태어났기 때문에 행복하고 즐거울 수가 있는 것이 아닌가? 괴로움과 어려움 및 고통과 늙고 죽는 것까지도 행복과 즐거움의 바탕이 되는 것이다. 한국처럼 사철이 분명하고 살기 좋은 나라가 세상에 어디 또 있는가? 한국 사람들처럼 다정하고 착한 사람들이 또 어디 있는가? 우리 조상이나 부모처럼 내가 잘 되기를 바라는 이가 어디 또 있는가? 내 처자식처럼 소중한 사람들이 어디 있는가? 그리고 우리에게는 우리 친구나 가족뿐만이 아니라 이 세상 모든 사람들이 소중한 것이다. 우리는 이 세상에 몸을 담고 있기 때문에 이 세상의 참된 모습을 잘 모르고 있는 것이다. 한국에서 한국의 사람들과 어울리고 우리 집에 가족과 함께 살고 있기 때문에 한국과 자기 집의 참모습도 잘 모르는 것이다. 이 세상은 물론 나라나 집안에도 봉우리 같은 면도 있고 고개 같은 면도 있다. 그리고 그 봉우리에는 봉우리로서의 아름다움이 있고, 고개는 고개대로의 멋이 있음을 알아야만 한다.

2011. 5. 30

10
향나무의 수난

　우리 아파트 옆 공원에 나가보면 공원에 심겨져 있는 많은
나무 가운데 얼마간의 거리를 두고 세 그루의 향나무가 자라
고 있다. 그런데 공원을 꾸미고 있는 그 많은 나무들 중 유독
향나무만은 그 자라고 있는 가지를 공을 들여 여러 가지 둥근
모양으로 잘라놓고 있다. 우리 동리의 공원뿐만이 아니라 어
떤 정원이나 공원을 가 보아도 향나무만은 거의 모든 나무의
가지를 둥글게 여러 가지 모양으로 잘라 가지가 자유롭게 뻗
는 것을 억제하고 있다. 우리나라 정원이나 공원 중에서 화양
목이나 울타리를 만드는 쥐똥나무 등의 관목(灌木)을 빼고 이
른바 교목(喬木) 중에서 가지가 잘리어 성장을 억제 받고 있는
것은 향나무가 유일한 것이 아닌가 여겨진다.

나는 여러 가지로 생각을 해 보았으나 아직도 왜 향나무 가지만을 노력을 허비해 가며 가지를 그렇게 잘라야 하는지 이해하지 못하고 있다. 심지어 강릉에서 삼척 쪽으로 가는 동해안 7번 국도를 통과하면서도 길가에 심어놓은 향나무 가지가 얕고 둥글게 잘리어있는 것을 본 적이 있다. 산골짜기 길가의 나무이니 그 나무의 가지가 아무리 높고 길게 뻗어도 어디에도 전혀 아무런 피해를 주지 않을 것인데, 왜 저렇게 향나무만을 참혹하게 잘라놓는가?

　향나무를 멋대로 두면 보기 흉하거나 이상하게 자라는가? 내가 본 범위 안에서는 그런 일이 없다. 내가 매일 가다시피 하는 공원 중간에는 몇 그루의 보호수가 있는데, 그중에는 250년이 되었다는 향나무도 한 그루 있다. 땅으로부터 올라간 가운데 줄기가 반 정도 손상되었는데도 위의 가지와 잎새는 싱싱하고 멋지게 자라고 있다. 보호를 받으면서 더 싱싱해진 것 같다. 그밖에도 전국 어디를 가나 오래 묵은 자유롭게 자란 멋진 향나무들을 여기저기에서 볼 수가 있을 것이다. 자연스럽게 두면 그토록 멋지게 오래도록 싱싱하게 잘 자라는 향나무 가지를 왜 모두 자르는 것일까? 서울 시내 큰길 한복판에도 늙고도 멋지게 자라서 보호를 받고 있는 향나무가 있지 아니한가?

　우리의 선산 기슭의 우리 밭가에도 멋대로 자라고 있는 두 그루의 향나무가 있다. 하나는 자연스럽게 위쪽으로 가지를 쭉 뻗으면서 길게 자라고 있고, 다른 하나는 산기슭에 가지를 꾸불꾸불 옆으로 많이 뻗으며 자라고 있어서 밭으로 그림자를 드리우게 하는 가지는 계속 잘라내고 있다. 먼저 밭의 주인이 심어놓은 것이니 2, 30년 정도의 연령일 것이다. 그런데 두 나무 모두 시내 정원이나 공원의 정원사들이 애써 가지를 잘라 놓은 어떤 향나무보다도 아름답고 멋지다. 이렇게 그대로 두어도 아름답고 멋진 향나무 가지를 왜 그렇게 인공적인 형태로 자르는 것일까?

아무래도 정원을 가꾸는 데에 남아있는 좋지 못한 일본 사람들의 영향 탓이 아닐까 생각해 본다. 아무런 생각도 없이 그렇게 배웠기 때문에, 향나무 가지는 자르기도 쉽고 아무렇게나 모양도 만들기 쉬우니까 자르는 것이 아닐까 한다. 공원에 나가보면 우리나라 순종 진달래와 국화인 무궁화도 나무 높이를 가지런히 잘라놓은 곳이 많다. 진달래 가지를 자르면 꽃봉오리가 거의 다 잘려나가게 된다. 무궁화 가지를 자르면 그렇게 하지 않아도 볼품없는 우리의 무궁화나무를 더 볼품없고 빈약하게 만든다. 진달래나 무궁화는 자연스럽게 자라도록 둔다고 해도 그다지 높게 자라지 못한다. 그런데도 나무를 망치면서까지 그 나무들 윗가지를 자르고 있다.

우리의 정원은 담양 무등산 기슭의 소쇄원에서 볼 수 있듯이, 나무고, 바위고, 물이고 모두 자연의 아름다움을 그대로 살리는 것이다. 돌 한 덩어리, 풀 한 포기도 우리 정원에서는 자연스럽지 않은 것이란 없어야 한다. 나뭇가지를 자른다는 것은 상상도 못할 일이다. 이것은 정원뿐만이 아니라 우리의 문화 전체에 깃들여 있는 자연스러움이다.

나뭇가지를 잘라 그 모양을 인공적인 모양으로 만드는 것은 일본식 생각일 것이다. 일본 사람들은 정원이나 공원을 만들면 나무는 물론 연못과 산도 모두 인공으로 아름답게 다듬고, 거기에 돌이나 모래와 풀까지도 인공으로 예쁘게 다듬어 자연 속에서는 볼 수 없는 인공의 아름다움을 이루어 놓으려 한다. 정원사들은 그러한 일본의 정원 가꾸는 기술을 완전히 배우지는 못하고 일부분만을 구경하였을 것이다. 그래서 그들이 하는 짓 중에서 가장 손쉬운 향나무 가지를 자르는 버릇만은 쉽게 익히어 무의식 속에 그대로 그것이 전승되어 온 듯하다.

정원이나 공원을 만들더라도 되도록 모든 나무를 자연스럽게 멋대로 자랄 수 있도록 가꾸어야 한다. 특히 향나무는 자연스럽게 자라야 더 멋지고 아름답다. 부득이해서 잘라야만 할 가지가 있다면 그것은 향나무의 경우만이 아닐 것이다. 지금까지도 우리나라 전국의 아름다운 향나무들의 가지가 무참하게 잘리어지는 수난을 당하고 있다는 것은 정말 이해할 수가 없는 일이다.

제발 지금부터라도 정원이나 공원에서 향나무 가지를 잘라내는 정원사는 추방해버려야 한다. 향나무뿐만이 아니라 진달래나 무궁화 같은 나무도 쓸데없이 가지를 자르는 일이 없도록 해야 한다. 혹 가지를 자른다 하더라도 나무 위에서부터 마구 둥그런 모양으로 가지를 남겨놓고 잘라 나무의 생장을 억제하는 일은 없어야만 할 것이다. 제발 향나무의 수난이 하루 속히 끝나게 되기를 간절히 빈다!

애물론(愛物論)

맹자 초상

맹자(孟子, B.C.372-B.C.289)는 "군자(君子)는 새와 짐승에 대하여 그것들이 살아있는 것을 보았으면 차마 그것들이 죽는 것을 보지 못하며, 그것의 소리를 듣고는 차마 그것의 고기를 먹지 못하는 법이다."[1]고 말하고 있다. 심지어 송(宋)대의 대정치가이며 문호인 소식(蘇軾, 1036-1101)은 그의 시에서 "쥐를 위해 언제나 밥을 남겨놓고, 나방이 가엾어서 등불을 켜지 못하

....

1 梁惠王 上편.

네.(爲鼠常留飯, 憐娥不點燈.) 하고 노래하였다.² 옛날부터 동양 사람들은 이처럼 하찮은 동물이나 벌레 같은 생물에 대하여도 정을 베풀었던 것이다. 살생(殺生)을 금하는 불교의 가르침도 이와 같은 동양인들의 생물에 대한 보편적인 감정을 바탕으로 이루어진 것임은 두말할 나위도 없다.

동양 사람들의 생물을 사랑하는 정은 동물에게만 한정된 것이 아니다. 중국에는 옛날의 전설적인 동물로 기린(麒麟)이란 어진 짐승이 있었는데, 그 짐승은 살아있는 벌레도 밟지 않을 뿐더러 살아있는 풀잎을 밟거나 꺾는 일조차도 없다 하였다.³ 또 추우(騶虞)라는 어진 짐승도 생물을 먹지 않고, 산 풀을 밟지 않는다고 하였다.⁴ '기린'이나 '추우' 같은 동물은 지극히 평화스런 태평성대에만 나타난다는 동물이어서 그 어진 덕은 성인(聖人)에게 비유될만한 것이었다. 어떻든 그들이 지극한 어짊을 지닌 짐승이라면 살아있는 벌레나 풀잎조차도 다치지 않는 어진 사랑의 마음을 지니고 있다고 생각했던 것이다.

하물며 사람이랴! 후세의 시인 소식이 사람들에게 해를 끼치기만 하는 쥐를 위해 늘 밥을 남겨두고, 등잔불에 덤벼들다

2 「次韻定惠欽長老見寄」 八首 중 第一首(『蘇東坡文集』 後集 第五卷).
3 『詩經』 周南 麟之趾의 注와 『左傳』 哀公 14年 기록의 注에 보임.
4 『詩經』 召南 騶虞의 注에 보임.

죽어버리는 나방이 가엾어서 등불을 켜지 않았다는 것은 그의 위대한 인간성을 말해주는 것이다. 그들은 심지어 해로운 짐 승이나 해충들까지도 아끼고 사랑해주었던 것이다.

현대의 우리는 자연의 물건을 아낄 줄은 알아도 사랑할 줄 은 모른다. 물건을 아낀다는 것은 그것이 자기 생활에 큰 도움 을 주거나 자기가 그것을 좋아한다는 타산(打算)이 앞서 있다. 그 때문에 아끼는 물건은 자기 개인 소유로 만들려고 애쓰게 되고, 그 물건의 개인 소유가 어떤 결과를 가져오게 되는가에 대하여는 미처 신경을 쓸 겨를이 없다. 그래서 난(蘭)을 좋아 하는 사람들은 난을 가져다가 자기 집에서 난을 기르는 것을 고상한 취미로 내세우면서, 결국은 그 취미가 제주(濟州)의 한 란(寒蘭)이며 홍도(紅島)의 풍란(風蘭)의 씨를 지우게 하고 있다 는 사실은 잊고 있기 일쑤이다. 돌을 좋아하는 사람들은 자기 를 위하여 정원을 돌로 꾸미고, 방 안은 전국 각지에서 모은 돌로 장식하면서 그것이 결국은 아름다운 산천을 망치는 계기 가 됨에는 생각이 미치지 못하고 있다. 사람들이 보신을 위하 여 전국의 뱀을 거의 씨 말리게 하고 있는 것도 같은 맥락에서 이해할 수 있다. 그런 보기는 일일이 다 들 수도 없을 정도로 많다.

반대로 물건을 아끼지 않는 경우에는 그것을 멋대로 바로 다루어 망가지게 만든다. 자연을 아끼지 않는 사람들은 동물을 멋대로 죽이고, 풀과 나무를 멋대로 자르고, 땅을 아무렇게나 파헤치게 된다. 그러니 사람들은 물건을 아끼고 좋아하기 때문에 망치기도 하고, 반대로 물건을 대수롭지 않은 것으로 생각하기 때문에 그것을 망치기도 한다. 이 때문에 무척 아름다웠고 서로 조화를 잘 이루던 자연은 나날이 사람들 손에 의하여 파괴되어 사람들조차도 살아가기에 부적합한 환경으로 멍들어가고 있는 것이다.

여기에는 근대화로 인한 서양문명의 영향도 크게 작용하고 있는 것 같다. 데까르뜨처럼 동·식물을 일종의 자동기계나 같은 것으로 보거나, 라이프니츠나 칸트의 경우처럼 도덕이란 오직 사람과 사람 사이의 관계에만 한정되는 것으로 보는 데서 그런 결과가 더욱 만연된 것으로 보인다. 동물이나 식물은 진정한 고통이나 불행에 대한 감각이 없기 때문에 그것들을 자르거나 죽이는 것은 비도덕적인 행동이나 어질지 못한 짓이 될 수가 없다는 이론이 이루어질 수가 있는 것이다.

근세 유럽에서 동물학살금지운동이 일어났던 초기에 일부 교회에서는 성경에 동물에게는 영혼이 없다고 쓰여 있다 하여 그 운동을 반대한 경우도 있었다 한다.[5] 가장 개를 사랑하는 체 하면서도, 보통 개 같이 생기지도 않고, 짖지도 않고, 개 같

----

5 Bertrand Russel의 Unpopular Essays 의거.

지 않은 짓만을 하는 개를 사람들이 살아가는 방법에 따라 키우다면, 그것은 개를 아끼는 짓은 될 수 있을지언정 정말로 개를 사랑하는 행위라 할 수는 없다. 고양이에게 사나운 성질을 없애는 주사를 놓아주어 쥐도 못 잡는 고양이로 만들어 놓고 소고기를 먹여 키운다면 그것은 진실로 고양이를 사랑하는 짓이 못된다.

모든 물건은 본시의 자연의 상태대로 유지할 수 있게 해주는 것이 그것을 가장 사랑하는 행위가 된다. 동물들은 각각 동물답게 살아갈 수 있게 해주고, 식물들은 모두 식물답게 자랄 수 있도록 해주는 것이 동물과 식물을 가장 사랑하는 것이 된다.

그러나 우연히도 사람들은 식물성 또는 동물성 음식을 먹고 자연의 물건들을 이용하여야만 살아갈 수가 있게 되어있다. 곧 사람들은 생존을 위해서도 동물이나 식물 또는 자연의 물건들을 그들이 있는 대로 자연스럽게 버려둘 수만은 없게 되어있다. 따라서 소고기를 먹든 개고기를 먹든 사람들이 동물의 고기를 먹는다는 것 자체가 비도덕적인 행위나 죄악이 될수는 없다. 나무를 잘라 생활에 이용할 기구를 만들고 진흙을 빚어 그릇을 만드는 행위 자체가 잘못이 될 수도 없다.

문제는 그것들을 대하는 태도이다. 우리는 자연의 생물이나 모든 물건에 대하여 좀 더 사랑의 정을 기울일 줄 알아야만 한다. 자연의 만물은 우리를 창조하신 하나님(무신론자라면 자연의 섭리)에 의하여 다 함께 창조된 것이라면, 우리는 개인의 이해관계를 초월하여 모든 물건들에 대하여 그것을 만드신 이에 대한 경외와 그 물건들에 대한 사랑의 정을 지녀야만 할 것이다.

　도덕이란 사람과 사람들 사이의 관계에만 한정되게 적용되는 것이 아니라, 사람과 사람 이외의 모든 존재와의 관계에까지도 적용되는 것이다. 따라서 그것이 자신의 소유라 하더라도 합당한 이유 없이 동물을 죽이거나 식물을 해치는 것은 죄악이 될 수밖에 없다. 자신이 소유하고 있는 토지 안이라 하더라도 정당한 이유 없이 그곳의 흙을 파고 돌을 깨는 짓도 죄악이 될 수밖에 없다. 도덕론이 사람과 모든 존재에게로 확대 적용될 때, 사람들이 만물에 대하여 사랑의 정을 기울일 때, 비로소 자연은 조화와 균형을 이루어 이 세계가 사람들이 살기에 적합한 곳이 될 것이다.

　옛날에 장자(莊子, B.C. 370?~B.C. 280?)는 이런 말을 하였다.

　　"하늘과 땅은 우리와 함께 만들어진 것이고, 만물은 우리와 같은 것이다."(「齊物論」)

　그리고 『중용(中庸)』에서는 이런 말을 하고 있다.

"오직 천하의 지극히 정성된 사람만이 그의 본성(性)을 다할 수 있다. 그의 본성을 다할 수 있으면 곧 사람의 본성을 다할 수 있게 되고, 사람의 본성을 다할 수 있으면 곧 만물(物)의 본성을 다할 수 있게 되며, 만물의 본성을 다할 수 있으면 천지의 변화와 생육(生育)을 도울 수 있게 되고, 천지의 변화와 생육을 도울 수 있게 되면 곧 천지와 더불어 함께할 수 있게 된다."

　"지극히 정성된 사람"이란 곧 성인(聖人)을 뜻한다고 할 수 있다. 그러기에 또 "위대하다, 성인의 도(道)여! 광대히 만물을 발육케 한다."는 찬탄도 하고 있다. 만물은 우리와 함께 생성된 우리와 같은 종류의 것이란 철학 아래, 이상적인 위대한 인간이란 자연의 모든 존재와 변화까지도 원만하게 만드는 사람을 뜻하게 되는 것이다.

　후세 송(宋) 대의 장재(張載, 1020-1077)도 그의 유명한 「서명(西銘)」이란 글 첫머리에서 이런 말을 하고 있다.

　"하늘을 아버지 삼고, 땅을 어머니 삼아 나라는 극히 작은 존재가 그 속에 뒤섞이어 있게 되었다. 그러므로 천지의 기운이 내 육체를 이룩하였고, 천지의 주재자(主宰者)가 내 본성을 이룩하였다. 모든 사람이 나와 같은 어머니에게서 난 동포요, 만물이 나와 같은 종류의 것인 것이다."

乾稱父, 坤稱母. 予茲藐焉, 乃混然中處. 故天地之塞,
건 칭 부   곤 칭 모   여 자 막 언   내 혼 연 중 처   고 천 지 지 색

吾其體, 天地之帥, 吾其性. 民吾同胞, 物吾與也.
오 기 체   천 지 지 수   오 기 성   민 오 동 포   물 오 여 야

옛사람들은 사람뿐만이 아니라 자연이나 만물에 대하여도 그처럼 경건한 자세로 대하였던 것이다. 모든 사람들이 다 같은 동포일뿐만이 아니라 모든 물건이 우리와 같은 존재들이라는 것이다. 그러므로 그들은 자연이나 물건들을 멋대로 파괴하거나 훼손치 않았던 것이다. 심지어는 사람들 생활에 해를 끼치는 짐승이나 벌레같은 것까지도 아끼는 마음가짐을 지니고 있었던 것이다.

현대를 살아가는 우리도 같은 사람들에 대하여는 말할 것도 없거니와 모든 자연 만물에 대하여도 보다 경건한 태도로 임해야만 할 것이다. 곧 모든 만물을 적극적으로 사랑할 줄 알아야만 할 것이다.

1976. 12.

12
쇠똥구리

　중화민국에서 교육부 장관과 북경대학 총장을 역임한 장명
린(蔣夢麟, 1886-1964)의 자서전 『서조(西潮)』에서 다음과 같은
일화를 발견하였다. 미국의 컬럼비아대학 교수이며 저명한 철
학자인 존 듀이(1859-1952)가 중국을 방문했을 적에 컬럼비아
대학 제자인 저자는 역시 그 대학에서 학위를 하고 돌아와 교
육부 장관과 북경대학 총장을 역임한 후스(胡適, 1891-1962)와
함께 은사를 직접 모시고 베이징 시내를 안내하였다.

　이때 이들은 자금성 뒤의 서산(西山)에 올라가다가 쇠똥구리
가 쇠똥을 동그랗게 뭉쳐가지고 비탈진 길 위편으로 굴려 올
라 가는 것을 발견하였다.

　쇠똥구리는 제 몸통만 한 쇠똥을 뭉쳐가지고 굴려 올라가다

가 놓치면 쇠똥은 아래편으로 굴러 내렸고, 그러면 쇠똥벌레는 다시 아래편으로 내려가 그 쇠똥 덩어리를 위편으로 굴려가는데 이런 일을 거듭하면서 겨우 조금씩 쇠똥을 위편으로 옮겨가고 있었다.

이를 구경하다가 두 중국 제자들은 정말 뜻을 굽히지 않고 끈질기게 노력하는 놈이라고 쇠똥구리의 끈질긴 근성에 감탄하였다. 그러나 선생님 듀이는 벌레이기는 하나 이처럼 미련하고 바보 같은 짓을 하는 것이 정말 가련하기 짝이 없다고 말하더라는 것이다. 장멍린은 이러한 같은 벌레에 대한 견해 차이는 동양 사람과 서양 사람의 성격차이에서 오는 것이라 말하고 있다.

그러나 이러한 견해 차이는 반드시 동양 사람과 서양 사람의 성격 차이에서 오는 것은 아니다. 동양사람 중에도 쇠똥구리의 하는 짓이 미련하고 바보 같다고 할 사람이 반드시 있을 것이다. 서양사람 중에도 쇠똥구리가 뜻이 굳고 끈질기다고 할 사람이 반드시 있을 것이다. 이는 보는 각도나 생각하는 방식에서 이루어지는 견해 차이인 것이다. 실은 쇠똥구리뿐만이 아니라 이 세상의 모든 것, 모든 일에 대한 사람들의 견해가 다 그러하다.

쥐를 놓고도 어떤 사람은 미키마우스나 '톰과 제리' 의 제리를 생각할 것이지만, 어떤 사람은 집 벽에 구멍을 뚫고 집안의 곡식을 훔쳐 먹는 못된 쥐를 생각할 것이다. 대나무의 경우에도 사철 푸른 절조가 있는 나무라고 하는 이가 있지만, 바람에 하늘거리고 속은 텅 빈 위에 마디가 많은 별로 좋지 않은 나무라 하는 이도 있을 것이다. 집 앞에서 우짖는 까치 소리를 듣고도 시끄럽다고 여기는 사람도 있겠지만 무슨 좋은 일이 생길 것을 알려주는 전조라고 생각하는 사람도 있을 것이다.

이러한 서로 다른 견해는 어느 하나도 잘못된 것은 아니다. 어느 것에나 일리가 있다. 그런데 지금 우리 사회에서는 무슨 일에나 자기와 다른 의견은 반대하고 그런 생각을 지닌 사람들을 적대시하는 경향이 있다.

자기와 다른 생각에도 일리가 있음을 알아야 한다. 일을 처리하고 발전시키는 데 있어서는 오히려 자기와 같은 의견보다도 반대되는 의견이 더 중요한 참고가 된다. 친구도 취미나 생각이 자신과 꼭 같은 사람보다도 모든 면에서 자기와는 다른 사람이 자기에게 더 도움이 되는 좋은 친구가 될 수 있다는 것을 깨달아야 한다. 우리는 자기와 다른 생각을 이해하고 참고할 줄 알아야 한다.

쇠똥구리를 보고 끈질기다고 하는 견해에도 일리가 있고, 바보스럽다고 하는 견해에도 일리가 있다. 그런데 쇠똥구리를 보고 끈질기다고 보는 사람에게는 오히려 그와 같은 견해보다도, 그와는 전혀 다른 쇠똥구리는 바보스럽다고 보는 견해가 더 값있는 참고가 되는 것이다.

자기와 다른 의견을 잘 받아들일 줄 알아야 그의 사람됨이 성숙하여 원만하다고 할 수 있게 될 것이다.

2009. 1. 3

13
상징물에 대한 고정관념

    서울대학을 상징하는 교조가 학이란다. 온 세계가 보호해줘도 자꾸만 죽어 없어져가고 있는 새, 사람들 사는 가까이엔 오지도 않고 언제나 하늘 높이 날아다니는 새, 자기만이 고상한 체하며 외로이 홀로 노는 새. 옛날 『시경(詩經)』에서도 "학의 울음(鶴鳴)"은 숨어 사는 선비를 두고 노래한 시라 전하고 있다.

    서울대생이 보호해줘도 없어져가는 학 같아야 하겠는가? 우리 사회로부터 멀리 떨어져 날아다니는 사람들이 되어서야 되겠는가? 남에 대해서는 아랑곳하지 않고 혼자만 고상한 체 행동해서야 되겠는가? 옛날엔 "학립계군(鶴立鷄群)"이라 하였지만 이제는 그러한 전근대적인 사고로부터 벗어나야만 할 때이다. 현대는 홀로 외로이 서 있는 한 마리 학보다도 무리를 이루는 여러 마리 닭이 더 소중하게 받아들여지는 시대인 것이다.

서울대학의 상징물뿐만이 아니라 우리나라의 여러 가지 상징물까지도 그처럼 전근대적인 사고를 바탕으로 이루어진 것들이 그대로 있는 것 같다.

우선 태극기를 보자. 태극과 사괘라는 것이 우리나라를 상징할만한 문양인가? 그 문양들이 나타내는 뜻은 현대적인 것인가? 태극무늬는 어째서 수많은 중국의 점쟁이 집 간판에 그려져 있는가? 네 개의 괘는 누가, 왜 만들어 어떻게 쓰였던 것인가? 태극이며 괘는 어디에서 나온 문양인가?

나라 꽃인 무궁화는 정말로 우리 민족이 옛날부터 아끼고 좋아하던 꽃인가? 무궁화를 사랑하여 자기 집 뜰에 잔뜩 심어 기르는 사람을 한 번도 본 일이 없는데 과문한 탓일까? 왜 벚꽃축제, 철쭉제 등은 벌이면서도 국화인 무궁화축제는 벌이지 못하는가?

애국가는 정말로 우리 애국심을 불러일으켜주는 노래인가? 우리 민족은 언제까지나 동해물이 말라 없어지고 백두산도 닳아 없어지는 극한 상황을 전제로 하며 살아가야 하는가?

서울대의 교조라면 언제나 사람들 가까이에 있고 모든 사람들이 좋아하고 사랑하는 새라야 할 것이다. 국기는 우리 민족

고유의 우리 겨레 누구나가 좋아하는 문양을 바탕으로 한 것이라야 할 것이다. 그래야 통일이 되는 그날엔 남북의 온 백성들이 다 같이 손에 국기를 들고 함께 흔들며 기뻐할 수가 있을 것이다.

나라 꽃은 우리 땅 어디에나 심겨져 있고 온 민족 모두가 좋아하고 사랑하여, 꽃이 필 때면 나라 전체에서 축제를 벌일 수 있는 것이 되었으면 좋겠다. 애국가도 남북을 가리지 않고 온 겨레가 나라와 민족을 생각하면서 합창할 수 있는 것이면 좋겠다.

한 번 정해진 학교나 나라의 상징물은 바꾸면 안 되는 것인가? 서울대학교의 교조와 우리나라의 태극기와 무궁화와 애국가가 다른 것으로 바꾸어지기를 바라는 내 마음은 그릇된 꿈의 발상일까?

1996. 9. 2

서재에 흘린 글 ● 제1집

초판 인쇄 2014년 1월 20일
초판 발행 2014년 1월 23일

저   자 | 김학주
디자인 | 이명숙 · 양철민
발행자 | 김동구
발행처 | 명문당(1923. 10. 1 창립)
주   소 | 서울시 종로구 윤보선길 61(안국동)
         우체국 010579-01-000682
전   화 | 02)733-3039, 734-4798(영), 733-4748(편)
팩   스 | 02)734-9209
Homepage | www.myungmundang.net
E-mail | mmdbook1@hanmail.net
등   록 | 1977.11. 19. 제1~148호

ISBN 979-11-951643-5-6 (03810)
10,000원